U0914988

David Lodge

OUT OF THE SHELTER

走出防空洞

OUT OF THE SHELTER

David Lodge

[英] 戴维·洛奇 著

刘斌 译

新星出版社 NEW STAR PRESS

献给艾琳

深切缅怀

防空洞

THE SHELTER

1

他能记起来的差不多最早的一件事是母亲站在厨房里的凳子上，往壁橱顶层堆食品罐头。桌上还有很多罐头：菠萝、桃子、小橘子——看图就知道是什么。他问母亲：

——弄这么多罐头，干什么呀?

她脑袋后面是厨房窗户，阳光透过压花玻璃照进来。他对着强光眯起眼睛，还是看不清她的脸；可他记得母亲低头看了他很久，然后说：

——因为发生了战争，宝贝。

——什么是战争？他问。但他永远也没想起来她是怎么回答的。

没过多久，他发现战争是一个米老鼠样子的防毒面具，呼吸时会起雾气；父亲领到一顶钢盔和一个哨子；吉尔哭了，因为她爸爸要走了，去参加空军；无线电一直开着；前门的玻璃被黑纸遮住；警笛拉响；为了躲避空袭而在半夜起床。半夜起床很有意思。

他们没有自己的防空洞。他和母亲沿着马路走到吉尔家，六十四号，她家后院有个防空洞，是吉尔的爸爸自己挖的。他自己的爸爸空袭时通常在值勤：他是安全负责人，职责是确保每个人都进入防空洞，不让哪怕一丝光线漏过窗帘射到屋外。如果德国飞机看到你的窗帘后面有灯光闪烁，他们就会知道你在那里，往你头上扔炸弹。有时他父亲在空袭期间会来到六十四号，下到防空洞里，看看他们是不是都没事，要么就会在警报解除后来接他们。有时候蒂莫西在防空洞里睡着了，父亲就会抱他回家，他早上在自己的床上醒来，并不知道警报已经解除了。解除警报是一声长鸣，但空袭警报是有高低变化的，呜……欧……呜……欧……呜……欧……用两种不同的警笛声，一听就明白意思，想到这么做的人可真聪明。解除警报的长鸣声中带着疲惫，又有安全感，让人想回家，想打哈欠；但空袭警报很吓人。

蒂莫西并没有被吓怕。一段时间之后，他就非常习惯空袭警报了，以至于母亲不得不在德国轰炸机到来之前叫醒他，一块儿走去吉尔家。吉尔和他同龄，都是五岁，但他大一些，因为他的生日更早。吉尔很漂亮。他长大后要和她结婚。他姐姐凯丝比他大很多，已经十六岁了，快要成年了，已经不再住在家里，而是跟着学校和修女一起去了乡下。因为空袭，凯丝的学校已经搬走了。空袭是因为战争。空袭被叫作“闪电”。母亲说，如果“闪电”持续很久，她也会带着蒂莫西到乡下去住。他们住在伦敦，这是全世界最大的城市。蒂莫西不想离开伦敦到乡下去住。他去过一次乡下，被荨麻扎了，还摔到一堆牛粪里。但是他也不希望空袭停止，因为半夜起床很有意思。

——蒂莫西！蒂莫西！起来了，宝贝。

他哼哼几声，往温暖的被窝里扎得更深了。

——蒂莫西，起来了，空袭。

警报响起，听起来很近，呜……欧……呜……欧……呜……欧……他睁开眼睛，眼前是母亲俯下的脸。母亲脸色苍白，有些皱纹，头上披着一条头巾。

——快点，宝贝。空袭。

——我知道。他打着哈欠说。

他坐在床边，听着警笛，而母亲把袜子套在他脚上。

——真吵。她说。为了行动方便，她穿着裤子，套上他父亲的一件正面带有拉链的旧外套。他喜欢母亲穿着裤子的样子。

——这是你的防空服[①]。我放在水箱上的，很暖和。

他在睡衣外面套上防空服。这件衣服是蓝色的，温斯顿·丘吉尔有一件一模一样的。一穿上，他就觉得自己勇敢了起来。睡衣和睡袍有缝隙和开口，缺乏保护，而他的防空服在手腕和脚踝部位有松紧带紧紧捆住，前面有拉链。拉好拉链后，他觉得自己不会受到任何伤害。

母亲给他系鞋带，结打得很紧。

——行了，你不会有事的。拿上玩具了吗？

他拾起装着防空洞玩具的纸箱，跟母亲下楼到门厅。她从门后的钩子上取下防毒面具，把米老鼠样子的那个挂在蒂莫西的脖

①防空服（siren suit）是一种连体衣，跟连体工作服类似，剪裁宽松，易于穿脱，有一定保暖作用，供人在防空洞中穿着。丘吉尔在二战期间经常穿防空服示人。

子上。

——先关灯。他在母亲打开前门时提醒她。你会给爸爸惹来麻烦的。

她关掉灯，门厅里漆黑一片。外面唯一的光线是扫描天空的探照灯，像巨大的手指在来回摇摆。蒂莫西缓慢地沿街走着，一是想要表现自己并不害怕，二是希望看到探照灯捕捉到德国飞机。有一次他看到了一架，在明亮的光束里像一个小小的银十字架，但高射炮还没来得及把它击落，它就消失在一朵云彩里了。他现在可以听到远处有砰砰的炮响。母亲被路肩绊了一下。

——哎！该死的灯火管制，什么都看不见。

警报解除后人们从防空洞里出来就很容易看清周围，因为会起火。火一般是在码头那边，耀眼的红光照亮了天空，像一团硕大的篝火。

突然，从街边房子后面传来一声巨响，他们都跳了起来。母亲紧紧抓住他的手，开始奔跑，把他拽在身后。

——停下来，你把我弄疼了。他抱怨说。那只是列车炮。

——快点，蒂莫西！

列车炮沿着吉尔家那片房子后面的铁路来回移动。从吉尔家花园的尽头可以看到铁路，但白天只有绿色的电气火车经过。蒂莫西的父亲乘火车上班。他在办公室里工作。

母亲有吉尔家的门钥匙，不过她刚把钥匙插进锁里，门就开了，杰克叔叔站在那里。

——嗨，你们好啊！他说。正好赶上派对。

——哦，杰克！你可真把我吓了一跳。母亲说。你在家啊，干什么呢？

杰克叔叔关上他们身后的门，打开灯。

——好不容易请了三十六个小时的假。我想，我得赶快跑回家，看看大家都怎么样。

吉尔的爸爸穿着空军的蓝色军服，上面绣着翅膀。他高大强壮，总是兴致勃勃，蒂莫西非常喜欢他。他管他叫杰克叔叔，虽然杰克不是蒂莫西真正的叔叔。蒂莫西希望自己的父亲也能有一套正式的制服，而不是只有一顶钢盔和一个袖箍。因为年纪太大，父亲不能加入空军，而母亲说这很幸运，因为这样他就不必像杰克叔叔一样离开家了。蒂莫西很高兴父亲不用离开，但还是觉得当飞行员比当安全负责人好。

——哎，小蒂姆，你怎么样啊？杰克叔叔抚摩着蒂莫西的头发说。杰克叔叔总是叫他“小蒂姆”，或者有时候只喊“小孩”，这是他们之间的玩笑话。蒂莫西假装不喜欢这个称呼。他握紧拳头，像拳击手一样，对着杰克叔叔摆好架势。

——现在不行，小孩。他说。你最好还是直接进防空洞吧。

他带着他们穿过门厅，进入厨房。吉尔的房子跟蒂莫西自己的房子很像，却又不一样。两家所有的房间大小都相同，但摆着不同的东西，有着不同的气味，特别是厨房。在厨房里，杰克叔叔拿起一个手电筒。手电筒镜片前面粘了张纸，挡住了一半光线；这是为了防止光照到空中，让德国轰炸机知道你在哪里。杰克叔叔关上厨房灯，打开通往花园的后门。他打开手电筒，指向小路。

——小心台阶。

他说话时，一架飞机低低地掠过房子。蒂莫西的母亲缩回屋里。

——没关系。杰克叔叔说。这是我们的飞机，从发动机声音可以听出来。

蒂莫西抬起头，崇拜地静静看着这个可以分辨发动机声音的男人。

防空洞在花园远端，离房子并不太远，大家叫它“安德森”，其实只是地上的一个大洞，内墙是水泥砌成的，洞顶盖着有波纹的铁皮，外面再覆上一层泥土，白天看起来跟一座小丘没什么分别。杰克叔叔在上面种了一些花草。顺着楼梯下去，走到一扇小门，门里面还有几级木头楼梯。杰克叔叔朝下面喊了一声，诺拉阿姨打开小门。

——进来吧，亲爱的。她说。我刚才还在担心你们去哪儿了。

——我可以待在外面看吗？蒂莫西问。他每次都这样。

——当然不行。母亲说。现在就下去，抓好扶手。

蒂莫西慢慢走下去，一直盯着天空，直到最后一刻。要是能看到一架德国飞机被击落该多好呀，一架就好。但轰炸机还没来。

——好啊，都进来了吧。当他们钻进防空洞时，诺拉阿姨说。她跟平常一样，在织毛衣。

防空洞里温暖舒适。洞里有杰克叔叔安的一盏电灯、一个味道很大的煤油暖炉和一个叫“普赖默斯”的压力煤油小炉子，用来烧开水、冲泡可可和茶。还有两张床铺、几把旧椅子和几个铺上了坐垫的箱子。地上有一块磨得很旧的地毯，上面满是泥土。

吉尔坐在一张床铺上。蒂莫西拿着自己的防空洞玩具盒，走过去坐到她旁边。吉尔正在打扮她的娃娃苏珊，黑色的那个；其他娃娃坐在她旁边。蒂莫西打开玩具盒，里面有单耳兔子、几块彩色大理石、五个玩具兵、带梯子的消防车和带轮子的玩具炮，能发射火柴。单耳兔子占据了盒子的大部分空间，但空袭时蒂莫西可不能把兔子留在家里。

——苏珊可淘气了。吉尔说。我必须得打她。

——列车炮在我们来的时候开炮了。蒂莫西说。不过我不怕。

——她就不能安静坐着。

——我想和你爸爸一起在外面守着，但妈妈不让。

——我爸爸回家来了。

——我知道。

——他会一直留在家里。

诺拉阿姨停下手里的活儿。

——吉尔，你知道爸爸明天要回去。不过他很快就又会回来的。她的手拨动红色的羊毛线，毛衣针又咔嗒咔嗒地响起来。

——这么一比较，他对离别处理得倒是不错。她对蒂莫西的母亲说。

——他说要一直留在家里的。吉尔闷闷不乐地说，嘴里咬着一绺自己的深色鬈发。蒂莫西有时会拽她的鬈发，但他是真的喜欢她的头发。

——他没这么说。别说小瞎话，吉尔。他当然希望和我们一起待在家里，但他必须回驻地。

——不是必须。吉尔的嘴唇在颤抖。

——她不明白。诺拉阿姨对蒂莫西的母亲说。

——他们这个年龄怎么能明白呢？母亲说。今天早上我收到凯丝来的一封信。

——是吗？她怎么样？来杯可可？诺拉阿姨说。

——想要杯可可吗，吉尔？蒂莫西？

——不要。吉尔说。

——不要，谢谢妈妈。饼干怎么样？

吉尔犹豫了。

——我可以吃一块奶油的吗？

这种饼干就像三明治，里面夹着甜甜的黄奶油。蒂莫西先啃掉没有什么奶油的饼干边，于是他就得到一块小一点的夹满奶油的饼干。吉尔把第一层饼干揭开，舔干净里面的奶油，再把两层饼干放在一起，咬一口，然后把饼干丢在地上。诺拉阿姨没有看到。她探身到小炉子旁边，一边看着炉子上热着的冲可可用的牛奶，一边还在做毛线活。

——那么凯丝怎么样了？她觉得威尔士如何？

蒂莫西假装忙着吃饼干，实际上则在专心听关于凯丝的谈话。他对大姐很感兴趣。她似乎已经离开很久了，他发现自己很难记住她长什么样，大概是很胖，戴眼镜，像父亲。

——她挺好的。母亲说。哎，反正她是这么说。当然挺想家的，她还说吃得很差。

——唉！不过，她还是在那边比较好。

——嗯，是啊。这话也就咱俩之间说说：我希望这段日子能让她学会体谅着点家里。我可受够她了，拿她一点辙都没有。

——到这个岁数了，对吧。她多大了？

——十六岁了。我们想让她在修女会的学校一直念到中学毕业。不过学费可真是……

——肯定是一大笔钱吧。

——你看着吧，她永远考不过。她注意力老是不集中，然后现在学校还被疏散了……蒂莫西可是另外一个样子，我们觉得他的脑子会很好使。

——我也觉得他行。诺拉姨妈瞥了他一眼，看到了地上的饼干。

——吉尔！你既然不想吃饼干，为什么还要？

——这是给苏珊的。吉尔拿起饼干，假装喂娃娃。

——你可别给糟践了，这是最后一包了，而且谢泼德的店里也没有了。

——东西可真是越来越难买了，是吧？蒂莫西的母亲说。

——噢，别提了。今天早上我在谢泼德那儿排了三刻钟队……

两位母亲谈论食物和配给时，蒂莫西的注意力转到了别的地方。飞机现在在头顶嗡嗡作响，很多飞机一起，德国飞机。大炮发出砰砰的巨响。蒂莫西将他的玩具炮瞄向防空洞的屋顶。

——砰！他喊道。砰！砰！砰！吉尔堵上耳朵。

——蒂莫西，没有你已经够闹腾的了。母亲说。

——够近的啊。诺拉阿姨说。她手里织得更快了。我觉得杰克应该下来。外面那么危险，还在那待着可太傻了。她把防空洞的门打开一点点，朝上喊：

——下来吧，杰克，外面那么危险，还待在那儿可太傻了。我冲了点可可。

杰克叔叔“咣叽咣叽”地走下楼梯。他身材高大，在防空洞里站不直身体。他坐在一个有坐垫的盒子上。吉尔跑过去，坐在他膝盖上。

——挨炸的都是码头那边。他说。那边的天都红了。

——他们打下来德国飞机了吗？蒂莫西问。

——应该有吧，小孩。别管怎么说，高射炮炮弹打得够多。

——你看到飞机给打下来了吗？他问。但这时诺拉阿姨正递给杰克叔叔一杯可可，他没有听见。

他们都在喝可可时，蒂莫西的父亲钻进了防空洞。他没有杰克叔叔那么高，可以在防空洞里站直身体，不用弯腰。他摘下钢盔，用手帕擦擦额头，那上面有个红印，是钢盔压着脑袋留下的。他头上没有多少头发，穿着一件旧雨衣，戴着袖箍，上面印着“ARP”[①] 三个字母。他说他很快就会得到一套正式制服，但上面不会有翅膀。

——今天晚上码头那边可给炸惨了。他说。

——是啊。杰克叔叔说。

---

① ARP 是空袭预警（Air Raid Precautions）的缩写。

——他们觉得这是到目前为止规模最大的一次空袭了。据说德国佬损失了不少飞机，但还是一拨接着一拨。

——哎，真希望我们住得离河没这么近。诺拉阿姨说。

——我们在这没事的，亲爱的。杰克叔叔说。着火的地方肯定在三英里之外呢。

——嗯，我就希望今天晚上这边别挨炸弹。蒂莫西的父亲说。我估计，东南伦敦的每一辆消防车都跑到码头去了。

——我的没有！蒂莫西说。他举起他的带梯子的消防车，所有的大人都笑了起来。

——好样的，小孩。杰克叔叔说。他拿出一包烟让大家抽。蒂莫西的母亲摇了摇头，而诺拉阿姨拿了一支。

——我一般不抽的。她说。不过这阵子的空袭可真是……

一缕缕卷曲的烟雾挂在空气中。烟味同油炉和可可的气味混在一起。蒂莫西打起了哈欠。

——孩子们得睡一会儿了。蒂莫西的母亲说。看这意思，我们这一晚上可能就得住在这了。

——我不累。蒂莫西说。

——我也不累。吉尔说。她双臂环住父亲的脖子。

——我得走了。蒂莫西的父亲说。好好待着，蒂姆。警报解除响完以后，我就回来接你。他戴上钢盔，扣好雨衣。

——我送你出去，杰夫。杰克叔叔说。他抱着吉尔站起来，把她放在床上；蒂莫西已经在床上了。

——你跟蒂莫西好好睡吧，宝贝。明天早上见。

——明天你不走，对吧，爸爸？吉尔说。她胳膊还搂着杰克的脖子，不让他站起来。

——不是马上走，不走，宝宝。

——永远不走？

——好好睡觉吧，我的小心肝，要不就没精神了，早上就没法跟我玩了。

——蒂莫西可以睡在我床上吗？

——我们一般都让他们一块儿睡。诺拉阿姨说。

——我觉得，如果他要娶你，那就没问题。杰克叔叔说。大人们都笑了起来。

——我不能去外面看看吗？就看一下。蒂莫西恳求道。那两个男人准备出去了。

——不行。母亲说。现在去睡觉，别再废话了。

——为什么不能？

——因为你可能会被炸死的，这就是为什么。

——那爸爸呢？

——爸爸是大人，他还有钢盔。

——杰克叔叔就没有钢盔。

——杰克叔叔是应该更靠谱一点。诺拉阿姨说。他可不比你更像个大人，蒂莫西。

——他是大人，他是大人！他很勇敢。吉尔说。

——实际上。杰克叔叔笑着说。在驻地几乎看不见战争的影子。想看到点实际行动，我还得回家来。

——那就欢迎你回来体验。蒂莫西的父亲说。他们的身影消失在楼梯尽头。这是连续第六个晚上了。

——好家伙，看看那天空！他们听到杰克叔叔说。诺拉阿姨在他们身后把门关上。

——现在。她说。我来把你们俩弄得舒舒服服的。

母亲帮他脱掉防空服，诺拉阿姨帮吉尔脱掉睡袍。然后他们躺下，诺拉阿姨替他们把毯子掖紧。她给灯加了个罩子，这样灯光就不刺他们的眼睛了。母亲把单耳兔子给他，让他抱着，而吉尔有苏珊。他抬头看着防空洞的波纹屋顶，感到温暖而安全。两位母亲坐在油炉旁，低声说话。她们又在说凯丝。他听不太清楚，也听不懂。

——想参加空军妇女辅助队，越快越好，但是杰夫连听都不愿意听……

——这事不怪你，杰克说士气……

——我们还是愿意让她留在家里，能帮上很多忙……

——几乎每星期都有婚礼。杰克说。主要是因为他们……

——马路那头罗伯茨家的姑娘……

她们脑袋凑得越来越近，说话声音越来越低。诺拉阿姨的毛衣针“咔嗒咔嗒”地响着，她手上动作很快，防空洞屋顶上映出来的影子一会儿亮，一会儿暗。炮声现在听起来弱下去了，像是在很远的地方。他拉下睡衣的裤子，吉尔在他身边扭动，撩起睡裙。然后，他感觉到她凉凉的、柔软的手指在摸他的东西，而他的手指摸到了她双腿之间的细小皱褶。他感到温暖又安全又困倦。他希望第二天晚上还有空袭。

一声巨响将他惊醒。他耳朵里嗡嗡直响，虽然吉尔还在他身边躺着，但她的哭声却仿佛从很远处传来。他做的第一件事是提上睡裤。尘土掉在他头上。电灯在空中摇摆，在墙壁和屋顶上投下狂乱的影子。两位母亲正站在台阶下面。

——杰克！诺拉阿姨大喊。你没事吧，杰克？杰克？哦，老天爷！她走上台阶，磕磕绊绊地爬出防空洞，喊着杰克的名字。

——诺拉，不要，小心点。母亲说。他看到她画了个十字，嘴唇无声地动着，紧紧闭上眼睛。

——妈妈！爸爸！吉尔抱着娃娃哭喊道。爸爸在哪儿？

蒂莫西也开始哭，他也不知道为什么。吉尔跳下床，跑到台阶上。他的母亲睁开眼睛。

——吉尔！回来！

但吉尔已经跑出门外，上到台阶顶上了。蒂莫西的母亲在她身后手忙脚乱地追着。蒂莫西很害怕。他要被丢下了，自己一个人。

——妈妈！他尖叫。

她停下来，转身跟他说着什么，但他听不到。响亮的口哨似的声音、闪光、轰鸣。就在那道光消失之前，母亲似乎飞了起来，越过整个防空洞，扑向他。她压在他身上，把他弄疼了，他大叫起来，但听不见自己的声音，因为耳朵里还是嗡嗡在响。又有一大团尘土掉在床上。屋里一片漆黑，他非常害怕。然后，他感到母亲在动，她的双臂紧紧抱住他。她在说话，但他听不清。然后，他能听清了，不过她好像在很远的地方。她在说：

——蒂莫西，你没事吧，蒂莫西？她在哭。

过了一会儿，他能看清屋里了。没想到油炉仍然在烧着，炉子底部的小窗里还有一簇淡淡的红光，顶部的孔透出几束黄光。一些泥土和石块掉进防空洞里，而洞口已经被堵死了。泥里似乎有青草，甚至有鲜花。昏暗的炉火里有两只闪着光的眼睛。他看不到脸，只有两只眼睛，互相离得非常近，很吓人。母亲想站起来，但他抱住她不放。她说：

——蒂莫西，你放开我，我去点根蜡烛，然后就不黑了。

于是他放开了母亲。她在防空洞里慢慢地翻找蜡烛，找到一支，点着了。然后他看到，那双眼睛是吉尔的苏珊的。

——看。他指着那里说。苏珊。

母亲从泥土里拾起娃娃，眼泪掉了下来。苏珊的脸颊上有个洞，一只胳膊和一条腿不见了，衣服破得不成样子，满是尘土。母亲走到门口，开始用手挖土。泥土和石块不断掉进防空洞。一块砖头砸在她脚上，她痛得叫出了声。

——没用的。她说。我们只能在这里等别人把我们挖出去。爸爸很快会来把我们挖出去的。她一瘸一拐地走到床边坐下，搂住蒂莫西。

——我不想出去。他说。我不想去上面。

——爸爸会来的。会没事的。

他们用了三支蜡烛，然后有人把他们挖了出去。父亲没有来。不过他们说他爸爸没事，就是被震了一下而已。他正在家里休息，等着他们。

——来吧，孩子，你爸爸在等你。他们说。

但蒂莫西不想离开防空洞。他大喊大叫，乱踢乱打。最后，一个救援人员不得不把他扛出防空洞，放在外面的地上。

2

不用在夜里起床，沿着马路走到吉尔家了。那里已经没有吉尔的房子了。吉尔去了天堂，她妈妈也去了；她爸爸回空军营地去了。蒂莫西和母亲去乡下住了，乡下没有空袭。他们住在一个名叫布莱菲尔德的地方，一座昏暗狭窄的房子，在煤气厂附近。房东是唐克斯夫人，她胖胖的，体味有点重。他们能用的地方有楼上的一间卧室，还有前厅，里面堆满了家具，硬邦邦的，闪着光。母亲跟唐克斯夫人共用厨房，有点不方便。

母亲老是说，唐克斯夫人家不方便的地方太多了。房子里没有电灯，天黑以后得用汽灯。母亲用火捻子对着白色的纱网灯芯，“噗”的一声响，灯点着了，先是蓝色，然后依次变成红色、黄白色，嗞嗞作响。要想让它亮一点或暗一点，可以拉一小段链条。唐克斯夫人不愿意在楼道里加盏汽灯，觉得那是浪费，所以母亲带他上楼睡觉时会点一根蜡烛，用烛台举着，然后把蜡烛留在卧室的壁炉上，让它烧着，因为他现在不喜欢黑暗了。如果蜡烛在他睡着之前烧完，他就会叫妈妈，于是她过来再点一根。冬天很冷，早上醒来时屋里的窗玻璃上都结了冰。他用指甲刮掉冰碴儿，透过他制造的这些小孔看煤气厂。工厂后面有一块田野，养着几头奶牛。有一天，母亲想抄近路，带他穿过田野。但他们走上这块地时，一头奶牛朝他们看了过来，他被吓坏了，于是他们最后还是顺着马路绕了一圈。早晨，他们用卧室的一个脸盆洗脸。母亲用水壶从厨房盛了热水，提到楼上。唐克斯夫人的房子没有浴室。母亲在前厅的火炉前用一个铁皮浴缸给他洗澡。在火炉前洗澡很舒服，特别是洗完烤干身体的时候，但妈妈不让他泼水玩，而且铁皮浴缸里没有地方放父亲从家里给他拿来的玩具船。父亲还在伦敦的办公室工作，周末来看望他们。

他在村子附近的修女会上学。他喜欢他的老师特蕾莎修女，她笑容甜美，脸颊红润；但是他怕斯科拉丝蒂卡修女，她下巴上有一个大疙瘩，还长着汗毛。斯科拉丝蒂卡修女教年龄大一些的女生，但有时她也出现在操场上。她的名字很难念，有一次蒂莫西叫她伊拉丝蒂卡修女，那些小女孩都笑了[①]，斯科拉丝蒂卡修女看上去很恼火。星期天，他和母亲去修道院的教堂参加弥撒。牧师骑自行车来教堂。弥撒很长，因为修女们要唱很多歌曲。特蕾莎修女唱得最好听，斯科拉丝蒂卡修女唱得最难听。

有一首歌经常在无线电上播出，叫《蓝鸲会在多佛白崖上空翱翔》。

蓝鸲会在

多佛白崖上空翱翔，

①斯科拉丝蒂卡（Scholastica）源于拉丁语，意为“学者”。而伊拉丝蒂卡（Elastica）听起来很像“橡皮筋”（elastic）。

明天，只要你拭目以待。

会有爱和笑声，

和永久的和平，

明天，当世界自由时。

歌曲快结束时歌词是这样的：

吉米又能在他自己的小房间里，

安然入梦了。

当他听到这句时，总是想到自己在伦敦的小房间。

有一天，学校举办音乐会，每个人都必须唱首歌或背首诗。他唱了《蓝鸲会在多佛白崖上空翱翔》，特蕾莎修女哭了，然后亲吻了他。多佛是一个海边的地方，有高高的白色悬崖。他觉得，等战争结束后去那里看蓝鸲应该是很美好的一件事。

有一天，母亲跟他一起来到学校见修女会会长，问学校能不能收他寄宿。他不想寄宿，但母亲说自己必须回伦敦工作，而带他回去太危险了。会长说蒂莫西会喜欢的，寄宿生活很有意思。她从抽屉里拿出一袋太妃糖，给了他一块。他拿了，但没吃。在回唐克斯夫人家的路上，他把糖扔进了地沟。母亲看到了，但没说什么。

第二天，母亲提着一只箱子送他到学校，箱子里装着他的衣服，但除了单耳兔子之外没有其他玩具。寄宿生不允许拥有自己的玩具，但是修女会会长说他可以保留单耳兔子。母亲亲吻他，跟他告别，告诉他要表现得好一点。她在哭，而他不明白为什么她要丢下他一个人在这儿。他没有哭，但心里害怕，不高兴。学校的寄宿部阴冷黑暗，木制楼梯和走道没有铺地毯，踩上去吱吱作响。晚饭是炖菜，里面有一些小块的白色脂肪，还有稀肉汁拌土豆泥。他一口也没吃，但害怕斯科拉丝蒂卡修女发现。晚饭后，他们走进教堂，唱赞美诗，诵读长长的祈祷词。他并不知道祈祷词该怎么念，嘴巴张张合合，却不发出声音，假装自己在和别人一起唱歌、祈祷。然后就到了睡觉的时候了。他跟一些小男孩一起睡在一个大房间里。有个供人洗漱的地方，但只有冷水。地板上只有油毡，脱下鞋和袜子踩上去时，他感觉脚底下很冷，所以很快就上床了。值班修女问他做没做睡前祷告，他说如果天气太冷，母亲就让他躺在床上祷告，别的孩子笑成一片。修女说，下次他必须跪在床边祷告，跟别的孩子一样。她把所有的灯都关掉，只留房间一头的一盏小灯，坐在灯前念《玫瑰经》。她手捻念珠，发出嗒嗒的响声，这让蒂莫西想起防空洞里诺拉阿姨的毛衣针。他希望回到炸弹落下之前在防空洞里的那个时候。他不喜欢在修女会寄宿。他想哭，但是别的孩子会听见，而且哭也没有用。母亲来看他时，他要大哭一场，请她把自己带走。他想象自己哭着对妈妈说，带我走，带我走，带我走，然后她就带他走了。那可真好。这么想着，他睡着了。

第二天早上，钟声把他叫醒，天还黑着。他觉得胳膊很冷，原来是有人在夜里把他的胳膊放到了毯子外面。他用毯子蒙住头，试着去想母亲把他带走的情景，但是没有用。听着别的孩子起床的声音，开水龙头的哗哗声，鞋踩在木制楼梯上的咔嗒声，他不相信那个情景会成真。他下床，在寒冷的空气中颤抖着穿上衣服；但他不习惯自己穿衣服，他扣不上衬衫袖口的扣子，也不会系鞋带。他站在床边，拖着鞋带，袖口敞开，直到修女来帮他。她脱下他的衬衫，叫他先去洗漱。他回来后，修女检查耳朵洗没洗干净。早餐有粥，但没有妈妈煮的好喝。粥很稀，糖没放够，没有味道。

早餐后，他们去衣帽室擦鞋。一个穿蓝色围裙的修女给了他一盒黑色的鞋油和一把刷子。他无助地看着这些东西，突然开始哭，流下无望、无用的眼泪——这可是他计划留到妈妈来看自己的时候才用的，现在却浪费在了周围的冷漠的男孩和女孩身上。昏暗吵闹的衣帽室里弥漫着鞋油的气味，没人听到、也没人看到他流眼泪。

——怎么啦，蒂莫西？大孩子不能哭。

他转过头，看着修女。他用手背擦擦眼睛，吸了吸鼻子。

——不知道怎么干。

——噢，嗐，这有什么好哭的。来，我教你。

修女弯下腰，用力擦他的鞋。有的孩子暗自发笑，往他这边瞧。蒂莫西羞愧难当，把头扭开，朝窗外望去，那个窗户对着大门，装了护栏。他突然看见母亲提着他的长筒雨靴沿着车道走来。他想也没想，跑出衣帽室，冲进走道。一个修女看见，摇着手，想拦住他——走廊里是不许乱跑的。修女在微笑，但他心里感到，如果她把他拦住了，那么他就见不到母亲了，他将永远永远是寄宿生。他从修女的胳膊底下钻过去，发觉袖子被她的手抓住了，不过他还是挣脱开，跌跌撞撞地跑到门口。另一位修女刚刚打开门，母亲站在门槛上。他一头扎进她怀里。

又能回到家真是太好了。一连几天，他像着了魔一般，在这座房子里兴奋地遛来遛去，几乎不敢说话、玩耍，唯恐那样会打破咒语，把自己送回修女会。但母亲向他保证，他不用回去了。伦敦现在空袭不多，而且他们有了自己的防空洞。不像吉尔家的那样在花园里，而是在前厅，像一张大铁桌子，人睡在桌子底下的床垫上。这种避难设施叫莫里森[①]，几乎占满了前厅的空间。父亲说，要是直接被炸弹击中，这东西保不了命——但其实也没有什么能保得了。无论如何，蒂莫西一爬进去，就感到安全。里面设有床垫和靠垫，四面是铁丝网，所以人在里面可以呼吸，就算房顶掉下来也不会受伤。蒂莫西每晚都睡在莫里森里，如果有空袭，妈妈就下楼，爬进来，躺在他身边。

杰克叔叔休假时，有时跟他们住在一起，因为他没有房子了。吉尔家以及左右几座房子所在的地方现在成了一大片空地，堆着砖头和扭曲的管道。蒂莫西离开的这段时间里，杂草已经长得比瓦砾堆还高了。有一天，他看到杰克叔叔站在炸弹落下的地方，手插在口袋里，凝视着地面。蒂莫西差点要叫他，但最后决定还是没有叫。回家后，他告诉母亲这件事，后来又听到她告诉了父亲。母亲说，这是人之常情，但他不应该再陷在里面了。父亲说，杰克很自责，但是又有什么用呢。从他们的谈话中，蒂莫西理清了在防空洞的最后一夜发生的事情。第一颗炸弹——也就是吵醒他的那声巨响——落在旁边一条街上，杰克叔叔跑去帮忙。他走之前向诺拉阿

①莫里森式避难设施从 1941 年 3 月开始被引入英国家庭，以时任内政大臣赫伯特·莫里森的姓氏命名。

姨喊了一声，但她没听见。她从防空洞里出来找他，吉尔跟在她后面，这时他们自己家的房子被第二颗炸弹击中，她们在花园里遇难。遇难的意思是死了，埋在地里，但灵魂去了天堂。在天堂里当然幸福，但是被丢下的人就会很难过，就像杰克叔叔。蒂莫西很怀念跟吉尔玩耍的日子，但不像在修女会寄宿时那样难过了。

附近几条街挨了很多颗炸弹。按理说你不应该去炸弹击中过的地方，虽然大一些的男孩们都去。可能还有没爆炸的炸弹，如果你踩中一颗，它就会爆炸，杀死你。大男孩们去炸弹落点找弹片。有天早上在上学路上，蒂莫西在阴沟里发现一块弹片，拿起来的时候还是温的。它在手里沉甸甸的，摸上去很粗糙，像洗澡用的浮石晾干以后的感觉。琼·柯林斯让他把弹片扔掉，但他仍然留着，尽管她掐了他一下。这块金属在手里又温暖又粗糙又沉重，令他诡异地兴奋起来：从天上掉下来的一块战争碎片。他开始收集弹片。收集起来后你应该交给政府，好用来造新的弹壳；但蒂莫西把自己发现的弹片放在床下的一个纸箱里。

他去上教区学校。起初他有点害怕——有的男孩很粗野；老师大喊着，打顽皮的孩子——但比起在修女会寄宿还是更好一些。他渐渐适应了粗暴、拥挤的操场。他最不喜欢的事就是被琼·柯林斯呼来喝去。她带他去上学，带他回家，还要负责照顾他，因为母亲得去供应配给部门上班。有时琼很生气，说希特勒早晚有一天会把蒂莫西抓住，对他做可怕的事情。他不相信她，也不喜欢她这么说。希特勒是德国人的头子。他发动了战争。他是一个留着黑胡子的杂碎。德国人的另一个名字是纳粹，听起来像杂碎，所以这是个好名字。

有一天，蒂莫西和父母一起去看一部关于希特勒的电影。拿希特勒开涮的电影应该很有意思。那个男人趾高气昂地走来走去，高声尖叫，语无伦次，电影院里的每个观众都笑了起来，但蒂莫西只是跟着别人笑了笑，因为他心里其实吓坏了。蒂莫西不敢相信那真的只是一个打扮成希特勒的人，因为他看起来是那么真实，而且电影里的其他人和地方看起来也都那么真实。当然并不是真的，但就像一场梦，一场噩梦——你觉得就是真的，直到醒来。在这之后，他有时会梦见希特勒，在夜里哭醒；希特勒的黑白影像在他眼前闪烁，像那部电影一样。

有一天，在学校的操场上，一些大男孩追着琼·柯林斯，从后面掀起她的裙子，大叫：

——蓝的裤衩！蓝的！琼·柯林斯的脸涨得通红，大哭起来，所有的大男孩都笑了，蒂莫西也笑了；看到琼·柯林斯被欺负了一回，他很开心。但是校长从窗口看到了这一切，于是第二天大男孩们挨了藤条；蒂莫西在恐惧和颤抖中熬过了这一天，害怕校长也看到自己笑了。

七岁时，他第一次领圣餐。而在此之前，你必须得做第一次忏悔。你走进教堂一侧的一处很黑的地方，就像一个衣柜，里面有一扇铁丝网窗户，后面坐着一个神父，你告诉他你的罪，他宽恕你，不过其实是耶稣宽恕的你。然后你灵魂里由罪带来的污点就洗净了，灵魂就明亮闪耀。罪是撒谎或对父母无礼或在星期天不去参加弥撒之类的事情。还有不洁之罪；马普尔斯小姐从来没有正面解释过什么是不洁，但他知道是指粗鲁的事，就像一些大男孩在厕所里画的画，或是掀起琼·柯林斯的裙子看她的裤衩。蒂莫西很高兴自己没做过任何这类事情，因为忏悔时必须得把它们说出来，那可真是糟透了。

他试图不去想他跟吉尔做过的事，他们在她的浴室里互相看过，在防空洞的床上互相摸过。他永远不能告诉神父。神父不会告诉任何人，按理说他也不知道你是谁，因为忏悔室里很黑，而且你说话声音很小。但是，假如即便你把声音压得很低，他也听出了你的声音，或者他透过帘子窥探，看到你和其他男孩女孩一起跪着，数了一下，就知道什么时候该轮到你，怎么办？蒂莫西试着去想如何告诉神父自己和吉尔的事，但仅仅是去想想，他内心就感到好笑。他没法告诉神父。但在领第一次圣餐之前，你应该忏悔你所能记得的所有罪，否则就是亵渎，这是所有罪里最严重的。

第一次忏悔之前那晚他睡得很差，还梦见了希特勒。他醒着躺在莫里森里，房间里慢慢亮起来，他决定忏悔一件自己没做过的事，作为对不忏悔关于吉尔的事的弥补。他编造了一桩罪，说从母亲的手包里偷了一些钱，虽然他实际上从来没有偷过任何东西。神父说：

——多少钱，我的孩子？

蒂莫西没料到会被问这个问题，就说一英镑，这是他当时能想起来的第一个数。神父似乎认为这是很多钱，和他谈了很长时间，讲偷窃是多么邪恶，直到蒂莫西被吓得不轻，觉得要是没有说这么大一笔钱就好了。但他后来想，无论如何，他肯定已经对不忏悔关于吉尔的事做了弥补。他领了第一次圣餐，没有太多担心。

姐姐凯丝回到家里来了，因为她离开了学校。她十七岁了。蒂莫西起初见到她还很害羞，因为离上一次见她已经过去很久了。她很胖。当她在楼上的卧室里走动时，餐厅的餐具柜里的东西就叮叮当当地响，父亲从报纸上抬起头来，说：

——天呐，这几天她准得砸穿屋顶掉下来。没关系，我们可以说这是战争损失。

后面那间卧室里有了凯丝的同学们的照片、电影明星的明信片，看起来不一样了，而且闻起来香香的。她还有口红，虽然其实她还不应该用。有一天，他透过她房门合页之间的缝隙，看到她在对着镜子擦口红。他认为她下楼之前把口红洗掉了；不过没人看还擦口红，这事挺有意思的。

凯丝在家待了一小段时间后开始上班。每天早晨，她和父亲一起乘火车进伦敦市，在办公室里工作。她办公室的负责人名叫哈珀小姐，而凯丝管她叫“老管人婆”。凯丝想到了十八岁就加入空军妇女辅助队，也就是女孩子们的空军，但父母不想让她去。蒂莫西晚上上床后，经常有激烈的吵架声从餐厅传来，通常的结束方式是凯丝跺着楼梯上楼进屋，“砰”的一声摔上门。蒂莫西站在姐姐一边。他自已想长大后当飞行员，驾驶一架喷火战斗机，打下来一大堆德国人。

他最喜欢的玩具是杰克叔叔送的飞机模型。它们是杰克在空军的一个朋友用木头做的，涂了迷彩，翅膀上有红、白、蓝色圆圈的皇家空军徽记。他有喷火、飓风和威灵顿轰炸机。莫里森的顶部是他的机场。前厅里有个深棕色的餐具柜，抽屉很难拉出来，柜角尖厉，他从来没有喜欢过，所以他管这柜子叫德国，派他的威灵顿去炸它。杰克叔叔现在是一架威灵顿的机尾炮手。他完成训练后来看他们，很兴奋。他说很期待也往德国佬头上扔几颗炸弹，以其人之道还治其人之身。这天是凯丝十八岁生日，她问杰克叔叔，难道他不觉得她应该加入空军妇女辅助队吗，于是又一场争吵开始了。起初杰克叔叔没说什么，但晚饭后他对蒂莫西的父亲说，他认为如果凯丝真的很想，那就应该让她参加空军妇女辅助队，因为这比做办公室工作有用。蒂莫西的父亲叹了口气，说：

——嗯，我想你是对的，杰克。那好吧。

然后凯丝用胳膊搂住他的脖子，亲他，然后对杰克叔叔也是同样，然后母亲从厨房进来，哭了一小会儿。杰克叔叔说：

——只要你别觉得会跟沃勒尔斯[①] 那样就好。

凯丝说她不再读那东西了。第二天，她去了空军妇女辅助队报名处，但没能成功入伍，因为体检不合格。她回家哭了三天三夜，然后又回到那间办公室工作。一切都像以前一样，只是更枯燥了。

凯丝整天闷闷不乐，而杰克叔叔再也没回来看过他们。母亲说这是因为他的驻地很远，但有一天她告诉蒂莫西，杰克叔叔失踪了。失踪意味着他的飞机出击后没有回来，但杰克叔叔可能已经用

①琼·沃勒尔森（Joan Worralson）通常被叫作沃勒尔斯（Worrals），是英国一战时的飞行员和作家威廉·厄尔·约翰斯（William Earl Johns，1893—1968）自 1941 年起发表的一系列小说的主人公。沃勒尔斯是空军女子辅助队成员。

降落伞跳出飞机，被俘虏了。战争结束后，他会回到英国。蒂莫西想到杰克叔叔在德国当战俘就很难过。他认为那肯定会像在修女会寄宿一样，一切都得靠自己，生怕再也回不了家。

战争仍在继续。父母经常谈起战前时光，但蒂莫西发现已经很难记起那时是什么样的了。他能想起来去海边，吃了一个沾满沙子的香蕉，因为他把香蕉掉进沙子里了；这肯定是在战前，因为现在你再也得不到香蕉了。他记得商店橱窗里一棵亮着灯的圣诞树；这肯定是在战前，因为当时天已经黑了，圣诞树的灯光照在人行道上，所以不可能是灯火管制的时候。父母在圣诞节期间说了好多战前的事，以及你曾经能吃到的东西：香蕉和橘子和葡萄和无花果和枣，百果馅想吃多少就能吃多少，不用凭票。所有这些东西在战争结束后都会回来的。但战争仍在继续。

在一个圣诞节，凯丝送给蒂莫西一本地图册。一幅世界地图铺满头两页，英国和大英帝国统治下的所有国家都是粉红色的。英国很小，但有很多粉红色的国家，其中有一些很大。德国是一个黄色小国家，意大利是一个绿色小国家。他看看粉红色的国家的面积，再看看美国和苏联的，于是这场战争似乎变得不公平了，尽管他不愿意这么想。我们也在打日本，但那也是一个小国家。是德国、意大利和日本发动的战争，所以如果他们打输，那是他们自己的错，但是要花很长时间才能打败他们。蒂莫西喜欢画各种比赛——汽车比赛、飞机比赛和划船比赛。每辆汽车、飞机或赛艇都有一面小旗，表示属于哪个国家。他画的是比赛结束的样子，名次总是一样的：英国第一，美国第二，苏联第三，法国第四，意大利第五，德国第六，日本最后。有时德国和日本坠毁或沉没了，没完成比赛。

有一天，凯丝带一个叫罗德的美国飞行员回家，他们是在一场舞会上认识的。他晒得很黑，制服非常光滑柔软，不像杰克叔叔的，粗糙又扎手。罗德有一种叫“多汁水果”的口香糖，是特别长的长条，他给了蒂莫西几条。这口香糖太大了，你一次只需要半条。他常常爽朗地大笑，露出洁白的牙齿。他管蒂莫西叫“小鬼”，称他父亲“先生”。罗德第二次来他们家时，给蒂莫西和母亲带了牛奶巧克力，给父亲带了香烟。蒂莫西喜欢罗德，他很高兴美国人与英国并肩战斗。但是罗德没有再来看过他们。蒂莫西从楼梯拐弯处的平台听到一场大吵，当时他们以为他已经睡觉了。父亲向凯丝大吼，说她不该和已婚男人搞在一起，她跑上楼，蒂莫西差点就来不及跑回自己的床上去了；然后凯丝“砰”的一声关上房门。

有一天，凯丝离开了家。她去一个叫切尔滕纳姆的地方为美军做秘书工作。父母不想让她去，但她死缠烂打，直到他们同意为止。她写信来，说她过得很好，为美国人工作很舒服，而且还能吃到各种各样你在商店里买不到的东西。母亲说她会比以前还胖。父亲说美国佬懂得享受。凯丝在随军牧师部门工作，母亲说不管怎样这总是一个安慰。凯丝说出于安全考虑，关于工作不能再讲更多了。听起来像间谍之类，蒂莫西很是兴奋。

凯丝去切尔滕纳姆后，过了一段时间，D 日[①] 到了。大家都很

① D 日（D-Day）本表示一次军事作战或行动发起之日，现已基本特指诺曼底登陆日（1944 年 6 月 6 日）。

高兴，他们整天在家听无线电。父亲说战争很快就会结束，蒂莫西说，好啊，因为杰克叔叔会回家了。但那天晚上他去睡觉时，母亲说杰克叔叔不会回家了。他们一直知道杰克叔叔在飞机被击落时就牺牲了，但没有告诉蒂莫西，因为他太小了。但他现在快长成大孩子了，就必须明白，战争中是会有人遇难的，这就是为什么战争是非常可怕的事。而且他每天晚上都必须念一篇祈祷词，让杰克叔叔的灵魂安息，就像他对吉尔和她妈妈做的那样。蒂莫西觉得自己好像要哭出来了，但他不能。他对德国人充满了仇恨，因为他们杀死了他认识的最好的人。

然后嗡嗡炸弹开始飞来。战争又像刚开始的时候，而不是要结束的样子。嗡嗡炸弹像飞机，不过没有飞行员，而且飞得很快，所以很难把它们打下来。它的正确名字是 V1，但因为飞过头顶时嗡嗡作响，被叫作嗡嗡炸弹。嗡嗡声要是停止了，接下来就会是大爆炸。有一颗落在不远的一家伍尔沃思超市，炸死了很多人，父亲说蒂莫西和母亲留在伦敦太危险了，所以他们又回到了布莱菲尔德。这次不住在唐克斯夫人家，而是另一家，房东叫巴伍德先生。他上了年纪，妻子已经去世了，他不收他们的房租，因为蒂莫西的母亲为他做饭，还打扫房子。

轰炸机每天都昼夜不停地飞过布莱菲尔德，去轰炸德国。蒂莫西一般是在花园里或花园后面的田野上捉蝴蝶时听到远方传来发动机的轰鸣，于是他放下捕网，手搭凉棚，紧盯天空。慢慢地，轰鸣声越来越响，直到似乎填满了整个天空——这很有意思，因为这时候其实一架飞机也看不到。然后你会看到第一架，在很高很高的天空中，一个银色的小斑点；一旦你看到一架，就会突然看到整个机群，似乎有好几百架，稳稳地排成队列飞行。有时候飞机后面会拉出粉笔白色的蒸汽长条，这时它们就很容易看到了。它们是美国轰炸机，叫空中堡垒，因为有很多炮塔。英国的轰炸机主要是兰开斯特，少一个炮塔。他从未见过一架兰开斯特，因为它们在夜间飞行，但他看过它们的照片，听过它们的声音。他卧室的窗户随着它们的发动机的巨响而震颤。他也听到它们在清晨破晓之前回来，但是没有去的时候的声音那么大，因为它们不是一起回来的。有的根本就没有回来，就像杰克叔叔的飞机一样。

父亲有时在周末来布莱菲尔德。现在伦敦不但有 V1，还加上了 V2。V2 是火箭，速度极快，根本打不下来，甚至连拉响空袭警报都来不及。你只能看到天空中划过一道闪光，下一秒就是爆炸。感谢上帝，德国佬以前没有这东西，父亲说。他说德国人已经把这东西打光了，而且幸亏凯丝在切尔滕纳姆。

然后凯丝那里传来了令人高兴的消息。她好久没有照例每星期写信来，母亲越来越担心，都想打电话给她了，这时他们得知她身在三星期前才被解放的巴黎。美军在法国需要秘书，招募志愿者，而凯丝报了名，谁也没告诉。她说没有通知她们要去哪里，直到飞机开始盘旋，看到埃菲尔铁塔，她们才知道是巴黎，然后飞机上的所有女孩都欢呼起来，连生病的也不例外。她说她很安全，很好，这是有生以来最让她激动的事。蒂莫西觉得，他们还在法国跟德国人打仗，凯丝敢去法国是很厉害的。如果德国人又开始占上风，把她俘虏了呢？他认为母亲也很担心这种情况。她说她真不愿意去想凯丝一个人在巴黎，她太年轻了，当初就不应该让她去切尔滕纳姆。每天邮递员一来，母亲就跑到门口，看看有没有凯丝来的信。这些信写在一张纸上，把信纸折起来，信本身就成了信封。这叫V-信件[①]，信纸边上印有红色条纹，还有个地方供信件检查员盖章。

V-信件的V代表胜利。温斯顿·丘吉尔在照相时用手指比出V字胜利手势，另一只手夹着雪茄。人人都喜欢丘吉尔先生，管他叫温妮——这通常是女孩的名字，但却是温斯顿的简称。丘吉尔是英国人的头儿，罗斯福是美国人的头儿，斯大林是苏联人的头儿。现在苏联人也占上风了，在德国的另一侧。蒂莫西有几本以一个哥萨克小男孩为主人公的漫画，他在德国人撤退时用各种花招狠狠地教训了他们。

蒂莫西回到了以前去的修女会学校。学校一般不收七岁以上的男孩，但由于是在战时，所以给他破了例。回来的感觉很奇怪，虽然他记得最真切的修女——特蕾莎和斯科拉丝蒂卡——都已经离开了。班上除了一个跟他同龄的男孩以外都是女孩，他觉得很无聊，但是这比去村子里的学校要好。他害怕那些粗鲁的乡下男孩，但同时也看不起他们。他们从没离开过布莱菲尔德，什么都不知道，真的。对他们来说，战争只是被击落的怪模怪样的V1和从头顶掠过

---

① V-信件（V-mail）是二战期间美军邮政系统使用的一种信件处理流程，主要供海外士兵同国内通信用。此种信件须用文中描述的特殊信纸书写，一般在经过检查后以微缩胶卷拍照，而胶卷会被运送到目的地，在目的地再冲洗成照片，大约为原件的四分之一大小。英军也有类似系统，称为航空照片信件（Airgraph）。

的轰炸机的轰鸣。他们不知道伦敦是什么样的，伦敦有弹坑和防空洞，街上有弹片。蒂莫西怀念伦敦的街道和商店，以及红色巴士和有轨电车。东格林斯特德是离布莱菲尔德最近的大镇子，也不是特别大，不过蒂莫西喜欢和母亲乘绿线巴士一起去那里。镇上有一家医院，治疗在坠机时烧伤的飞行员，经常能看到他们走在街上，穿着亮蓝色病号服，缠着白色绷带。有时他们整张脸都被绷带包裹起来，只在眼睛和嘴巴的地方开着小孔；有时他们没有绷带，也没有脸，真的——好像脸是用蜡做的，融化了。当他们在人行道上遇到这些人时，母亲抓紧他的手快步走过。她说，盯着那些可怜人的脸看不礼貌，他认为她说得对；但是转移视线、从他们身边走过似乎也不礼貌。不知道怎么做才好。他想知道那些人更喜欢哪种方式。

母亲说圣诞节他们要回家，很可能就不用再回乡下了，蒂莫西很高兴。现在实际上已经不再有 V1 和 V2 飞来了，父亲认为没什么安全问题。这是个好消息，大家都觉得战争很快就会结束。但是当父亲在维多利亚车站接他们时，他对蒂莫西的母亲说的第一句话是：

——我想我们又要输了。

他本意是开玩笑，但蒂莫西能看出来，他有点担心。德国人正在反击，美国人不得不撤退。报纸上管这场仗叫突出部战役。圣诞节的气氛被搞砸了，因为父母担心凯丝。但在节礼日传来的消息好了一些。无线电说，美国人正在反击，德国人又撤退了。然后他们收到了凯丝的一封信，母亲在早餐时念道：

我正在巴黎度过有生以来最好的时光。我喜欢为美国人工作——他们非常友善，我们在一起很有意思。他们把我们照顾得很好——住得好，吃得好，玩得好，等等。昨天下了一场大雪，巴黎在厚厚的积雪下看起来真的很可爱。巴黎是一个美丽的城市，街道比伦敦要宽得多。希望你们在三十三号一起度过一个愉快的圣诞节。我们本来很期盼圣母院的子夜弥撒，但由于形势的变化，弥撒取消了。

形势的变化是指突出部战役。

——要不是最后一句话，都觉不出来在打仗。母亲说。她说话的方式让你觉得她在度假呢。

——她应该担心的是自己的“突出部战役”，要让我说。父亲说。她从美国佬那得到那么多吃的。

对德作战到春天时已经接近尾声。无线电上的每次新闻广播他们都听，而每次都有盟军新占领的城镇的名字。蒂莫西每天都看《每日快报》上的地图，按大白箭头指出的方向跟踪盟军深入德国的路线。英国和美国人从西面，苏联人从东面。他们不久就会会师，德国将被击败。他兴奋异常，迫不及待地盼着战争快点结束。他现在的感觉就像看到欺负人的孩子在全校大会上被点名出列，然后挨藤条——得意和解脱与正义感交织。来自贝尔森集中营的第一批新闻传出，报上登出照片：饥饿的人身上仅穿破烂的睡衣，胳膊和腿瘦得像棍子，肋骨从皮肤里凸出来；地上饿殍成堆，四肢胡乱搭在一起。蒂莫西甚至感到有点高兴——因为这说明德国人邪恶得超越了一切想象，证明了这场战争的正义性。就好像世界上所有的邪恶和残忍和冷酷都集中到了一个地方，现在正在被盟国的东西两支强大力量挤压、碾碎，将得到惩处，被彻底消灭。

他憎恨胜利中的任何瑕疵；在他看来，罗斯福总统在德国人即将投降时去世，似乎是上帝管理不善造成的。他脑海中有一幅模糊的图景：胜利之后，丘吉尔、罗斯福和斯大林昂首阔步走进柏林，站在蓝天下的一堆瓦砾上互相握手；与此同时，三国士兵放下步枪，摘下头盔，微笑，欢呼。还有另一幅图景：希特勒被拖到他们面前，他充满恐惧和负罪感，恳求宽恕，然后被绞死或者得到别的什么下场。但希特勒在盟军抓到他之前自杀了，这又是一处瑕疵。然后希特勒的尸体找不到了，报上说也许他其实已经逃脱，藏在某个地方。在学校里，男生们争论希特勒是不是真的死了，蒂莫西站在说死了的一边，因为他觉得希特勒逃脱简直不堪设想，而且他有点害怕——如果希特勒真的跑了，那么他可能有一天会带着一支军队卷土重来。蒂莫西总是认为希特勒身上有一些超乎常人的东西，就好像是撒旦；否则，德国这么一个小国怎么可能差点就把那么多国家打趴下了呢？

不过德国还是被打败了，于是有了 VE 日，意思是欧洲的胜利[①]，因为战争还没有结束，日本还没有被打败。日本人跟德国人一样，对待战俘很残忍；从某些方面来讲他们更难被击败，因为他们

① VE 是 Victory in Europe 的缩写。美国及西欧国家将二战欧战胜利纪念日定于每年的 5 月 8 日，俄罗斯等东欧国家定于每年的 5 月 9 日，以纪念 1945 年 5 月 8 日纳粹德国在柏林正式签署投降书。

不怕死。日本人有自杀飞行员，就算自己要死，也要开着飞机撞沉军舰。然后美国人投下原子弹，日本人投降了。在蒂莫西看来，盟国发明了原子弹似乎最终证明了好人是最聪明的人，最后总是会赢。可惜他们以前没有发明出来，要不就可以在柏林和其他一些德国城市投下原子弹，那样的话德国投降要快得多。

在VE日和VJ日[①]之间，有一件叫大选的事，之后一个蒂莫西从未听说过的叫艾德礼先生的人成了首相[②]，而不是温斯顿·丘吉尔。蒂莫西不明白，因为人人都喜欢丘吉尔，而且他打赢了战争。父亲说这是政治，他太小了，不懂。但是蒂莫西感到震惊，他觉得这是忘恩负义，是背叛。此外，在日本鬼子被击败之前赶跑丘吉尔是愚蠢的。艾德礼先生看上去不像是能打赢战争的样子。其实他长得挺像蒂莫西的父亲。

不过日本鬼子还是投降了。在VJ日之夜，他们在大街上的弹坑处燃起一堆篝火。人人都走出房子，站在篝火旁说笑，直接对着瓶子喝啤酒和柠檬汁。蒂莫西像所有孩子一样，外衣上别着红白蓝三色的V形丝带。当晚全伦敦许多炸弹曾经落下的地方都燃起篝火，映红了天空，好像空袭的时候。然后一个男人放了几个他从战前一直保存到现在的烟花。

蒂莫西身边的大人太多了，不方便看烟花，于是他离开人群，

---

① VJ是Victory over Japan（对日胜利）的缩写。由于战事在各国终止的日期不等，二战对日战争胜利纪念日在各国的日期也不同。在日本、朝鲜、韩国为8月15日，纪念1945年8月15日昭和天皇向全国广播《终战诏书》；在美国、英国、法国、加拿大为9月2日，在中国、苏联为9月3日，纪念1945年9月2日日本与盟国签订《降伏文书》。

②克莱门特·艾德礼（Clement Attlee，1883—1967）是英国政治家，在1945年大选中带领工党取得压倒性胜利，击败丘吉尔，出任英国首相。

找到一处比较高的地方站上去。最后一个烟花特别明亮，弹坑周围亮如白昼，此时他发觉自己正站在吉尔的防空洞上，脚下的草地就是防空洞的房顶。烟花炫目的光芒渐渐消失，他又被黑暗笼罩。站在低处的人们在红色火光的映照下，成了一个个昏暗的剪影。他感到奇怪：庄严，但令人困惑，似乎现在应该说点或者想点东西，但他不清楚是什么。他从防空洞屋顶爬下，磕磕绊绊地走过瓦砾和扭曲的管道，回到围绕着篝火的人群。

——哦，你在这儿呢。母亲说。你穿着最好的裤子去干什么了？她用手拍打他的裤子。

他盯着还发着光的余烬。

——妈妈……

——你的脸也很脏。什么事？

她从手包里拿出一块手帕，在上面啐了口唾沫，擦拭他的脸颊。他忍着这种小孩般的待遇，因为他有一个问题要问。

——妈妈，战争真的结束了吗？

——是啊，谢天谢地。

——现在会是什么样子呢？

——会是什么样子？天，你可真会问问题。我想会及时恢复正常的。她合上手包的搭扣。

——什么是正常？

——哦，所有的士兵都会回家，然后回去上班。不会有灯火管制……店里会有更多的吃的，不用票就能买。

——会有香蕉吗？

——是的，会有香蕉，还有橘子和菠萝，还有好多好多东西。

——你什么时候给我买根香蕉？

母亲笑了起来。

——噢，这我可说不准。这一切都需要一段时间。

3

——这比我当初跟你商量好的时间可长太多了。母亲常常说。因为她经常回忆起蒂莫西在 VJ 之夜的问题。蒂莫西又等了两年才尝到香蕉，而且母亲必须排一小时的队才能买到一把。配给制还在继续实行，情况甚至在一些方面变得更糟了。

实际上，战后的生活令人意外地基本没什么变化。有天晚上路灯亮了，蒂莫西和两个朋友琼西和布林克在街上遛来遛去，在古怪的蓝幽幽的灯光下试着把影子变成各种形状，他们逛了很久，害得蒂莫西的母亲都派父亲上街去找他们了；但这股新鲜劲很快就消失了。士兵复员回家，于是每过一阵，附近的某座房子就会刷上标语——“欢迎回家，爸爸”。但他的爸爸从来没有离开过家；他倒是愿意给杰克叔叔刷“欢迎回家”的标语，可杰克叔叔不会从战争中回来了。他想等凯丝回家的时候刷一条标语，可又怕琼西和布林克会笑话他，因为凯丝只是个秘书。

但是，当凯丝到家时，她穿着一种特殊的制服，是飒利的卡其色，用光滑的布做的，就像罗德的一样，袖子上有个红白蓝三色的徽章。令大家吃惊的是，跟走的时候相比，她整整瘦了一半。她改了发型，涂口红和指甲油，不看东西的时候不再戴眼镜。她还抽烟。蒂莫西和她一起上街时，看到邻居们的身影在纱帘后晃动；他们像水族箱里的鱼一样，被吸引到窗边，为了看他迷人的姐姐。琼西和布林克说她真有魅力，蒂莫西觉得自己当初应该刷上“欢迎回家”的标语。

但是凯丝只是休假，她明确表示没有回伦敦定居的计划。她现在在法兰克福工作。父母希望她回家，但她说她在现在待的地方过得更好：收入高，方方面面被照顾得很好，能看到真正的生活。下午茶后，他们围坐在餐厅桌旁。母亲喃喃地说有的人就是自私，而凯丝看起来很不高兴。

——妈妈，这话可就没意思了。我在家里有什么好？咱俩老是怄气。

——说什么废话。母亲说。她紧绷着嘴唇。

——不是废话——是吧，爸爸？

父亲在椅子上不安地挪动身体，从口袋里掏出一包凯丝给他的好彩牌香烟。

——我不知道，凯丝。不过你妈妈和我的意思是想让你离家近一点。

凯丝抽出一根烟，用一个精致的金色打火机点着，也给父亲点上烟。

——哎，如果有急事，我可以随时跳上班机，几个小时就到家了。

——不是这个意思。母亲说。

——那是什么意思？如果是钱，我乐意——

——我们不需要你的钱，孩子。父亲不耐烦地说。再说没有能用得上钱的地方。

蒂莫西的母亲开始把盘子都收拾到自己跟前。

——那么，看来我只好自己一个人打理这个家了。

——哦，妈妈！我跟你说。（凯丝把香烟摁灭在一个碟子里，被口红染红的烟屁股太长，被摁弯了；蒂莫西看见父亲厌恶地朝这废烟头瞥了一眼）我跟你说，让我花钱，找个阿姨来打扫。

——阿姨！阿姨来了我干什么？我自己就能把这个家管得很好，非常感谢。

凯丝爆发出一阵大笑：

——妈妈，你真是不可救药！

蒂莫西和父亲也笑了起来。母亲挤出一个勉强的、郁闷的微笑。她没想好要不要生气，站起身来，把一堆盘子端进厨房。

凯丝带回家很多礼物，就好像童话里的仙子到家里来了。给蒂莫西的是美国糖果——按她的叫法，叫 candies 而不是 sweets[①]——名字古怪而费解，比如“贝比·鲁斯”和“哦，亨利！”。给父亲的是两百支装的大包美国香烟，给母亲的是一种材质叫尼龙的新型丝袜。还有特别的昂贵礼物：给蒂莫西的手表，给父亲的相机，给母亲的纯正珍珠耳环。

① “糖果”一词，在美国英语中一般为 candies，在英国英语中一般为 sweets。

——凯丝，你用不着这么奢侈。母亲说。她在手里把耳环转来转去。我永远不敢戴。这一定得花一大笔钱吧。

——我攒着香烟配给。凯丝解释道。在德国能用香烟购买任何东西。吃的也能用烟买。

——你的意思是你从黑市上弄到的这些东西，凯丝？父亲问道，声音里有些不满。

凯丝耸了耸肩。

——人人都这么干。你看，那天随军牧师的司机到我们办公室，手里玩弄着一罐火腿。我问他拿这火腿做什么，你知道他说什么吗？牧师让我出去给祭坛弄些花来。

——天主教牧师？母亲说。

——是的。

——天呐！那么这肯定是没关系的了。

蒂莫西想知道他的手表花了多少支香烟，但他觉得这个问题可能不太礼貌。这是一只瑞士手表，有秒针，还防震、防水、防磁。他想象一个德国人把这块表交给凯丝，换回一条烟，一支接一支地抽，到还剩几支时又后悔用表换烟了，因为手表能留得住，而烟不能。

——德国人是什么样的？凯丝在家的最后一天，蒂莫西问她。他们坐在后面那间卧室里，凯丝休假时蒂莫西让出这间屋来给她住。她正在涂指甲油；他喜欢看这套动作。

——哦，我们按理说是不应该亲敌的——知道吧，就是和德国人混在一起。实际上一开始我们待的地方都用铁丝网围起来，没有通行证就不让出去。所以很难说。但他们似乎跟其他人一样。不一样的是你能看见很多跛子，受了各种各样的伤的人。

——他们恨我们打赢了战争吧？

——他们对轰炸很有怨言，而且当然没人喜欢被占领。但让美国人管着比在苏联占领区好，他们也知道。

——不管怎么样，他们活该啊，不是吗？轰炸，我是说。

——我想是这样的吧……但跟法兰克福相比，伦敦的空袭根本算不了什么。我从没见过一个地方能被毁坏到那种程度。一个街区接着一个街区，完全夷为平地。

——你知道我们的伍尔沃思被一枚会飞的炸弹击中了吗？蒂莫西问她。他隐约觉得凯丝低估了战争给她自己的国家带来的伤害。

——我知道，真可怕，不是吗？死了那么多人，还有孩子。啊，谢天谢地，现在一切都结束了。

——我觉得你可能不太想回法兰克福去。他说。

——哦，我可能会被派到更好的地方。你永远也不知道下一站在哪儿。看！

凯丝已经涂好了指甲。她把带小刷子的瓶盖盖回去，站起来，挥着手，让指甲油干透。她走到窗前朝外面看。

——天呐！她低声说。

蒂莫西跟着她来到窗前，看看是什么让她这么说。但在窗外，他看到的只是熟悉的景象：一排排狭窄的屋后花园，花园里的煤棚和晾衣绳，一辆有轨电车停在远处的街上；屋顶连成一片，在烟雾笼罩下模模糊糊地渐渐消失在远方。外面下着蒙蒙细雨，烟雾从烟囱里慢慢地升起。他回到之前一直坐着的床上，翻开凯丝带回家的一本美国杂志。它又厚又重，闪闪发亮，里面还有很多照片：薄烤饼上的糖浆淌下来，细长的杯子里盛满水果和冰块，巨大的流线型汽车横跨两页，于是车中间看上去就好像弯曲了一样。这本杂志叫《生活》。

——能不能把这本给我，凯丝？还是你还想带回去？他怯生生地问道。

——嗯？她出神地喃喃道。哦，行，你拿着吧，蒂莫西，我在德国一直都有。

她仍然站在窗前，双手上下挥动，像某种大鸟在奋力起飞。

蒂莫西十岁时进入一所叫圣迈克尔的文法学校①。老师们被称为弟兄，他们就像教士，只是不做弥撒。他们穿黑色的法衣，有大大的白领子。还有一些老师不是弟兄，穿普通衣服，比如教艺术课的老师。蒂莫西最喜欢艺术课。他们星期五下午有连着两节艺术课，这是结束一周学习的好办法。他成绩最好的科目是艺术和数学。学期结束的时候有考试，蒂莫西虽然是班上年纪最小的学生之一，但通常能排名第三或第四。一开始父母交钱供他上圣迈克尔，但他十一岁时参加了一次特别考试，以后就免费了。

他不喜欢学校的两件事。一件是藤条，有很多事都能让你挨

①在英国，文法学校（grammar school）是中学的一种，主要提供学业课程而非职业训练。

藤条，不仅是淘气，还包括上课回答错问题；另一件是运动，蒂莫西喜欢运动，特别是足球，人人在休息时都踢足球。他动作轻快敏捷，在操场上踢球踢得不错；在操场上踢不仅需要闪避对方球员，而且还要躲开在同一块场地踢其他比赛的人。但学校里最重要的运动是橄榄球，他讨厌橄榄球。他不喜欢打橄榄球时的冲撞，也没有勇气在别人跑动时去抱他们的腿。他学会在球场边缘跑来跑去，看上去好像很有兴趣似的，可实际上他既没有摸到球也没有撞到别人。有时，他会故意摔倒，让膝盖沾上泥土，看上去就好像撂倒过什么人。这种情况也适用于夏天的板球。他喜欢在操场上玩板球。用一个毛基本磨没了的旧网球，他可以投出很漂亮的侧旋球。但是真正的板球——硬硬的，散发着死亡的气息——就是另一回事了。学校里重要的运动除了橄榄球就是跑步，而这他也不擅长。他一般会在学校运动会正式召开之前的预选赛中被淘汰，所以他就和父母坐在一块儿看比赛，看获胜者最后上来领取奖杯。

——学习好的他们不给奖杯，真不像话。母亲说。那样的话你就能赢点东西了，蒂莫西。

但是蒂莫西却特别想要在运动上取得成功。在艺术或数学课上拿第一只能给他瞬间的满足，而运动才是他生活中的主要兴趣所在。有时候，父亲带他在足球赛季看查尔顿竞技队，在板球赛季看萨里队。他无比热情地在《每日快报》上追踪这些球队的战绩，想象他们获胜时的情景；他在街上对着房前花园的篱笆踢球，或者一个人在房后花园里，连着几个小时击打一个用细线吊在晾衣绳上的发泡橡胶球。但他的成就止步于街头和操场上，没有记录，没有被刻上奖杯，没有给学校争光，也没有为自己增加荣誉。他心甘情愿地过着默默无闻的生活。

1947年圣诞节，凯丝回来了。蒂莫西和父母去维多利亚车站接她。火车晚点了，父母坐在车站的餐厅里喝茶，他在车站里四处走动以保持身体温暖。他去研究站台入口附近没人注意、空空如也的自动售货机。机器上贴着褪色的说明，写着只要一个便士就能买到巧克力棒、焦糖味太妃糖、坚果和葡萄干。塞硬币的插槽被封了起来，橱窗上蒙着厚厚的灰尘，里面只有空空的金属货架，但他还是试着拉拉各个抽屉，希望——虽然不是真的希望——其中一个能打开，里面有一块被遗忘的战前糖果。

最后，凯丝的火车终于来了，由“不列颠之战”级火车头牵引进站。她像一只充满异国情调的鸟，在一个冬日停在泥泞溜滑的灰色站台上。她没有穿卡其制服，而是穿着绿色格子呢套装和披肩，戴着毛皮帽子。套装的裙子很长，几乎到脚踝。

——哟，你穿那种“新风貌”[①]了？这是母亲的第一句评论。

——是啊，喜欢吗？凯丝在站台上踮起脚，原地转了一圈。她带了很多各种形状的盒子，有圆的、方的，也有一般的长方形。她叫了一辆出租车把这些盒子运回家，一路上她一直在说话。蒂莫西觉得她说话时带的上层社会的口音比以前多了。当他回答她的问题

①法国著名时装设计师克里斯蒂安·迪奥（Christian Dior，1905—1957）于1947年2月12日在巴黎发表自己创立公司后的第一个女装系列，被《时尚芭莎》总编卡梅尔·斯诺称赞具有“新风貌”，因此得名。“新风貌”被认为标志着法国时装工业在战后的复兴。

时，她模仿他的口音，说：

——你还真是个地道的小伦敦人啊，是吧，蒂莫西？

凯丝又带来很多礼物。有些要等到圣诞节早晨再打开包装，不过她马上拿出了一瓶瓶酒、一罐罐食物，以及香烟和糖果。一些糖果是英国产的，但在商店里买不到，用票都不行，因为它们只供出口：老英格兰奶油糖、麦金托什太妃糖和庞特佛雷特原味蛋糕，装在结实的涂漆铁皮罐里，包着颜色亮丽的糖纸，看上去很奢华。这些糖果从英国出发，运到美国，再到德国，再到他手里，整整绕了半个世界。他虔诚地把它们吃掉，像一个受迫害的基督徒在领圣餐。

——真不知道圣诞节要是没有你会成什么样子，凯丝。父亲说。商店里什么都没有。

——配给的情况太差了——还不如打仗的时候。母亲说。最近连面包都开始配给了，你说说。

——我不明白。凯丝说。你们过得似乎也并不比德国人好。

——我就是这个意思。母亲说。如果我们每顿饭都还得精打细算，那打赢了仗有什么用？

——这都得怪政府。父亲说。我再也不投他们那帮人的票了。

父亲总是抱怨政府。《每日快报》也是如此。蒂莫西留意父亲的讽刺话语，报纸上的斯特雷奇、辛维尔和克里普斯[①] 的漫画肖像成了他的个人神话的一部分，就像战时的希特勒、戈培尔和戈

①约翰·斯特雷奇（John Strachey，1901—1963）、曼尼·辛维尔（Manny Shinwell，1884—1986）和斯塔福德·克里普斯（Stafford Cripps，1889—1952）都是艾德礼政府成员，三人当时分别担任食品大臣、燃料与电力大臣和财政大臣。

林——当然他们不是那么邪恶的坏蛋，但同样可以任意嘲笑讽刺。蒂莫西也意识到战时的情感发生了另一个更令人不安的变化：似乎苏联人和斯大林（人们曾称他乔大叔）不再友善了。他们是共产党，意思是在苏联任何人都不允许拥有任何私人物品；他们还想接管别的国家，在那些国家，任何人也不允许拥有任何私人物品。他们有时听起来跟纳粹一样坏。他们是无神论者，迫害教会。每个星期天，弥撒快结束时，都有一段时间专门用来祈祷苏联改宗。

尽管凯丝带来这么多礼物，可这个圣诞节并不是很快乐。圣诞节当天停了一次电，搞砸了晚宴的气氛。凯丝一直抱怨屋里太冷了，但家里没有太多煤，父母一直在为是不是该拨火而拌嘴。凯丝没在家里待很久，因为她想回德国参加新年夜的化装舞会，打算扮成自由女神。她现在住在海德堡，她觉得比法兰克福好多了。她说，那是一个风景如画的小城，坐落在两山之间，一条河穿城而过，有座古堡的遗址，还有许多古老的建筑物，基本没有遭到战争破坏。她住在一处酒店改建成的宿舍，有很多漂亮的女性朋友。

——有男的朋友吗，凯丝？父亲问。

——噢，找人送我去派对之类的事是不成问题的。那儿没有太多女孩——你知道吧——当然，德国女孩除外。所以我不难找到人约会。对胖女孩来说那是个好地方，我总这样说。我说这话时，我们办公室里的女孩们就笑。

——现在我可觉得你不胖了。母亲说。

——那其实我也不能算苗条，对吧？凯丝拉平屁股上的裙子。

——只要你不和美国佬结婚。父亲说。

凯丝笑了起来。

——所有条件好的都已经结婚了。她说。其他人对结婚不感兴趣。

——他们对什么感兴趣？蒂莫西问。

凯丝又笑了起来，但没有回答，母亲让他去睡觉。

去维多利亚车站送凯丝走相当令人不好受。她感冒了，不断擤鼻子，还一直抱怨在伦敦没有纸巾。

——我觉得人们用棉手绢擤鼻子真恶心。那就是随身带着一大堆细菌啊。

——如果我恶心着你了，对不起。母亲气呼呼地说。她也感冒了。

——噢，我不是说你，妈妈。

——我总是煮手绢，杀掉细菌。母亲接着说。她还生着气。

——凯丝，夏天暖和点的时候回来吧，好不好？父亲说。

——啊，我说不好，爸爸。我在海德堡的一个女朋友……我们打算今年夏天去意大利旅行。

——意大利？

——我一直想看罗马和佛罗伦萨，还有很多地方。

——哦，好吧……年轻时就该做这种事，我想。他抠着手套上的一个洞。

——我们想过，今年争取度一次假。母亲对凯丝说。

——哦，好啊——去哪儿？

——沃辛[1]。战前我们老去那里——沃特金斯夫人，记得吗？

——嗯，我记得。凯丝说。

——她还在那儿。

——你为什么不去个新的地方？

——哦，我不想去我不认识的地方。

一声尖厉的哨响，车厢门开始关闭。

——进去吧，凯丝。父亲说。

——夏天的打算我会告诉你们的。她跟他们吻别时说。

蒂莫西跟着火车跑，直到再也追不上凯丝为止。他顺着月台慢慢走回来，父母哈着白气，闷闷不乐地在原地等着他。正在下雪，几片雪花漏过车站屋顶的洞落进来，这破屋顶还是战争的痕迹。他抬起头，想看看雪是从哪里进来的，但在肮脏的灰色光线里，根本分不清哪些地方有玻璃，哪些地方没有。在大片灰色玻璃的背景之下，飘向他的雪花显得颜色更深了。站在屋顶下，而雪落在你身上，很有意思。

凯丝夏天没回家，和女朋友一起去了意大利。她们从科莫湖、佛罗伦萨和罗马寄来一系列明信片，后来还有一封信，夹了一张照片，是凯丝和朋友在假装扶住比萨斜塔。她说接下来的圣诞节不会回家了，因为冬天英国太冷，她想等到春天。但到了春天，她受到邀请，可以去参加一个在地中海游轮上举行的派对，这个好机会可

①沃辛（Worthing）是位于英格兰南部西萨塞克斯郡（West Sussex）的一座海滨城市，许多英国名人都曾在此居住过。

不能错过；但她的假期和钱都用在这上面了，于是只好再等一年再回家。

凯丝寄给他们长长的信，是用打字机打的，描述她的假期和周末旅行。蒂莫西觉得这些信很无聊——就是外国地名和饭菜的目录——但是他产生了一种模糊的满足感，因为自己有个姐姐，过着这样一种充满异国情调和冒险精神的生活。他的这种感觉有一部分也是源于父母。凯丝来的信和明信片被摆在饭厅壁炉台上的钟后面，要是有客人问起，父母就拿出来给他们看。它们是一种平静的自豪感的源泉，证明着父母与比他们自己的生活更宽广、多彩的世界保持着联系。然而与此同时，他知道父母很想念凯丝，特别是母亲，有时候对凯丝长时间不回家很不高兴。

他们决定在夏天再次去沃辛，这是1949年了。蒂莫西很高兴。这似乎是自然而然、不可避免的，是他生活节奏的一部分；这种节奏如此简单有序，以至于他第二年回头再看，除了运动的季节性变化，甚至难以区分一个星期和接下来的一个星期。学校总是那样，而他把周末的时间安排得几乎跟上课时一样僵化。星期五晚上他做完大部分功课，泡个澡。星期六完全用来娱乐。早上，母亲把早餐送到他床上，他赖在床上看漫画，直到十一点左右。下午，他和琼西和布林克去看查尔顿竞技队的比赛，或者如果查尔顿的一队去打客场了，他们就看查尔顿预备队，他最大的幸福就是看查尔顿获胜。当然，当时他还没看到他们最伟大的胜利：在1947年的足总杯决赛中击败伯恩利队。那场球他听收音机直播，双方一直都没有进球，比赛进入加时，他的心跳到了嗓子眼。然后，踢左边锋的光头小个子达菲接右边路横传，用右脚直接踢出精彩的凌空抽射，令门将猝不及防。评论员说，达菲跑过全场，拥抱查尔顿守门员萨姆·巴特拉姆。查尔顿自此再也没能达到如此高度，但他们一直是一支很有意思的球队，多变而不可预测，却屡有灵光闪现的激情时刻。不止一次，他和朋友们在比赛结束前几分钟离开山谷球场，因他们的球队表现不佳而垂头丧气；而正当他们走过停满汽车的安静街道时，身后爆发出震耳欲聋的欢呼，声浪塞满在空气里，那就意味着查尔顿最后一分钟打入一球，抢到一分。

他们乘摇摇晃晃的有轨电车回家，在烟雾缭绕的上层车厢，蒂莫西会跟琼西和布林克讨论比赛的关键之处。他们一般不会在新十字站换车，而是在戴普特福德高街下车，从后巷走回家，一路上把一个旧网球踢来传去，因为观看一场精彩比赛之后，脚头就发痒，必须满足对踢球、运球的渴望。他们会在街上玩到天黑，然后，在寒冷潮湿的空气中踢球踢得瑟瑟发抖的蒂莫西会进屋喝下午茶——星期六的下午茶一般是烤面包配豆子和一片培根。茶后，他听无线电，记下足球比赛的结果，帮父亲检查他的足彩竞猜结果。晚上，他还会再跟琼西和布林克碰头——他们轮流去各自的家里——打牌或玩强手棋。

星期天主要是教会活动。他们通常参加星期天早上十点的弥撒，除非去领圣餐——那么他们就去八点半的弥撒，因为领圣餐前要禁食。有时候他们在下午去参加祝福式。星期天晚上茶餐[①] 后，

①在英国，茶餐（high tea）指于傍晚五至七时吃的一顿正餐，一般有各种冷热菜；而前文的下午茶（afternoon tea）则在下午三至四时，主要是茶搭配各种点心，不是正餐。

他通常还要做一些功课，然后会和父母听收音机的《万花筒》节目[①]。生活安全而又有序。

所以他很高兴他们这次度假还去沃辛，环境跟家里不同，却又很熟悉。他们住进沃特金斯夫人家里，还是那几个房间，还是窗边那张餐桌，窗外是巴士站的雨棚和玩草地滚球的场地。一切都是老样子。

但不知何故，过了头几天，蒂莫西就觉得没有去年度假时那么高兴了。他已经十四岁了，再在潮退时去海边玩沙子就不太合适——其实再怎么说也不过是自己一个人玩；他过于害羞，跟海滩上的其他孩子交不上朋友。他已经过了光着脚去蹚水的年龄；他也不会游泳。似乎没有什么可做的事情，只能在码头上闲逛，玩弹珠机。在码头的一处地方，有那种往里看就能看到裸女图片的机器。他每天都走过这里，很想看一眼，但害怕别人会注意到他，或者父母碰巧路过。有天下午人不多，父母在乐池那边听音乐会，于是他慢慢溜到一台机器旁边，投进一个便士，脸凑上去。机器呜呜响了几声，很多褪了色的棕褐色照片一一闪过，是年轻姑娘在秋千和跷跷板上嬉闹玩耍。她们确实一丝不挂，但你真正想看的部位却被涂黑了。她们的发型让他想起家里相册里，母亲和她的朋友们年轻时候的照片。他怀着负罪感离开码头，又感到被骗了，走去沙滩坐下。有时，当母亲们给小女孩换掉湿漉漉的泳衣时，你可以瞥见她们双腿间的小缝。但是，大一些的女孩在换衣服时，会仔细地用毛

---

① "万花筒"（Variety Bandbox）是一档 BBC 的广播娱乐节目，在星期天晚间播出，有喜剧、音乐等，开播于 1941 年，在 20 世纪 40 至 50 年代非常流行。

巾把自己裹一圈，而且如果她们发现你在看她们，就会瞪你。

假期的第二个星期好玩了一些。父母和住在同一家旅馆的克莱门茨夫妇成了朋友。克莱门茨先生身材高大，肩上和胸前都长着浓密的汗毛。他提出在浴池里教蒂莫西游泳，蒂莫西无事可做，就同意了。他并不喜欢游泳课，但到周末，他突然开了窍，可以横着游过池子了。当火车开出沃辛站的时候，他想，明年再来度假会更有意思，因为我会游泳了。

但接下来的这次假期也一样令人失望。那个夏天不论从哪个方面来讲都很糟。凯丝终于打算回家，不过，因为朝鲜战争爆发，她的假期在最后一刻被取消了。英格兰队在世界杯上耻辱地爆冷出局，而淘汰英格兰的不是别人，偏偏是美国，一比零。而且，他本应在6月参加O级考试[①]，但政府通过了一条愚蠢的规定，说如果你在当年1月1日前不满十五岁，就不能参加考试，而蒂莫西恰恰在1月10日才满十五岁。蒂莫西现在跟政府有了私人恩怨，于是对2月举行的选举十分感兴趣。工党又赢了，但优势极其微弱，人人都说过不了多久还得再选一次。工党失势让蒂莫西稍稍满意了一点，但这对他的个人情况并没有帮助。他在复活节跟班里的其他同学一起参加了模拟O级考试，老师们都认为他能高分通过正式考试。如果拿到这个成绩，他就可以毕业离校，开始当学徒绘图

①此时英国对中学教育进行改革，用普通教育证书制度代替凯丝中学毕业时的旧制度。在新制度中，中学毕业生（一般是十六岁）参加普通程度考试（简称O级），通过者可获普通教育普通程度证书；大学预科毕业生（一般是十八岁）参加高级程度考试（简称A级），通过者可获普通教育高级程度证书。

员——如果他要走这条路的话；而这还不是很确定。

他十四岁生日时，泰德叔叔问他成绩最好的科目是什么，他说是艺术和数学。泰德叔叔说，这样的话，他最好是当绘图员。不知为何，这个建议让蒂莫西上了心。他喜欢画画和精确描绘事物，清晰的未来也令他高兴：别人总是在问他毕业后打算干什么，这样再有人问就能跟他们说了。*我要当绘图员。*听起来相当令人耳目一新——有点不同寻常的职业：高度专业，却又合理实用；不是太有野心，他有把握能做到。父亲认为这是一个好主意，而母亲不太确定。她一直希望蒂莫西当老师。

蒂莫西参加模拟O级考试后，校长奥古斯丁弟兄要求和他父母见面。他说，让蒂莫西在中学再念一年没有任何意义。他建议蒂莫西开始念大学预科[①]，在预科第一年结束时考O级，转年十七岁时再考A级。

——我们没想让他再上两年学。父亲说。他将成为绘图员，最好尽快开始学徒。

——绘图员？奥古斯丁弟兄扬起眉毛。我认为蒂莫西应该考虑把眼光放得更高一些。我想要正式在圣迈克尔办预科——让孩子们为上大学做准备。蒂莫西是我想到的一个孩子。你怎么想，蒂莫西？

——我不知道。蒂莫西实话实说。除了牛津和剑桥的划船比

①英国（英格兰、威尔士和北爱尔兰）中学的第五年级称 Fifth Form（蒂莫西此时的年级），学生一般于此年年末考O级证书，考过即可从中学毕业。选择继续读书的学生升入大学预科，称 Sixth Form。

赛，他对大学一无所知。

——这个，呃，要花不少钱吧？父亲问。

——根本花不了多少钱，杨先生，也许一分钱都不用花。大学教育现在是免费的，提供的生活补助也很高。难的是进大学。

——我觉得这不错。母亲说。但父亲想知道这条路前途如何。

——我们认为绘图员不错，因为艺术和数学是他最好的科目。这一行好像能把这两者结合起来。他泰德叔叔是这么说的。

——嗯，好，那建筑怎么样？

——建筑？

最后他们商定，蒂莫西9月进入预科，第二年夏天考O级，在这一年当中再决定他想做什么。坐巴士回家的路上，“建筑”这个词在他脑海里回响，神秘、诱人、吓人。当建筑师当然是个不错的打算，但这条路困难重重，充满了不确定性。母亲很高兴蒂莫西可能会念大学，但父亲并不特别兴奋。他发现，可以通过做学徒成为建筑师，而且许多人认为这是最好的方法——从一开始就有实践经验。如果蒂莫西能参加本年度的O级考试就好了，那他做出对未来的决定会更容易一些。而现在，他在学业上处于不确定状态，没有通过，也没有不及格。

他们1950年夏天再去沃辛时，某些不甚明确的、不太能讨论清楚的其他挫折对蒂莫西的精神造成了影响，使他——像他母亲说的那样——喜怒不定。他孤独又无聊——觉得父母陪在身边无聊，觉得沃辛无聊，觉得海滨步道和码头和高尔夫球场的果岭和沃特金斯夫人用午餐肉做的沙拉无聊。虽然他现在游泳游得不错，但是自己一个人游没多大意思；不过反正也得游，所以通常他们早上去海滩安顿好后，蒂莫西就马上下海游泳。游完以后就没有什么事好做了，就是坐在沙滩上看书，眼睛躲在太阳镜后偷瞄女孩。有个女孩长着一头黑色鬈发，穿一身淡蓝色泳衣，他觉得她很漂亮。她和她父亲一起去游泳，踮着脚尖走在鹅卵石上，抻着泳衣的下边缘；回来时把肩带拽直，摘下泳帽甩头发。这些他都一直看着，但她从来没有看过他一眼。

晚上，他穿上新的棕色华达呢裤子和他让母亲给他织的黄色套头衫，对着房间里的衣柜镜子，用百利发乳把枯干而带咸味的头发擦得柔软顺滑。他很喜欢这身打扮——这是他第一次给自己挑衣服。但是，穿成这样只是创造了一种无法被满足的心理预期。晚饭后无事可做，只能沿着海滨步道跟父母散步，伴着清凉的微微海风，看太阳在比利特尔汉普顿[①] 还要远的地方落下，或者去电影院。他喜欢自己去看电影，散场后在黑夜里沿着海滩走回去，沉浸在刚看的电影的一些场景里，或者想那个穿蓝色泳衣的女孩，或者把两者以某种混乱的方式搅在一起。有天晚上刮起了狂风，翻滚的巨浪拍击着防浪墙，浪花冲刷着步道。那天晚上他走了几里路，全身湿透，脑子里一直想着“风雨无惧”这个词组。

第二天早上，大海平静下来，天空蒙了一层细雾，沙滩上散布着漂来的碎木。有些是树枝，被大海剥开、漂白、打磨光滑。它们有一种奇异的美丽，他开心地画了几张速写。他独自一人：父母去

---

①利特尔汉普顿（Littlehampton）也是一个海滨度假小镇，在沃辛以西，距沃辛约十五公里。

购物了，过一会儿才会来找他。穿蓝色泳衣的女孩和家人来了，在很近的地方安营扎寨；他意识到她在好奇地偷偷瞧他。她从近处看似乎并不像以前那么漂亮，而且在她游泳后擦干身体时，他注意到她腋下有毛，便微微吃了一惊，觉得有点恶心。最近他自己的身体上开始出现毛发，这让他感到不舒服，特别是腹股沟的地方突然像发芽一样长出毛来，在浴缸里飘来晃去，跟海藻似的。他知道男人在这个部位一般都有毛，但他认为自己的长得太早、太多。他不太担心腋下的毛，但腋毛长在女孩身上看起来很丑。

细雾在阳光下消散，天开始热起来了。他游了很长时间的泳，比以前离岸更远，然后一头倒在毛巾上，头枕着胳膊趴着。炎热的太阳渐渐晒干皮肤，一种慵懒惬意的感觉沿着身体传遍四肢。他打了个瞌睡。过了一会儿，他听到父母的说话声和躺椅拖过砾石的声音。

——帮你妈妈一下，儿子。父亲说。他懒得动弹，不想从这令人愉快的放松中醒来，于是仍然闭着眼。

——别叫他了，杰夫，我想他睡着了。

——在大早上？这都几点了？

——他一直在水里。我就觉得他得累死。

——嗯。没体力，这孩子。

蒂莫西保持不动，假装睡觉。父母在躺椅上躺好，谈着琐事，传到他耳朵里，就像身边演着广播剧一样。

——嗯，现在还是不错的。

——真是挺不错。你怎么不把夹克脱了？

停顿。

——你有报纸吗？

——最后一份了。最后一份《每日快报》。

停顿。

——你觉得今天早上的腌鲱鱼怎么样？

——我还是把夹克脱了吧。

——我个人觉得，有点干。

——什么？

——腌鲱鱼。

——哦，是的，有点干，我想。

——我当时不想说什么。

停顿。

——报上有什么？

——麦克阿瑟说他有信心。

——麦克阿瑟？

——在朝鲜。

——哦，对。

——他们说要征召复员军人了。

——唉！又跟打仗那时候一样。

——他们肯定很快就会实行汽油配给，我可不吃惊。

停顿。

——有辆小车挺好的，杰夫。

——大多数型号都得排十二个月才能买到。

——我不是说要新的。

——新的旧的没有太大区别。而且我们也养不起车。

——凯丝说她正在考虑学开车。

——那是什么时候?

——在她最近一次来的信里说的。你读了的。

停顿。

——可惜她今年夏天不能过来。

停顿。

——其实她不论怎样都不会来的。

——什么?

——她永远不会来。她总是会找到借口。

——但她一切都安排好了,要回来的。是朝鲜的事让她来不了。你读了信的。

——如果没这件事,就还会有别的事。

——我听不懂你在说什么,多萝西。你说什么呢?

——她最后一次回家是什么时候?

——我知道,可是——

——1947 年。三年前。

——两年半。

——好吧,两年半。但这可是她连续第三年躲着不回家了。

——你想到什么了?

——我不知道。但那边应该有点什么名堂。

——你什么意思,有点名堂?

蒂莫西现在完全清醒了，尽管他仍然闭着眼睛，没有动弹。母亲放低了声音，他得支起耳朵才能听见她的回答。

——恋爱，男人，就是她不想让我们知道的事情。

——什么，我们的凯丝？

——她不再是我们的凯丝了，杰夫，你得面对现实。满打满算，过去三年她就在家里过了仨星期。

——嗯，我知道，但这并不就意味着……她仍然是一个有分寸的天主教姑娘。

——她还是吗？

——你什么意思，她还是吗？

——我们怎么知道？还记得那个罗德吗？

——哦，那只是……她以为他很孤单。她第一次见到他时，都不知道他已经结婚了。

——她就是那么一说。

——别管怎么说，仅仅因为她最近不能回家，你没有权利……其实她不回来的原因更可能在你。

——我！

——是的，在你，多萝西。她在家时你总是挑她的不是。这你不能否认。

——嘿，你这话倒说得漂亮！

——我的意思是，只因为她一段时间以来没有回家，你就想到这种事……

——我觉得不光我自己这么想。

——你什么意思？

——姑娘走了，三年不回家——

——两年半。

——不结婚，也没有要结婚的意思。

——她还年轻。

——邻居们觉得这里面肯定有点名堂。

——邻居们应该管好他们自己的破事。

——用不着这么说话。

——你到底想说什么？

——记得威尔克斯家的姑娘吗，顺着马路往上坡走那家。维罗妮卡？

——她怎么了？

——她突然就不见了，一直不回家。他们说她在北方找到了工作。然后有人在曼彻斯特看见她，推了一辆婴儿车。而她手上没有结婚戒指。

——你是说……

——我可什么都没说，我就是跟你解释为什么别人开始嚼舌头。

——你疯了吧，多萝西，真是疯了。

——咱走着瞧。别再说这个了。我得叫醒蒂莫西，他后背晒得够红的。蒂莫西！

他感到母亲把手放在他肩膀上。他醒来、打哈欠、眯缝着眼睛看在阳光下闪闪发光的大海，故意把这套动作做得很大，跟哑剧似的。

——我包里有点防晒霜。要不要给你后背上涂点？

——不用了，我去买个冰淇淋。

他不是真的想吃冰淇淋，只是想自己一个人待一会儿。

蒂莫西有时会想，那个早上自己是不是其实睡着了，父母的交谈是自己在做梦。姐姐凯丝——身材丰满、笨手笨脚、受修女会教育的凯丝——被扯进最邪恶的罪；这对他来说几乎不堪设想，虽然她抽烟、涂指甲。但如果真是真的（他其实不怎么怀疑那次谈话真的发生了），那么这桩罪就被具象化了，令人兴奋又不安地从虚构或者道德神学的领域进入现实生活中，进到他自己的生活中。因为如果凯丝做过那件事，如果母亲真的承认了这种可能性，那么他有朝一日也有可能去做。而他以前从来没有把它看成一种真正的可能性——指在没有结婚的情况下——这种情况太遥远了，没法想象得很生动。你可能会这么想，你可能想这样做，但这是一桩巨大的罪，你永远不会真的去这么干。学校里在传，预科班上的两个男生已经做过了，跟他们在一次露营假期里遇到的两个女孩，一块儿，在一顶帐篷里；这件事光想想就让他很兴奋，但他并不信。他们只是在吹牛。他们编的。然而，如果凯丝已经做了……也许很多人都做了。当然，这是罪，是不可饶恕的大罪。如果你突然死了，灵魂上带着这个罪，你会下地狱。风险大得可怕。但是如果很多人都做了……数字够大的话，似乎也挺安全的。

他回忆起，自己对五岁时跟吉尔做的事有负罪感，羞愧到不敢承认。从那时起的几年，他一直在想，是不是因为那次没有说出真相，自己做过的所有忏悔就都没用了；是不是自己领过的所有圣餐都成了渎神。直到有一天，他正在读一本书——他从当地图书馆的书架上随便拿下一本大人的书，就开始读——突然出现的情节好像写的就是他和吉尔：两个小孩被留在家里，没有其他人，如果你给我看你的，我就给你看我的，然后男孩看了，却不想让对方看他自己的；跟真实发生的事一模一样。虽然这只是一个故事，但这说明其他孩子也做过同样的事，而且不是被写得非常可怕或令人意外，就是平平常常。一块巨石落了地。他并不孤单。他属于一个对异性身体好奇的群体。于是，在一次学校静修期间做总忏悔[①] 时，说出跟吉尔做的事，也就变得很容易了；而牧师也没有发表任何意见。

到目前为止，他在性方面最狂野的愿望是看到一个成熟女孩的裸体，就像他看到过吉尔的身体一样。他想看到那个部位，可不知为何在绘画和照片里总是藏起来——就像《喧嚣》杂志里那样；这杂志在学校里传来传去，他有时候也去瞅一眼，带着装出来的不屑。但现在，随着凯丝那边有了新的可能性，他犹豫不决地开始去想象这个行为本身；可他缺乏这方面的知识，也只能止步于此。他知道，你把你的东西放进女孩的东西里面；但是然后又怎么样，你做多长时间，感觉如何，是否会伤害女孩，怎么就造出了一个婴儿，婴儿怎么出来？他不知道，他不知道。这有一部分是他自己的责任。一年前，他在花园里看书，父亲从屋里出来（他清楚地记得，自己坐在红色的躺椅上，天空中有一架飞机高高飞过，拉出一

①总忏悔（general confession）要求忏悔者坦白能记起的所有罪过，而不是从最后一次忏悔开始。

条尾迹)，开始跟他谈话，话题是他们之前从未谈过的。但父亲如此突然地说起这件事，他颇感意外，而且母亲不时忧心忡忡地从厨房窗户里朝他们这边瞅一眼，他感到很尴尬。他表现得已经知道了需要知道的一切，而父亲明显松了口气，不再提这个话题。

在沃辛假期的剩下的日子里，他越来越远离父母，陷入思考。思考时，他最喜欢去的地方是步道西端，朝利特尔汉普顿那一头，咖啡馆和酒店渐渐变成普通的郊区房屋，道路转往内陆，通向城镇；很少有度假者会走这么远。那里有一处市政厅修的避风港，是海滩上的最后一个，坐在里面一般不会受到打扰。

假期的最后一个晚上，他吃过晚饭后沿着海滩走向他的避风港，而父母都留在沃特金斯夫人的家里。母亲给他们收拾行李，父亲在起居室里读晚报。太阳已经落山了，但仍把云彩映射成玫瑰色，而云彩的光芒又投在海面上。潮水涨起，海浪搅动沙滩上的砾石。他想起O级英文要求读的一本书里的一首诗。他在模拟考试中回答了关于这首诗的一个问题。

听！你听这刺耳的轰鸣
海浪冲出鹅卵石，卷起，
掷向高高的海岸，
涌起，停息，又再涌起，
用缓慢震颤的和弦，带来
千古悲音。

他在考试时写道：

诗人在岸上听到海浪声，悲从中来。这节诗使用了优秀的拟声手法。我们似乎置身海滩，听得到海浪声。应该注意到，在“涌起，停息，又再涌起”一句，诗人用了硬 g 音的头韵。

但是他现在背诵这句诗，听着山下海滩上的海浪声，他觉得这句诗里最好的一个词是“停息”，听起来就像波浪破碎，消失在沙滩上发出的咝咝声。而且整节诗的节奏就像波浪的节奏，规律却又不单调，因为每一波海浪都恰恰在你预期之前或之后涌来。他真希望以前想到过这个方面，那样就可以写进考试答案了。《多佛海滩》是一首好诗，作者是马修·阿诺德。管他是谁呢。这首诗结尾时出现了一个有趣的词——黢黑。

我们在这里，好似身处黢黑的平原上……

家里的词典里查不到“黢黑”这个词，但你能猜出来是什么意思。现在就是黢黑：云彩的粉红色已经褪去，变成了灰色，而大海是更深的灰色。东边很黑，只有远处布莱顿[1]那边的两个码头有灯光在闪烁——正在此时，沃辛的码头突然亮了起来；伴着通明的灯火，晚上的最后一缕自然光线消失了。

我们在这里，好似身处黢黑的平原上……

①布莱顿（Brighton）也是一个海滨度假小镇，在沃辛以东，距沃辛约十八公里。

等等，等等……

在战斗，在血拼，

无知的军队在夜里搏杀。

那是在他们有雷达之前。是雷达赢得了不列颠之战。皇家空军战斗机指挥部在雷达屏幕上看着德国飞机飞来，派出我们的中队去拦截他们。德国佬看见喷火和飓风从阳光中冲出，一定大吃了一惊。我们的飞机直扑敌机，机枪吐出火舌：嗒嗒嗒嗒嗒嗒嗒嗒嗒……

在避风港里，在夜晚的掩护下，没有人能看到蒂莫西，他陷入了童年时的英雄之梦。黑暗的避风港成了喷火战斗机的机舱。他蜷在座位上，轻轻前推操纵杆，眯起眼睛，蛛网式瞄准器对准一架亨克尔轰炸机。他按下操纵杆上的按钮，八束子弹的轨迹在敌机上交汇。敌机爆炸，喷出火焰，机身倾斜、解体、坠落，燃烧的碎片旋转着落入大海。他靠在椅背上，把俯冲的喷火拉起，大角度倾斜飞行，巡视天空，寻找着下一个目标。他脸上挂着蔑视和警惕，背朝英格兰，面朝欧洲大陆。

走出

COMING OUT

1

1951 年 7 月末的一个早晨，蒂莫西·杨做了一场噩梦，早早就醒了。他半醒着，试图回想起刚做过的梦。他被困在一个修女会里，修女都是疯子，以为战争仍在继续，以为他是被丢在这里的一个修女会学校的学生。他奋力逃跑，身后黑暗的走廊里回荡着急匆匆的脚步声，是她们在追他；一个身材庞大的修女从阴影中浮现，像橄榄球最后卫[①]一样把他扑倒。她的脸令人厌恶，又非常熟悉；就在彻底醒来之前，他意识到那是希特勒的脸，只是剃掉了小胡子，而所有的修女都是披着伪装的纳粹。这个梦很荒唐，但他被搞得心情沉重，很焦虑，还有一种不祥的预感。他很快就找到了原因：他那天早晨要动身去德国。

他隐约听到闹钟在父母的卧室里响了一小会儿。很快，他听到母亲穿着拖鞋啪嗒啪嗒下楼去。天还几乎没怎么亮，应该是六点刚过。他的火车十一点才从维多利亚站出发，而且行李已经全部打好了，随时都可以动身；但父母过分担心他错过火车，而他也在自己

①英式橄榄球的最后卫是站在己方防线最后、球门前的中卫，可称最后一道防线。

身上看到了这个特点。他们总是喜欢赶早。他们去沃辛时，有几次去得太早，坐上了本打算坐的火车的前一班。

沃辛。很有意思——他知道最近两个夏天自己已经厌倦了那个地方，但现在，在这个时刻，不论怎么努力尝试，他也无法重新体会到那种厌倦感。在他的想象中，沃辛似乎成了世界上最迷人的度假地：明亮，干净，熟悉，安全。只要在电气火车里坐两个小时就能到。在街道尽头粼粼发亮的大海，色调明快、令人神往的码头，海滩边上精心修饰的草坪和花坛。他非得赶一天一夜路去海德堡干什么呢？其实，他只能怪自己。

他清楚地记得邀请寄来的那天。完全出乎意料。那之后他读了好几遍凯丝的这封信，希望从模糊、随意的语句中找到一些线索，搞清该把自己置于怎样的境地，所以现在已经将这封信熟记于心。

> 恐怕我今年最后还是不能回家，因为我圣诞节去滑雪了，复活节去了塞维利亚，假期都用完了。我本来希望夏天能再挤出来一个星期的假，但老板不会批准的，我也不能怪他。无论如何，我想说的是，叫蒂莫西今年夏天出来，到我这儿度个假怎么样？你们给他买车票就好，其他的费用都由我来出。我想好好招待他——他在学校这么努力学习，应该得到奖励，而且我觉得他在这里会很开心的。海德堡是个迷人的古城，有很多好看的、好玩的。他在白天肯定可以自己玩得高高兴兴，而晚上和周末我就有空陪他了。请务必认真考虑一下。当然，如果你们觉得不错的话可以一起过来，但老实说，住宿可能会成问

题，因为房子紧缺，而且很贵。但给蒂莫西找到个住处应该并不难，而且我打算给他搞一张美军福利社[①]的卡，这样他就能用美军的餐厅和其他设施了。

——他太小了，自己一个人跑不了那么远的路。信在早餐桌上传阅完毕后母亲说道。蒂莫西同意，但没有说话。

——你怎么想的，儿子？父亲说。

——我们都去，怎么样？蒂莫西说。

——你父亲不会喜欢的。他吃不惯外国菜。

——你什么意思，多萝西？

——你还记得在战前，咱们去布洛涅[②]逛了一天，弄得你都成什么样了。

——那是因为横渡了海峡。跟吃的没关系。

——对，这也是一茬事。你坐船不行。

——不管怎么说，凯丝的意思像是我们都去不太好办。

——这就是明摆着的，她不想让咱俩去那儿。母亲说。

父亲看起来挺不高兴。他转向蒂莫西。

——你觉得怎么样，儿子？你乐意自己去吗？

——车票贵吗？他说。

——我觉得我们出得起。而且你在邮局挣了点钱，对吧？

①福利社（Post Exchange）指美军的各种只对内部营业的零售商店。

②布洛涅（Boulogne）全称滨海布洛涅（Boulogne-sur-Mer），是法国北部英吉利海峡沿岸的一座港口城市，离加莱很近。

——我攒起来了。他说。

——他当然攒起来了。母亲说。他可有主意了。

——那么，他攒起来要干什么用呢?

——无论如何，别浪费在去大陆度假上。如果蒂莫西想去，咱们就给他买票。我自己也有点钱。

这句话母亲时不时就说一次，口气像是在发出阴森森的威胁。没人知道她有多少钱，存在哪里。没人听说她真的花了这笔钱的哪怕一个子儿。

——我得考虑一下。蒂莫西说。

——嗯，别太久了。母亲说。如果你今年不跟我们走，我得告诉沃特金斯夫人。

——好吧，他说。他已经决定不去德国了，只是在寻求一个有尊严的借口。

但就在那天，在学校里，他被逼得改了主意。那是预科第一年的一段悠闲日子。十个男孩有的四仰八叉地躺在课桌上，有的坐在暖气片上。学习进展缓慢，毫无规律，被时不时出现的问题和争论打断，假模假式的斗殴还零星爆发。

——Carpo 的过去分词是什么?

——Carpsum。

——Carptum。

——你个傻屄，莫里森!

然后这两个人会摔几分钟的跤，像小公牛一样死死缠在一起，在教室里乱冲，撞翻桌椅。

蒂莫西坐在教室后面，无用地抱怨道：

——哎，别打了，行不行？

他正在努力复习O级英文课文。对他来说还剩几个月就要考试了，可他的同学们在夏天没有考试，无心学习。明媚的春日阳光透过窗户照进教室，空气里的灰尘微粒都闪闪发亮，这让他们躁动不安，吵个不停。过了一会儿，他们不再假装专心自习，聚在窗户旁边开始闲聊，谈论暑假的安排。一个人要去一处巴特林假日营；两个人要去旅行，一路住青年旅馆；还有几个人试图隐瞒他们不会去任何地方的事实。运动健将格里·博文顿有一头鬈发，是预科班的班草，家境优越，又是独子，被许多低年级男孩遥遥崇拜。他宣布他要去法国。

——法国？

——迪纳尔。在布列塔尼。我爸妈战前老去那儿。

——必须得坐船去，对吧？

——他当然得坐船去了，傻屄。你不知道英格兰四周都是水吗？

——你才是傻屄。我来给你讲讲，英格兰跟苏格兰和威尔士接壤。

然后就又打起来了。男孩们想掩饰对格里·博文顿的羡慕以及对一切海外事物的无知。他们打完架后，博文顿说：

——我们会把汽车运过去。他剥开一块太妃糖，扔进嘴里。

一段时间的沉默。然后有人说：

——我想知道小杨这个夏天打算干什么。

——为A级玩命用功呗，我看。

蒂莫西只当他们的嘲讽是耳边风，可是博文顿得寸进尺，把太妃糖纸揉成一团，放在脚上，脚一抬，纸团划出一道高高的弧线，准确地落在蒂莫西的桌子上。

——三分球。有人毫无表情地说。

蒂莫西精心表现出厌恶的神情，用手指夹起糖纸，丢在地上。

——老实告诉你们吧。他说。今年夏天我要去海德堡。

这话一出口，马上就起到了令人满意的效果。

——海德什么？

——那是在哪儿？

——德国。

——你跟谁去？

——没别人。

——你自己去啊？

——是啊。

——你去德国干什么？

——去看我姐姐。

——你姐姐在德国做什么？

——她为美军工作。

——你个小浑蛋，说瞎话呢吧！

——不，这是真的。他的那些美国佬的糖就是打那儿来的。

蒂莫西低头看书，假装沉浸在学习中，感觉到他们的目光在自己身上扫来扫去，带着崭新的好奇和尊重。但是，他已经开始计算这小小的自我主张所要付出的代价，而且已经深感后悔了。他只希望母亲能在白天想出一些足以驳回凯丝的提议的正当理由；但令他惊奇而且气馁的是，到晚上他宣布他觉得自己想去海德堡时，她似乎很高兴。

——好啊。我一直在想，换个地方对你应该是好事，毕竟你学得这么刻苦。你最近看起来都瘦了。

对蒂莫西而言，到了这一步就再也无法回头了。他自愿接受了凯丝的邀请，朋友和邻居们都觉得他真幸运，有个姐姐能请他去玩。在他认识的人里，基本没有人去欧洲大陆度过假，负担得起的人也往往由于换汇额度的限制而难以成行；这可真称得上是一次冒险。蒂莫西自己认为，那些其实都不是真正的障碍——他觉得别人像自己一样，也会因为出国旅行的危险和问题而畏缩：边境、护照、车票、时刻表、外语、外国菜、外国货币、外国习俗。但是，已经装出来了，就必须接着装下去。退缩是不可能的，就连承认自己心怀忐忑都会让他觉得非常没面子。

卧室的门开了。母亲趿拉着鞋，倒着走进房间，一只手端着一杯茶，另一只手里是几件洗好的衣服。

——哦，你醒了？她说。我给你拿了杯茶。

——谢谢。

他在床上坐起来，抿一口加了糖的滚烫的茶。杯子的边缘磨得嘴角的一块地方有点痛，可能要长粉刺。母亲拉开窗帘，习惯性地皱着眉头，朝外面看。

——看起来天气不错。她闷闷不乐地说。这是你今天早上穿的干净衬衫，昨天晚上我熨了一下。我又洗了一些袜子和内裤，一会儿放在你包里。

他的包在地上。他们都满腹狐疑地看着它。下周末父母去沃辛度假，得用家里的行李箱，所以他们本来已经决定给蒂莫西买个新箱子。可是母亲后来想起来，阁楼里有个大号空军手提包，是杰克叔叔在战争期间的什么时候留在他们这里的。父亲把它找了出来，拿下楼；它已经发霉了，积了厚厚一层灰尘，但仔细擦洗之后似乎还能用。这个包由蓝色帆布制成，用一条长拉链封口。蒂莫西认为它比一般的手提箱轻，就决定用这个包。它对这次旅行来说当然够大，但在被逐渐填满的过程中似乎慢慢走了形。它被撑得很鼓，两个把手几乎碰不到一起，而且拎起来时两头往下坠。在夜里，它躺在地板上，就像一条搁浅的幼鲸的肿胀尸体。

——上星期马莎商场有不错的箱子卖，母亲叹了口气，我觉得现在肯定都卖光了。

——没关系的。

——嗯，如果你拽不动，就叫个搬运工吧。

——我应该给他多少钱？

——哦，大概一先令六便士，我猜。两先令。我不知道大陆怎么给。

我也不知道，蒂莫西悲观地想道，我对大陆一无所知。

母亲在地板上蹲着，焦躁不安地把袜子和内裤往空当里塞，念叨着他是否已经带够了毛衣，或是带得太少了。

——那儿可能会很热。她说。然后晚上也可能会很冷。

——我还是起床吧。他说。他真的不想起床，但母亲在他的包里乱翻，让他很烦。最后，她拉上提包的拉锁，僵硬地站起来，拉起睡袍，遮住窄小的胸。然后，她一只手放在门把手上，动作停下来，若有所思地看着他。

——希望你一切顺利。

——为什么我不会一切顺利？他言不由衷地问道。

——你还这么小，自己一个人走这么远的路。我们应该给你买卧铺的。

——那太贵了，不是吗？

——简直贵死了。

蒂莫西心里头其实很高兴他们没有给他买卧铺。那会是另一套不熟悉的仪式，他很高兴不用去对付了；而且那会令他睡过曼海姆[①]站的风险增加——他现在很担心这点。他必须在曼海姆转车前往海德堡，要是错过了，他就会被火车带着深入南欧，语言不通，钱不够，完全迷失方向，以六十英里的时速狂奔，离家庭、亲人、朋友越来越远。

母亲还在门口徘徊。

——凯丝会认不出你的。

这个问题他没有考虑过。

——也许我应该戴上学校发的帽子？他焦急地提议道。

——噢，她能接到你的，没问题。我只是说，从她上次见到

①曼海姆（Mannheim）位于海德堡西北约二十公里处，海德堡流出的内卡河和莱茵河在此交汇，是大学城，也是重要的经济文化中心。

你，你长高了许多……你要我把你的考试结果寄过去吗？

——我觉得成绩出来之前我会回来的。我就去三个星期而已。别管怎么样，别寄了，万一考砸了呢。

——哎，不会的……你觉得凯丝打1947年以来一直没回家，是为什么？

这是个出乎他意料之外的问题。

——别问我。她好像很热衷于在欧洲旅行。我想，她觉得用假期回家是浪费时间。

——但这不正常，对吧，蒂莫西？如果你将来从家里搬出去了，你就不会这样，是吧？你会时不时回来看你爸爸妈妈的，对吧？

——是啊，我想我会的。我当然会的。

他感觉很尴尬，不敢看母亲那充满哀求的浅灰色眼睛。她左眼的泪管有点问题，眼角总是湿的，已经有了皱纹的脸还没有洗，一方头巾盖住了缠在头上的发卷。他想起来，就是这张脸在那些空袭的夜晚焦急地俯在他床前，催他起床，赶快去防空洞。

——我担心凯丝，蒂莫西。

——担心什么呢？

——我觉得她过得并不开心。她在那边的生活有点不对劲。

——为什么这么想？

——如果她很开心，她就会想要时不时回家，展示给我们看。这很自然。如果你在学校拿了好成绩，考了第一或者怎样，你就愿意回家告诉我们，不是吗？

——嗯，是，我想是这样的。

——那么……她关上门，坐在床头。

——蒂莫西，你得帮我去看看凯丝出了什么事情。为什么她从来不来看我们。

——你的意思是，去问她吗？

——我不知道。也许吧。她很可能不会告诉你。你留心注意着点就好。你是个聪明孩子，什么事都记得住。

他们听到父亲从旁边的卧室出来，进了厕所。

——你爸爸起来了。我得去给他做早点了，都给耽误了。你在床上吃早点怎么样？

——好的，谢谢，妈妈。

——你想吃什么，培根和西红柿？我给你炸几片面包，就着吃。她从床上站起来说。不知道明天这个时候你会在吃什么。

蒂莫西吃早餐时仔细回想起了一年前在沃辛海滩上偷听到的那次谈话。要是他当时没听到，现在就一点也不懂母亲所指的是什么。但是，她鼓励他去海德堡的原因现在再清楚不过了——而意识到这一点令他心神不宁。就算不用当间谍监视姐姐，他也有太多的问题要面对；而且在接下来的几个星期里，他得完全依赖姐姐的陪伴和保护。

他吃得很慢，尽量推迟必须站起来准备上路的那一刻。阳光缓缓爬进房间，慢慢滑过磨薄了的旧地毯，冲淡他两年前打翻一瓶墨水留下的污渍，攀上挂着他最好的画和速写的墙，墙上还有一张1947年那支夺得足总杯冠军的查尔顿队的照片、他第一次领圣餐的证书以及《每日快报》为他参加儿童绘画比赛颁发的证书。他的目光在这些东西和房间里其他熟悉的陈设之间徘徊——写作业的小桌子、去年圣诞节得到的画板和画架、墙上的十字架、抽屉柜上的喷火飞机轻木模型，还有那个书柜，里面装的大都是他不愿扔掉的书，虽然他已经过了读那些书的年纪——《威廉的生活》《比格斯》，一整套1946年到1950年的《男孩足球之书》，各种漫画杂志的年度合订本：《比诺》《有趣的收音机》，还有《勇士》。还有最近买的几本企鹅版书：荷马的《奥德赛》，赫伯特·里德的《艺术的意义》《当代诗歌》，伏尔泰的《老实人》（其中有几页他读了好几遍）。

姐姐离开家的一个好处是，这个房间永远属于他了，而他小时候睡的那间窄小的屋子被用作储藏室了。他喜欢自己的房间，已经习惯了；他不时添加新家具，但什么都不扔。他喜欢他的财产带来的连续感：每件东西都把头一年和第二年不间断地连在一起，一直能追溯到他最早的回忆。就连单耳兔子都还在衣柜上面，偷偷探出头来打量着他。父亲打算趁他不在家的时候整修一下这个房间，但蒂莫西规定必须用同样的淡蓝色涂料刷墙，每一张图片都要摆回原来的位置。他知道他回到这个熟悉的房间时会有多高兴。他已经在期待着那一刻了。他不想任何东西在他不在的时候发生改变。

蒂莫西下楼时，父亲已经吃完了早餐，正在卷这天的第一支烟。现在是八点差一刻，他很快就要去上班了。母亲去维多利亚站送他走。

——好吧，儿子，都准备好了吗？

——差不多了，爸爸。

父亲用舌尖顺着卷烟纸的边缘舔了舔，拧几下那个橡胶和金属做的小机器，一根烟就卷好了，还是湿的，沿着接缝有唾液的痕迹。

——我应该给你留出足够的时间去维多利亚站。你知道的，三十六路车都不靠谱。

——我们的计划是大概十点出发。

——我觉得还得再早一点儿。早到总比晚了好。

他的烟塞得不紧，几根烟丝拖在外面。他用火柴点着烟，纸上短暂地燃起火焰，烟灰闪着红光落在他膝盖上。他用力掸掉烟灰。

——给我们带几包烟回来吧，如果有地方放的话。

——当然了，爸爸。

——当然了，爸爸。父亲模仿着他。他说话已经像个美国佬了[①]，多萝西。等他回来的时候说话就全都带着鼻音了，我敢肯定。

——说不好。母亲说。凯丝不是这样。我记得她上一次回家时口音很好听。

——有点太装了，如果你问我怎么想。父亲说。我觉得她故意的，好给美国人留下好印象。他朝蒂莫西眨眨眼，改变了话题：

——有斯塔宾斯和吉罗来的一封信，今天早上，儿子。

——那个建筑师事务所？

——他们仍然很乐意让你去，如果你想在9月份开始。开始时每星期五英镑，还有午餐券。对于十六岁的人来说并不低。当然，

①表达“当然”的意思，蒂莫西用的词是“sure”。这个词一般被认为是美国口语。

一旦你考过资质，工资会涨到……很高。

——我觉得蒂莫西应该接着念书，试试考大学。母亲说。

——让孩子自己决定吧，多萝西。不管怎样，他不会不念书的。他会一直在考试，上夜校，之类的。我怎么回复他们呢，儿子？

——我不知道，爸爸，我还没有决定。我想先看看我的成绩如何。

——嗯，等到成绩出来吧。母亲说。不用急。斯塔宾斯和吉罗可以等着。

——好，我们等你回来再研究。父亲说。他拿起报纸上楼去了。

——别在那儿坐一早上。妈妈朝楼上喊。都过八点了。

——好的，好的。他在楼梯间嘟囔着。他们听到厕所的门关上了。

——告别的时候别忘了谢谢你爸爸。母亲说。你这一趟还是花了点钱的，你知道。

父亲再次来到楼下时，已经穿着整齐，准备去上班了。母亲递给他三明治，他放进公文包里。

——谢谢，亲爱的。那么，蒂姆，祝你旅途顺利，安全到达之后给我们来张明信片。

——我会的，爸爸。谢谢给我买票，还有这一切。

——不用谢，儿子。告诉凯丝我们爱她，叫她快点回来看我们。

——我会的。

——那么再见了，儿子。

他们庄严地握手。这感觉真是奇怪。在蒂莫西的印象里，他在此之前好像从来没和父亲握过手。他们上一次分离一段时间还是在战时，那时候他还是小孩，还能跟父亲吻别呢。好像有一条缆绳，很长时间以来一直把他稳稳地拴在锚地，而这次握手就像甩开这条缆绳。但父亲走后，他又如释重负。面对即将开始的旅程，还要维持泰然自若的样子，他的压力越来越大，所以看到的人越少越好。现在他只用应付母亲就可以了。

——我做几个三明治，在火车上吃。她说。

——多做几个好吗，妈妈？这样我能在下午茶时间吃。

——到那时就不好吃了。她怀疑地说。在船上你应该能吃上热东西。或者在那边的火车上。

在外国火车上给自己点餐——这个想法简直荒谬透顶，他无话可说。

蒂莫西比母亲早很久就准备好了。他洗了澡，穿好衣服，行李打好，该带的证件也都检查过了。没有什么别的事情好做，但动身还为时尚早。他胡乱在房子里走来走去，想看看报纸，却又没心思。头条是关于伯吉斯和麦克林[①]的报道：B&M——他们在哪里？但没什么新鲜消息，而且他也不能集中精神阅读。他扫了几眼板球比分，扔下报纸。他走出房子，到后花园里。

阳光明媚。篱笆外，太阳照在一座座房子的灰石板屋顶上，一

①此事件史称“剑桥五人组”（Cambridge Five），是20世纪中期轰动一时的苏联间谍案。名为“五人”，但实际涉及更多人，已知的四人分别是：盖·伯吉斯（Guy Burgess）、唐纳德·麦克林（Donald Maclean）、金·费尔比（Kim Philby）及安东尼·布朗特（Anthony Blunt）。布朗特20世纪30年代时在剑桥大学三一学院担任艺术教授，其余三人是三一学院的学生。他们因反对法西斯主义而同情共产主义，被克格勃招揽，在二战期间至冷战初期向苏联提供了大量极为重要的英国政府机密。伯吉斯和麦克林于1951年逃到苏联。

丛丛玫瑰的阴影投在煤棚上，现出一片片斑驳。发泡橡胶球还在晾衣绳上挂着，尽管他最后一次玩应该是在一两年之前了。吊球的线被风吹日晒，脏得很。他走回房子里，从楼梯下面的柜子中取出板球拍。它底部开裂，被多年的街头板球生涯严重磨损，包着把手的橡胶已经老化，黏乎乎的。他回到花园，开始练习击球：右侧和左侧抽球、腿侧轻扫、松握球拍的前向防守推击。他不时全力击出一记横甩，这总会让吊球的线挂在玫瑰丛里，带起一阵花瓣雨，飘落在地上。

他和母亲一人拎起一个把手，一起提着提包去巴士站。人行道的宽度刚够他们两个人并排走。在这条街走到一半的地方，铺路石比较新，那是炸弹落下的位置。这里的房子已经重建，跟以前的风格完全一样。要不是砖头和屋顶瓦片看上去比较新，你永远都不会猜到，这里曾有一个大洞，存在了将近十年。一个包着一圈头巾的年轻女子打开了（曾经是）吉尔家房子的卧室窗户，甩甩拖把；旁边一扇窗户后面是一个小女孩的脸，她在朝下盯着他们看。都是新来的人，他们不认识。

等三十六路等了将近一刻钟。其间他们有一句没一句地瞎聊，主要是母亲在说。

——你的绿色衬衫我放进包里了吗？她嘀咕道。你记得带牙刷了吗？天气会很热的。我应该给你多带几个苹果，苹果解渴。我觉得应该买点东西让你带给凯丝，但给她什么好呢，她什么都有，还更好。车怎么还不来！你穿这条裤子难道不热吗？你应该把这条装包里，穿你最好的那条，那条更轻省。别驼背，蒂莫西。

对这些话，他要不就简单地回应一下，要不就干脆不回答。他站着，手插在口袋里，看着熟悉的风景：巴士站对面的一小排商店，多年以来他一直在那里买漫画书，他的糖果票也都是在那里用掉的；飘着石蜡和石碳酸味道的五金店；有个修表店，里面空荡荡的，在他记忆里从来没开过门，店外的大钟永远停在两点二十分，正是炸弹落在这条街上的时间。毗邻这排商店的房子是联排小别墅，从前门进去直接就是前厅，窗户和人行道之间只有一码宽的空地。他们自己的房子并没有大很多，但更现代化，是双拼别墅，水泥石子外墙，还用一些木制器件装饰。父亲跟邻居们一样，把木头的部分漆成鲜亮的绿色和奶油色，精心养护。从他的卧室窗户看出去，联排别墅的屋顶大部分是由灰色砖石砌成，上面积了一层煤灰，被雨水冲刷，形成一条一条的斑纹，好似被泪水打湿。它们看上去疲惫而劳碌过度，就像从这些房子里进进出出的壮实女人，戴着头巾，抱着孩子，拎着篮子。

去维多利亚站一路上都是这样。巴士窗外，熟悉的街道怪异地看上去更清晰了，好像和他有某种联系，萦绕不去。他觉得这是自己第一次看到这些街道的真正面貌，他调动一切感官回应东南伦敦特有的品格——满是污垢、饱经风霜的砖石纹理，低矮而不规则的天际线，啤酒厂和煤气和蔬菜和制革厂的气味。他注意到这一切是多么老旧而又不起眼：如果你把目光越过现代化的店铺，就能看到它们粘在摇摇欲坠的建筑上，带着落满灰尘的碎窗户和断了脊梁一般的屋顶和残缺不全的烟囱帽。黑色、棕色和肮脏的奶油色占据统治地位。健力士黑啤的颜色。如果要把这里画下来，就得用这些颜色——而他突然迫切地想试试。

他反常地激动起来。这趟出国旅行现在看起来似乎再愚蠢不过了——离开的目的，不就是回来的时候可以用全新的目光看待家乡吗？但巴士不可抗拒地驶往维多利亚站，现在正在绕过椭圆体育场。他坐在巴士上层，能看到围墙后的体育场内部，但比赛还没有开始。球场管理员正在取下罩在三柱门上的布，记分牌上还挂着昨天比赛的比分：萨里队两百四十七跑，全部出局；北汉普郡队二十一跑，一次三柱门失分。巴士把椭圆体育场甩到车后，从沃克斯霍尔的铁路桥拱门下穿过，转上沃克斯霍尔桥。一艘游轮从他们下面驶过，将乘客从南岸的英国节[①]场地带到巴特西的节日花园。在能过泰晤士河的地方里，沃克斯霍尔并不起眼——这里的建筑物除了泰特美术馆外都平淡无奇，但河水在阳光下美妙地粼粼发亮；往下游，你可以看到兰贝斯桥和议会大厦，再远处是伦敦的壮阔景象，圣保罗大教堂的圆顶在阴霾下闪着微光。伦敦。据说它不再是世界上最大的城市了，东京的人口更多；但它仍然是最伟大的，他经常想他在这里出生是多么幸运。完全是巧合。在去沃辛的火车上你会看到一些村镇，他可能会出生在其中一个——那些黯淡的小地方似乎没有理由存在。或者他根本不会出生在英国。他可能会是个法国孩子，或者德国……那会是什么样子？在那个未开化的国家长大，知道其他国家的所有人都憎恨你、鄙视你，因为希特勒，因为

①英国节（Festival of Britain）是英国于1951年夏季举办的一系列展览和公众活动，主场地位于伦敦泰晤士河南岸。

集中营，因为你的国家发动和输掉的那场战争。

其实，当他想到德国人——现在住在德国的人，他感到的不是仇恨，而是一种尴尬。他们恨你的可能性更大。这就是让他在内心最深处对未来几个星期忧虑不安的原因。他认为，一个孤独的英国男孩在被占领的德国不会特别受欢迎。他们会以为他来是为了幸灾乐祸。这不是一个正常人会选择的度假地，这是一个浸泡在鲜血和罪行和邪恶的记忆中的国家，你自己的国家在仅仅六年前还在与之交战。唯一的安慰是，他去德国不是为了看德国人，而是为了看凯丝和她的美国朋友。想到美国人，他就安下心来。他记得在D日之前的几个月里看着美国坦克和卡车车队隆隆驶过布莱菲尔德，仅仅看着它们就感到精神振奋，美国士兵晒黑的脸上毫无倦色，他们的制服和装备功能精良而又复杂，他们的总体风格带有一种无法抗拒的魅力，像特艺彩色电影[①]一样，比生活更大一点。

——你很安静，蒂莫西。有什么事吗？

——没事。为什么会有事啊？

——你不用吃什么药，是吧？

——不用。他有点生气地说。这是母亲询问他大便是否规律的惯用方式。

——到了维多利亚站我给你买点胆汁豆。那儿有家布莰商店。

——我不用，妈妈。来吧，我们下一站就下了。

他们上车时把提包放在了巴士楼梯下的空间里。售票员帮他们

①特艺彩色（Technicolor）是一套拍摄彩色电影的技术流程，最初于1916年发明，1922年到1952年间广泛用于好莱坞的电影制作。

把它抬下车。

——你们这里面是什么啊，尸体？他打趣道。

蒂莫西站在人行道上，挤出一丝虚弱的微笑。母亲小声骂道：

——怎么说话呢！

虽然旅程几乎还没有开始，但用这个包已经显然是一个错误。它太宽了，包厢的行李架上放不下；又太大了，座位底下也放不进去。最终他们把它放在走道上，其他乘客尽力从上面艰难地跨过去。蒂莫西把雨衣和三明治放在一个角落的座位上，回到站台上跟母亲待在一起。一群女生在叽叽喳喳，她们都穿着带金色装饰的棕色西装上衣，像一群蜜蜂。其中五六个离开人群，从他身边跑过，漫无目的地傻笑、尖叫。她们的上衣的翻领上别着圆形徽章。一堆傻笑的女生，他想；就像一群鹅①。他生出一种高傲的自豪，因为自己要独自面对去欧洲大陆旅行的危险，没有老师，没人组织；但同时，他也羡慕她们能得到这样的保护。母亲想知道她们要去哪里。

——她们的行李上写着因斯布鲁克，奥地利。

——嚯！多远啊！

——她们最好别跟我一趟火车去曼海姆。他抱怨道。她们可真吵。

——嗯，她们很兴奋，我想。你兴奋吗？

蒂莫西耸耸肩。

①此处为双关，一群鹅（a gaggle of geese）中的gaggle也可用来描述一群吵闹的人，而gaggle又和傻笑（giggle）发音接近。

——不知道。不兴奋，其实。

——我要是像你这么大，肯定会很兴奋的。但你永远不会把你的感受表现出来。

这可真得感谢上帝，他想。他闷闷不乐地看着钟，上面的时间是十一点差十分。火车已经满了，一些乘客站在走廊上。

——你运气真不错，还有座位。母亲说。

——我还是进去吧，万一有人把座位给抢了呢。

她跟他吻别，他上车在座位上坐下。母亲在隔着玻璃做最后一刻的指示，问最后的问题，他点头或摇头回答。他厌倦了这荒谬的哑剧，站起来打开透气窗。

——我得走了，妈妈。不用再等了，没有意义。

——哦，不，我必须得看着你走。

——他们关闭站台口了吗？

她眯着眼朝站台尽头看。

——我得戴眼镜……那儿有个卖饭的小车。用不用我再给你买点吃的？

——不用了，不用麻烦了。

——有莱昂斯牌的单人份水果馅饼。我们过来的时候我看见了。

蒂莫西犹豫了。他很爱吃莱昂斯牌的单人份水果馅饼。

——好的。他说。然后马上就后悔了。这是最后一刻的冲动，扰动心神，完全没有必要；他总是试图克制这种冲动，而且迄今为止一直很成功。

他把窗户开到最大。他踮起脚，转过头，看见母亲沿着站台跑向小车。她刚跑到那里，还在从手包里拿钱，一声尖厉的哨声响起，车门开始顺着火车一扇扇砰砰关上。母亲从小车一路小跑过来，却停下来，又跑回去。蒂莫西苦叹一口气：她一定忘了拿找零。现在，她在沿着站台奔跑，举起装着馅饼的纸板盒，尽力往前送，就像递接力棒那样。他把头缩回窗里，朝那个方向伸长胳膊。她还有大约十码远时，火车开了。距离在开始几秒里还保持稳定，然后开始越来越大。母亲踉跄着停住脚步，用没拿东西的那只手叉着腰，大口喘气。他挥手微笑，想表示没有关系。他最后看见的母亲的样子是：站在站台上，气喘吁吁，脸上写满了失望，仍然伸着胳膊举着——像被拒绝的礼物——莱昂斯牌的单人份水果馅饼。

2

一开始，一切都挺顺利。他在多佛拒绝了一个来揽活儿的搬运工。虽然他手臂生疼，膝盖顶着包一步一步往前挪，显得十分笨拙，但他还是成功地沿着码头走到了船上，中间只停下来两次，换另一只手拎包。他把行李拖上船，爬了三段楼梯，终于在船头高处找到一处开放甲板，有很多躺椅，上面写着“免费”[①]。他浑身大汗，倒在一张躺椅上就再也不想动了。船颤抖几下，开始移动。

船在港湾中转弯，让他得以饱览多佛的美景：灰色的石板屋顶从城堡的雉堞下方向四周延展开去，在阳光下闪着亚光。一些度假者走到了防波堤的尽头，那儿有一个小灯塔；船经过时，他们向船上的乘客挥手。这是蒂莫西有生以来第一次体会到一艘大船在海上缓慢、从容地漂流是什么样子。那是一种奇怪的、令人不安的感觉，甲板是厚重的固体，停在港口时就像干燥的土地一样坚实，而现在却在你脚下无声地、神秘地来回倾斜着。这正是危险和冒险的化身在移动。

---

①原文为法语。

有一段时间，船沿着海岸航行。童年时的一首歌飘进他的脑海。

蓝鸲会在

多佛白崖上空翱翔，

明天，只要你拭目以待。

他记得自己打算等到战争结束后去看蓝鸲。唉，他花了很长时间才跑到这儿，可其实这儿并没有蓝鸲，只有食腐的海鸥，在船四周俯冲、滑翔，发出刺耳的尖叫。悬崖的白色挺脏的，但白崖朝着蓝色的大海，氛围平和宁静，很适合这首歌。

船改变航向，海岸从他的视野里渐渐滑出去了。他俯身往下看，船艏缓缓起落，从海浪中劈出一条路。轻快的风从海上吹来，把他的领带吹翻过肩膀，在耳边摆动。海风和在浪尖上跳跃的光斑使他半闭上眼睛，嘴角浮现出微笑。他觉得真舒服。

——船票，先生？

他转过身，看到身边站着一个穿制服的船员。他递过船票，那个男人皱起眉头。

——这是头等舱的甲板。他冷冷地说。请去船的后面，那是留给二等舱乘客的地方。

蒂莫西羞愧难当，在周围乘客扫过来的目光中拎起包，尽可能快地沿船侧通道走到一扇通往二等舱甲板的小门，脚步都有点不稳。门后的甲板上挤满了人和行李，乘客大多或坐或卧，吃着三明治，喝着茶；或者，如果幸运地抢到少数几张躺椅之一，就摆出万事不管的懒散态度，闭着眼睛，嘴巴张开，嘴角耷拉着，脸朝向太阳；而太阳被船的烟囱冒出的浓烟遮住，光芒暗淡。五个修女肩并肩坐在一条长凳上，双手抓住飘拂的面纱，羞怯地微笑着。谈话的嗡嗡声，笑声，孩子的哭声和婴儿的号叫。每过一会儿，一阵疾风就会把浓烟从烟囱口吹下来。蒂莫西觉得除了在修女脚边，自己和自己的包待在哪里都不太好；而其他乘客出于尊重，都和修女们保持着一段距离。

下午过得很慢。他吃了剩下的三明治，然后拿出这一期的《自行车》杂志，他特意一直没看，专门留到现在。他两年前开始订这本杂志，当时他突然迸发出对自行车的热情。他磨着父母给他买了辆赛车，逐渐装备齐了所有正规配件——水壶、钻孔合金轮毂、四速变速器，等等。他骑这辆车去学校，为了把最好成绩再缩短几秒不惜采用危险手段，比如追赶巴士。他有时跟琼西和布林克一起去看在赫恩山举办的自行车赛，为雷格·哈里斯[①] 的胜利而骄傲——哈里斯似乎是唯一一名能在同外国运动员比赛时赢点什么回来的英国人。他对这项运动的热情已经逐渐消退——不过，还没到要退订《自行车》的地步。杂志每星期三出现在门前的脚垫上，仍然能燃起他的一点微弱兴趣；里面的文章总是一个调子，不会有什么新花样，照片模糊，有好几页都是小幅广告，而这一切都能安抚他因学习而精疲力竭的大脑。但在这个下午，咒语似乎终于破灭了。他意

①雷格·哈里斯（Reg Harris，1920—1992）是英国自行车运动员。

识到自己其实非常厌烦《自行车》，如果再也看不到另外一本，也没什么遗憾。

那么除了看其他乘客也就没有什么可做的了。那群女生很显眼，不知疲倦地跳上跳下，往后梳头发，在微风里按住裙子，趴在栏杆上，不断向老师提问。他觉得她们中有一个挺有吸引力，她的黑发梳成长长的马尾，一张苍白的鹅蛋脸；但她大多数时候都坐在一个老师旁边，不掺和那些打打闹闹。然后有人把她叫到船边，她站起来，优雅地穿过人群。他也站起来，看到了——带着惊喜和兴奋——陆地！他挤到栏杆边，盯着分开海洋和天空的漫长而低矮的海岸线。是不是已经到比利时了，还是法国？无论如何，这是欧洲，他看到的第一眼，即使离得这么远也很明显是外国：黄褐色，低矮，与英格兰青草如茵的白色悬崖非常不同。

余下的航程他一直站在那里，手肘支着栏杆，双手撑着下巴，注视着外国的海岸陷入沉思，想从这模糊的轮廓线里找出什么线索或指引，好让自己心安。船驶入了比利时的奥斯坦德港，他可以清楚地看到码头上的人，他们微笑挥手，沐浴着斜射的黄色日光，长长的影子伸向航船。他们似乎很友好；不过比利时人毕竟是我们战时的盟友，他想。他凝望着人们身后富于异国情调的街道和广场，咖啡馆外的人行道上撑着色调明快的条纹遮阳伞，还有马天尼味美思酒和贝尔加烟的广告牌。在比利时你不会发生什么意外。

螺旋桨反转，激起一阵水花，船微微抖动几下，停住了。他们即将靠岸。他惊慌失措地意识到已经把行李忘得一干二净。不过他挤过人群，发现包还安全地放在原地。如果仔细想想，其实基本不会有人会想把它偷走。等待下船的人挤满了楼梯。

船舱底部传来含混的喊声，楼梯口的人群开始起伏、摇摆，一群穿粗蓝色牛仔布衣服的比利时搬运工用力挤了过来。搬运工！搬运工！[①] 他们喊着，元音拉长，介乎法语和英语之间。一个自信的声音高喊着：

——对，这儿的这两个包，谢谢！

蒂莫西很好奇，想好好看看在这儿怎么叫搬运工，就转过头，但一个下巴上胡子拉碴的矮胖搬运工钻出来，挡住了视线。

——搬运工[②]？他劈头问道。

——呃……

蒂莫西犹豫了。那男人抓过他的包，举到肩上，嘴里咕哝着什么，听起来像是在骂街，把自己的工牌伸到蒂莫西鼻子底下晃了晃。

——山拾是[③]。他似乎在说。然后他就消失在人群中。

——嗨！蒂莫西软绵绵地抗议了一声。他无助地盯着他的包，它在其他乘客头上，向后退去，离他越来越远。人群突然移动，他被撞下楼梯，跟着下船的队伍一步步往前蹭，绝望地想着怎么、在哪里、甚至是不是还可能把包找回来。虽然那包太大，很不方便，但它的存在是个安慰。包上的标签证明他来自一个确定的地方，要去一个确定的地方——他只要跟包在一起，就觉得自己会像一个邮寄包裹一样，最终到达海德堡，或者回到家里。“山拾是”的意思一定是三十四，因为那男人工牌上就印着这个数字——但他们应该

①②原文为法语。

③原文是 Dirty Floor，英语中意为“脏地板”，实际是带口音的英语“三十四”（thirty-four）。

在哪里碰面呢?

过边检时没有搬运工的身影。过海关时他也不在,海关官员只是挥手让乘客快点走——似乎只是个过场。蒂莫西接着往前走,发现已经进了车站。站里很大很挤,看起来更像一条大街,火车头在上面乱跑。有许多商店,咖啡馆把桌子摆在外面,空气里有一股浓烈的外国气息。在这里就别想找到什么人了。搬运工也许看了他包上的标签,会在站台上等着他。不过是哪个站台呢?他瞧见一个大指示牌,艰难地从用二十四小时标记的时间表里找到了他的火车,是从七号站台出发。他很高兴自己完成了这个壮举,马上跑到七号站台。火车正在上人,但他的搬运工不见踪影。

他突然感到膀胱要爆了,暗暗责骂自己在船上时没有去洗手间。现在去会增加找不到搬运工的风险,可他觉得自己坚持不到二十五分钟后火车开了。他拼命找男士的标识,又想起在这儿不会这么写,然后看到一段石头楼梯上有个用法语写着男士的牌子。他跑下去,迎面撞见一个穿白色大衣的女人坐在桌旁,就又迅速回到楼梯上面。他又看了一下那个牌子。上面明明白白写的是男士。他走到另一边,还有一段楼梯,牌子上用法语写着女士。比利时是不是有什么怪癖,管男士叫女士,管女士叫男士?他小心翼翼地朝楼梯下面看去,那个穿白色大衣的女人还在那儿。他不想再深究这件神秘的事了,也放弃了去放水的打算,因为没多少时间了,他的火车很快就要开走,抛下他,或者他的包,或者把两者都丢在这里。

自从这次旅行定下来起他就一直害怕的噩梦终于发生。他拿出学校的帽子戴上,就好像这样就发出了呼救信号似的。他必须寻求别人的帮助——能说英语的人，因为他对自己法语水平的信心（从未很强过）已经在这场危机中消失得无影无踪了。他拦住一个穿库克旅行社的导游制服的男人。

——不好意思，您有没有在哪里见过一个搬运工，号码是三拾是？带着一个蓝色的包？

那个男人傲慢地看着他。

——您是库克公司的游客吗，先生？

——不，但我是英国人。他恳求道。

在那一刻，他听到了甜蜜的，甜蜜得简直无法形容的喊声——山拾是！山拾是！——就在他身后。搬运工举起双手，快速吐出一串法语。蒂莫西可以猜到他说的话的主题是什么。

——不好意思。他说。我不知道[①]。

——布鲁塞尔[②]？男人硬邦邦地问道。

——曼海姆。搬运工看着蒂莫西，好像在怀疑他是不是真的要去这么远的地方。

——卧铺？

——不是。不是[③]。

搬运工摇摇头，开始往前走，一边粗重地喘气，一边嘀咕着什么。蒂莫西低声下气地跟在后面。他给了这个男人自己身上最小面额的比利时钞票，折合大约十先令，希望能拿回点找零。男人面无表情地把钞票塞到口袋里，转身走了。车上没有座位了，他不得不

①②③原文为法语。

站在过道上。但他至少上了车，也许很多人会在布鲁塞尔下。

火车在布鲁塞尔停了三次，但没人下车；相反，有好几百人上来，过道都挤满了。行李堆成一座小山，他的包消失在山底下，他甚至都够不到它了。空气中弥漫着呛人的烟味、奶酪、大蒜和汗水的气味，各种外国口音交错混杂——法语、德语和介乎两者之间的一种语言，他认为很可能是弗拉芒语。这一夜的旅程看起来越来越难熬了。去布鲁塞尔的路上，至少还有一些东西可看——绵长而平坦的田野上，农人在微光下仍然坚持劳作，火车飞驰而过时，他们直起腰来朝火车挥手；还有白墙红顶的小农舍，整整齐齐的。不过，当火车钻出布鲁塞尔的隧道时，天就很黑了。每过一阵子，窗外就闪过一个城镇的灯光；到列日时，工厂锅炉的耀眼红光把天空照亮，让他想起空袭时燃烧的码头。但是在大部分时间里，除了窗户上映出的自己憔悴的面容，他什么也看不见。

窗台上贴着一张小告示，用法语、德语和英语三种语言写着“请勿将身体探出窗外”，但他在过道里听不到英语的声音，除了那些穿棕金西装上衣的女生（她们还在跟着他走）。她们从预订的包厢里出来，从他身边挤过去上厕所。她们通常成双成对出现，穿着棕色长筒袜的腿像小马似的迈过行李，紧张地往后甩着长发，不时咯咯傻笑。她们在厕所里待了似乎有几个小时之久。

梳马尾辫的黑发女孩一个人上厕所。她拿着一个格子呢的小洗漱包，走过蒂莫西身边时，火车转弯，她没站稳，摔到他身上。

——噢！对不起！她喊道。但她看起来与其说是抱歉，还不如说是被惹恼了。

——没关系。他说。然后他又后悔没有说什么更勇敢一点的话，比如说，*你没事吧？*他本来甚至可以用手巧妙地扶稳她。也许她回来的时候会跟他说点什么吧。

他用窗户作镜子，把耷拉在前额上的长头发往后梳；可这些头发几乎立即向前倒，盖过了眉毛。他直了直领带，但没什么办法让自己更帅气一点，因为领带材质太紧了，领带结的正下方就有褶皱。他的衬衫领子是脏的，还不平整，领尖卷了起来。他把眼镜推回鼻梁上——这副眼镜一直有点太大——还抠了抠嘴角的粉刺。虽然窗玻璃映出的影子不是很清楚，他还是能看到上唇上的阴影，那是开始萌发的毛茸茸的小胡子。他听到厕所门打开又关上，就挺起胸膛，靠着过道的墙站得笔直。

女孩走过他身边，一眼都没瞧他。

蒂莫西走进厕所。空气中隐约有股香味，是香皂或香水；洗手盆里有根长长的黑头发。他小便，洗手。纸篓里装满了纸巾，都溢出来了，不过有个白搪瓷箱子钉在一面墙靠下的地方。他用脚翻起盖子，把纸巾扔进去，同时瞥见箱子底部有一片看起来像是绷带的东西，沾满了血污。这是一个奇怪的景象，令人不安。是不是有人在火车上生病了，他想——还是受伤了？某个负罪潜逃的罪犯，止住伤口流血，咬紧牙关，直到安全为止？他觉得在这列火车上什么事都有可能发生。

他在马桶上坐下，让疼痛的双腿放松一下，想试试能在这里待多久，等到有人敲门再走。有人敲门了。

是检票员。蒂莫西把厕所让给另外两个女生，出示车票。他觉得很渴。他的包里还有一个苹果，但包现在在两个大行李箱下面，上面还坐着一个体型比行李箱还庞大的女人，苹果应该已经被压碎了。他看了看表。还有六个小时，而他已经精疲力竭了。他靠在过道的墙上，闭上眼睛，让头随着火车摇晃。他想起那个梳马尾辫的黑发女孩，当火车转弯时，她撞在他身上，感觉很柔软。这样的事情他在脑海中排练了一百次，每次都调整、完善自己的反应，直到逐渐设想出一整套关系发展的过程：开始是那次邂逅，然后女孩碰巧自己占一个包厢，她邀请他过去，他们聊啊聊啊聊了一整夜，最后她睡着了，头靠在他肩上，而火车在曼海姆坏了，于是她们学校决定去海德堡而不是因斯布鲁克，然后……

火车突然减速，他猛地晃了一下。车停了，应该不是在某个车站，因为窗外没有灯光。然后一扇门打开，两个穿制服的男人钻进车厢，用浓重的喉音大声讲了一段话。站在过道里的乘客开始在口袋和手包里翻找护照。他们一定是在德国边界。

他看着穿得像士兵的两个男人在过道昏暗的灯光下慢慢向自己走来，一路翻阅旅客递给他们的文件。在总是过分疑心的蒂莫西看来，这就好像那些已经逐渐淡忘的老电影的幽灵——纳粹占领下的欧洲、盖世太保和党卫队、脱逃的战俘和抵抗运动——在走过自己的心脏。过道里一片肃静，只有简短的问答。他觉得旅客们畏惧而焦虑，好像其中任何一个人都可能会因为文件上有什么不对而被拖下火车。他非常担心自己的护照照片照得不像自己，又看了看签证，那可是他在伦敦肯辛顿区的德国大使馆疲惫不堪地排了两个小时的队才拿到的：一块沾满黑油污的大印，盖得模糊不清，上面好多念不出来的词，比如 Grenzübergangsstelle[①] 和 einschlieblich[②]；还有个戳记，是一只骨瘦如柴、气势汹汹的鹰，像是在扑扇着翅膀，心怀邪念，发出愤怒的尖叫[③]。这个邪恶的徽记倒是很适合德国，他想。现在轮到他了。

他交上护照，心怦怦直跳。那男人瞥了一眼他的照片，翻到签证页，在对页上盖了个戳。蒂莫西长长地舒了一口气。然后另一个穿制服的人开始对他说德语。蒂莫西一脸茫然。他的护照是不是其实还有问题？拿他护照的那个人在把护照给他的同事看。

——英国人[④]？第二个人说。

——对。蒂莫西说。是[⑤]。他又补充道，希望能有所帮助。这是个错误，因为接着又是听不懂的德语，一个长长的问题。他对这门语言的了解仅限于漫画和战争电影中的几个词——Achtung、Schweinhund、Dummkopf、kaput[⑥]——现在似乎一个也用不上。

——对不起。他说。我不会说德语。

站在他旁边的一个男人探过身来，说道：

——他们想知道你有没有带什么走私货。

——没有走私。蒂莫西说。

由他翻译，两名官员又问了几个问题，然后就往前走了。半小时后，火车驶入一个宏大而阴冷的车站。

---

①②分别为德语“入境地”和“包括”。

③这是在描述德国国徽。

④原文为德语。德语中“英国人”(Englisch)，发音同英语的“英国人”(English) 很相似。

⑤原文为德语。

⑥这四个词的意思分别是：注意、蠢猪、笨蛋、完蛋了（正确德语拼法是 kaputt)。

——亚琛……亚琛……亚琛！喇叭里一个声音在吼着。这些刺耳、鼻炎般的音节是对耳朵和精神的暴力。站里的标牌不知什么原因写着“坏亚琛”[①]，正合适。坏亚琛。坏德国。

抢到座位的希望彻底破灭了。一群群人围住火车，冲进车厢，互相推搡，挡住了要下车的几个人。然后车厢和过道被挤得水泄不通，站台空空如也。火车又停了半个小时。

终于开车了。亚琛的灯光慢慢消失。旅客们开始准备过夜，蹲在行李箱或地板上，头埋在膝盖里，过道里的谈话声越来越小。不久，蒂莫西和过道远端一个正在读书的年轻男子成了最后两个站着并且醒着的人。那个人为了借助过道灯昏暗的光，把书举得很高。是某种本能不让蒂莫西滑到地上。他觉得，只要他坚持站着，就抵抗住了这次旅程的噩梦，把它勉强挡在一段距离之外，现在折磨着他的某种吓人的魔咒或苦难都会过去，他会被带回秩序井然的英语世界的白天——他所属的地方；在那里，旅程不是一场漫长的生存斗争，而同车旅客显然并不抱有如此高的期望。他有一种感觉：在欧洲，生活一直是这样，像一次没有尽头的夜间火车之旅，穿过一道道边境，喇叭在阴冷的站台上刺耳地嘶吼，穿着制服的男人把你叫醒，检查你的文件，你不知道什么时候才是尽头，只想给自己找到一小块地方抓紧时间睡觉。他想知道读书的那个年轻人是不是也是英国人。

然后，疲惫渐渐突破了他的防线。他倒在地板上，把雨衣折起

①亚琛从古罗马时代开始就以温泉著称，故又称“亚琛浴场”（Bad Aachen），同样的拼写在英文里恰好是“坏亚琛”的意思。

来，做成一个垫子。他的头靠在别人的帆布包的把手上。他最终放弃了一切抵抗，松开肿胀的脚上的鞋带，伸展双腿。他闭上眼睛，打起瞌睡。

火车开始加速。车轮和铁轨的撞击声变换着节奏和共鸣敲击他的耳膜：轧过接缝，咔嗒咔嗒；驶过桥梁，轰轰隆隆。他不再反抗，随着火车摇晃。昏昏沉沉中，他模糊感到有人从身上迈过去，但他不愿动地方。是那些女生，又在去厕所。她们排成队，一个一个迈过他，他眼前就是她们的裙底，看到深蓝色的内裤，松紧口里面塞着手帕。梳马尾辫的黑发女孩没穿内裤。她前面都是人，没法再往前走了，双腿迈开跨在他身上，她大腿之间珍珠粉色的那块柔滑的肉楔子他看得一清二楚；他体内一股暖流涌起，溢了出来。

他醒了，感到裆下又湿又黏，但不愿意到厕所清理。现在的状态下，这点额外的不适是微不足道的。过了一会儿，皮肤干了，他陷入沉睡。

他再次醒来，后背酸痛。手臂扭着压在身子底下，坐起来时，整条胳膊都像针扎一般刺痛。他僵直地站起身来，在摇晃的过道上踉踉跄跄地走着。他打了个哈欠，揉揉眼睛，看了下表：四点一刻。这就没关系了——还没过曼海姆。

过道现在空了，除了他的包。它看起来像是被一群水牛踩过。在最近的包厢里有两个空座，他拉开滑门，坐下来。座位与英国火车相比更窄、更硬，但疼痛的四肢终于能舒缓一下了，他很开心。在对面的角落，他早先注意到的那个年轻人还在看书。

——嗨。他从书里抬起头来说。有座位空出来的时候我差点要喊醒你，不过你看上去睡得很香。

——那是什么时候？蒂莫西问。

——大部分人都在美因茨下车了。累吗？

蒂莫西点了点头。从口音判断，这个年轻人似乎是美国人。他接着看书，蒂莫西注意到他的夹克上有“欧洲”字样。

窗外，欧洲正在迎来清晨的第一缕光线。房屋和树木模糊的轮廓从火车边闪过。在远处，他可以看到某些遥远的城镇或工厂的灯光。他转过头朝对面方向看，就是过道的另一端——直接对上了马尾辫黑发女孩的眼睛。她是在向他微笑吗？还是他的想象？她立刻低下头，走过他的包厢。她面色苍白而疲倦，校服也皱了，但至少她整晚都有个座位。他挺失望：她没有早点过来，没有及时看到他趴着睡觉的样子，那时那种坚忍和令人怜悯的气质散发出的感染力最强。但也许她其实来过——也许这就是她为什么对他笑。他选择这样想。

他头昏脑涨，又饿又累，但从家里出发以来精神从未这么好过。还有一小时多一点，苦难就要结束了：有能干的姐姐照顾，他就安全了。这个小时里有旅途最棘手的部分——在曼海姆换乘火车——但不知何故，他现在面对这个挑战，一反常态，很冷静。成功熬过这个非常的夜晚后，他有了自信。

当他在曼海姆下车时，站台上似乎只有一个人，是个穿灰色牛仔布衣服的老头，拿着扫帚和水桶。

——海德堡？蒂莫西问。

老头转过头来，点了点头，说出一些听不懂的话。

——我带你去。一个声音从他身后说。我也去海德堡。是那个年轻的美国人。

——哦，太谢谢了。蒂莫西一边说，一边拎起他的包。

——看起来够沉的，我帮帮你吧。年轻人说。他拿过一个提手。他自己的行李只有一个小手提包，他轻松地把它挂在肩上。

蒂莫西走出车厢时心情畅快：他的运气已经发生了决定性的变化。

——你真是太好了。他说。我听不懂那个老头说的话。

——你不会说德语?

——不会。我们学校刚开始教。他预计未来几个星期里会经常被问到这个问题，这是他准备好的答案。这是真的；尽管直到最近他还觉得学德语很荒唐，而且在某种程度上是不爱国的表现——这也是真的。

——那是初中吗？或者你们不这么叫?

火车开动，慢慢加速，从他们身边驶过。蒂莫西扫视窗户，想找到那个梳马尾辫的黑发女孩。

——我上的是文法学校。他说。我在读大学预科。

——那么你就是，多大，十七岁了?

——十六岁。

一扇百叶窗拉了起来，好像有人正在往外窥视。蒂莫西挺了挺胸。

——十六岁。要一个人走这么远的路，这个年纪有点小。

——哦，没什么，真的。当他们走下通往地道的台阶时，蒂莫西面无表情地说。

3

这个年轻人名叫唐·科瓦尔斯基，长得就是蒂莫西头脑里典型美国人的样子。他又高又瘦，鼻子很长，下颌中间有条小缝。他的黑色鬈发剪得很短，但还不是平头，于是他头上看上去像扣了顶瓜皮帽。蒂莫西在伦敦见到的美国人都能一眼就看出来是美国人：他们穿着材质柔软的浅色西装，打着艳丽的领带。唐穿的是粗花呢外套、很脏的棉质裤子、白衬衫，喉咙处的扣子解开着。

——那么是什么风把你吹到老海德堡[①]的呢，蒂莫西？他问道。这时他们已经在地区短途火车古色古香的包厢里坐定。

蒂莫西告诉了他。

——你会度过一个美好的假期的。他说。海德堡是一座很有意思的古城。

——你很了解吗？

——是的。我在那儿已经住了一年多了。

——那也许你认识我姐姐。

①这里的“老海德堡”（Old Heidelberg）指德国小说家、剧作家威廉·迈尔-弗尔斯特创作的戏剧，在德国和国际上都拥有很高的知名度。

唐摇摇头。

——我应该不认识。我上个月刚退役。我想你姐姐可能只在一个小圈子里活动。

——兵役？

—— 一样的，不过我们不是强制的。我知道在英国每个人都必须服兵役。这样更公平。

——不过，如果你去上学，可以推迟的。

——你打算上大学吗？

——可能吧，或者去做学徒。我在等我的O级考试结果出来，看看怎么样。

——但那不用花钱，不是吗——在英国上大学？

——如果你能考进去的话。

——嗯，那不容易——我知道的，我自己就想进伦敦政经学院。其实我刚去了趟英国，去面试了。你看起来很吃惊。

蒂莫西确实挺吃惊：唐看上去做学生也太老了点，但是这么说似乎不太礼貌。

——我只是想知道你为什么要去英国上学，而不是美国。

——我喜欢英国。我休假时去过几次伦敦。我现在还不想回家。而且伦敦政经是个好学校，特别是研究生。

——对你来说就不免费了，是吗？

——对，但我们有一套很好的制度，叫《军人权利法案》[①]。要

①美国《军人权利法案》是美国国会在1944年通过的法案。此法案给予二战退伍军人各种福利，包括高等教育和职业训练的各种补贴。

说被征兵有什么好处，这大概是唯一一个了。

唐向他解释美国《军人权利法案》和什么是研究生，这时火车从曼海姆站开出。现在天已经亮了，虽然薄雾蒙蒙，但随处可见的战争带来的巨大创伤还是让蒂莫西深感震惊。铁道两旁有许多地方只能看见大片瓦砾和没被完全摧毁的残留建筑物。在黎明灰色的阳光下，雾像烟一样飘浮着，这个镇子看起来好像刚打完仗。

——打仗的时候这儿打得厉害吗?

——这是轰炸的结果，基本上。实际上，曼海姆是英国实施地毯式轰炸的第一个目标，在1940年，或者是1941年。我想，他们报复回来了，或者说我们也报复回去了。

——这儿比伦敦惨。

——这不算什么。你应该看看法兰克福。或者汉堡……但海德堡没有被波及。我想这就是我们把总部放在那里的原因。这样，就不会有任何惨烈的景象来提醒我们，我们都干了些什么。

蒂莫西好奇地瞧了他一眼。听到有人说这种话很古怪——肯定没有什么人会为轰炸德国人而感到内疚吧？不过对美国人来说应该会有所不同，他反思着。他们不知道空袭——不知道那是什么样的。

——我想海德堡没有值得轰炸的工厂，或者类似的东西？他猜测道。

——我觉得没有，但这也没有拯救德累斯顿[①]。据说是《学生王

① 1945年2月13日至15日，英美对德国东部城市德累斯顿实施战略轰炸，造成大量平民伤亡，该城几乎被夷为平地。德累斯顿是历史文化名城，拥有众多历史价值极高的巴洛克古建筑，且并无直接军事目标，故此行动一直极具争议。

子》[①] 拯救了海德堡。

——学生王子？

——对，你听说过吗？算是轻歌剧吧。喝！喝！[②] 还有那些爵士乐。挺傻的，不过在美国可一直大红大紫。许多美国人把孩子送到海德堡上大学，就因为这部歌剧。据说，如果他们下令轰炸海德堡，空军就会哗变。

蒂莫西笑了。他从没听过有人以这种方式谈论战争。

火车现在在平坦开阔的田野上行驶。浓雾笼罩着大地。

——雾后面有山吗？他问。我姐姐说有山。

——是的，有几座小山。长满了树。山脉的起点就是海德堡，内卡河从那里出来，流向莱茵河流域。曼海姆是内卡河与莱茵河交汇的地方。他用长长的瘦削手指比画着河流交汇的样子，内卡河谷非常美……你姐姐会来接你吧，我想？

——希望如此。蒂莫西说。他把学校的帽子拽出来戴上。这样她就能认出我了，他解释说。

——你上次见她是多久以前？

——三年半。

——够长的。

——她似乎不想回家。蒂莫西说。他说这句话好像有点轻率，但唐似乎并不惊讶。

---

①《学生王子》(The Student Prince）是美籍匈牙利犹太裔作曲家西格蒙德·罗姆伯格作曲的一部四幕轻歌剧，取材于《老海德堡》，情节基本相同。

②这是《学生王子》中海德堡大学学生在啤酒馆聚会时唱的一首祝酒歌的歌词。

——海德堡到处都是不想回家的人。他说。

火车开始减速。

——好，我们到了。

——海德堡？已经到了？蒂莫西从座位上跳起来，身子探出窗外。温和湿润的空气拍打着他的脸。他努力瞪大双眼，觉得可以透过雾气看到山脉模糊的形状。

——有了太阳，雾很快就会散的。唐在他身后说。然后你就能全看见了。

蒂莫西忍不住希望——忘恩负义地——唐最好能消失，让他独自一人跟凯丝见面。他觉得，身边有个保护自己的成年人削弱了这趟旅程的英雄主义气质。毕竟，除了最后半小时，他一直没有借助别人帮助，一路走下来了。他希望凯丝看到他是这个样子：一个人，面容疲惫，头发蓬乱，但依旧不屈不挠。可是，拒绝唐的帮助是不可能的；他们顺着站台走着，那个沉甸甸的包在他们之间来回摇晃，这时他看到了凯丝。

——她在那儿！他大喊着挥手。

她起初没有反应；然后她认出了他，带着灿烂的微笑跑上前来，硕大的胸部在白毛衣下跳跃。起初几分钟，她的胸部比其他任何事物都更吸引蒂莫西的注意。如果她的胸以前就是这样，那么他没注意到，是因为他还没到能从她庞大的身躯上单独识别出胸部的年纪。现在他被她的胸催眠了。大，很大，几乎大得过分，但也还没到那个程度。凯丝拥抱他时，胸压在他身上，他感到她的胸罩的硬质材料紧压着他瘦骨嶙峋的胸膛，都有点变形了。

——蒂莫西！见到你真是太棒了！你都长这么大了！

——你也是啊。他没过脑子就脱口而出。

——蒂莫西！我一直在减肥！一路上怎么样？

——还好。

——我一开始没认出你。我在找一个这么高的小男孩（她伸出手比画着，大约离地面三英尺高），自己一个人。不过我看到有人陪你。她看了看唐。

——从曼海姆才开始的。蒂莫西说。

唐走上前，伸出手。

——唐·科瓦尔斯基。他说。你就是蒂莫西的姐姐吧。

——你能照顾他真是太好了。

——我应该做的。要是我们在路上早点碰见就好了。

凯丝把注意力移回蒂莫西身上。

——累了吗，小宝贝？你一定很累了吧，也饿坏了。等把包放好，我就给你弄点早饭。

——需要我帮忙吗？唐说。

——你太好了，不过我想我还是去找个搬运工吧。凯丝坚定地说。

——好吧，那我走了。唐说。但他没动地方。

——太谢谢你了。凯丝说。她的举止变得有点像父亲说的——很装。

——好，假期愉快，蒂莫西。唐说。他拎起他自己的提包。也许这几天我会在城里碰到你。这地方不大。也祝你愉快，呃……

——凯特·杨。

——很高兴见到你，凯特。也很高兴见到你，蒂莫西。

他们看着他大步离去，提包甩在肩上。

——他是谁？凯丝低声问道。

——我不知道。他说他刚从军队里出来。

——我猜到他是个当兵的，不过看上去人不错。

——他可好了。你为什么不让他帮我们拿包？简直沉死了。

——对这些当兵的可得小心一点，再有几分钟，他就会问我能不能约会。她对他咧嘴一笑，把毛衣从胸前往下拽了拽。给他们一寸，他们就会前进一尺，我总是这么说。现在我建议，我们把你的包放到行李寄存处，看看我给你安排的房间，然后去吃早餐。今天早晨我必须得去上班，不过你今天可能只想好好休息，不想太折腾了，是吧？

——我觉得我得睡一个星期。他承认。

——太可怜了，亲爱的，你看起来很累。他们什么时候把你叫醒的？

——叫醒？他困惑地重复道。

凯丝的样子好像要看穿他的内心。

——你坐的确实是卧铺吧？

——不是。

——你是说，你一夜都坐着？

——不，大部分时间我站着，后来在地板上躺下了。我找不到座位。他看着她脸上的表情，笑了。

——天呐！凯丝小声尖叫。你这不得累个半死！你什么时候从伦敦出来的？

——昨天上午十一点。

凯丝叹了一口气。

——他们连个座位都没给你定就把你送出来了……当然，我应该想到的。爸爸妈妈可没什么概念。别管了，已经这样了就算了吧。你到这儿了，虽说这一路上受了不少罪，不过看起来气色还不太差。现在，咱们叫个搬运工。搬运工[①]！

一个穿灰色牛仔布衣服的男人正顺着站台推着一辆小车，他应声点点头，朝他们的方向转过来。凯丝看着蒂莫西的包，用白色高跟鞋的鞋尖试探着戳了戳。

——这是你们从哪儿挖出来的？

——以前是杰克叔叔的。

——杰克叔叔？

——吉尔的爸爸……你记得的。他放在咱家阁楼里了。

——哦，可怜的马丁先生。让你用这个包，这主意可真是绝了。

——怎么讲？

——哎，你好好想想，这是不是有点病态。

搬运工过来，把包举到小车上。她用德语给他指示，然后他们就开始一起走。

——你会说德语啊。他充满敬意地说。

①原文为德语。

——一点点。你会发现这里大多数德国人都会说英语，因为有美国人在。我们就是他们的面包和黄油，知道吧。也是他们的果酱，我总这么说。

——那么，你觉得自己是美国人吗，凯丝？

——不是啊。为什么？

——你刚才说“我们”。

——哦，这只是一种说话的方式。毕竟，我是在为他们工作。

——你告诉唐你的名字是凯特。

——这儿每个人都这么叫我。是从《亲亲我，凯特》[1] 开始叫起来的。你看那个剧了吗？我想在伦敦已经上了吧。

——没看过。我应该叫你什么，凯丝还是凯特？

——你喜欢哪个就叫哪个。我一直认为自己在家是凯丝，在这是凯特。

——两个不同的人？

她带着好笑的神情看着他。

——我想你可以这么说吧，对。

搬运工带领他们到行李寄存柜台。

——我把你的包存在这儿。凯丝解释说。然后我们走路到房子那里。我不想拖着那个包带你看房。那房子可能不会很豪华。

——只要有张床就行了。他说。

——亲爱的，你真可怜。她给了他一个同情的拥抱。但是，能

---

[1]《亲亲我，凯特》(Kiss Me, Kate）是一部 1948 年于百老汇首演的音乐剧。

见到你真是太好了。当然，我想知道家里发生的一切。爸爸妈妈怎么样了？

——很好。他们向你问好，当然。

——好的，你休息好了以后必须告诉我一切。

她给搬运工小费，带着蒂莫西走出车站。他们走过一段柱廊，出来以后是一条宽阔的大街，左边是广场，右边是花园。几趟蓝色单层有轨电车正在驶过，有的是几节车厢连在一起的，车上的铃铛叮叮作响。一座巨大的山上树木繁茂，离得出奇地近，在重重屋顶后的雾气里慢慢升起。蒂莫西停下来，出神地看着。

——我的天！他说。

——太阳出来以后，你就能看到所有的颜色。绿色的山，蓝色的天，彩色的屋顶。我从来没有厌倦过。他们穿过电车轨道时她说。这是罗尔巴赫街，那是俾斯麦广场，所有电车都往那儿开。

——我知道俾斯麦。他说。他今年开始学历史了。

——你的房子就在这条街上，我希望一切都能顺利。找房子在海德堡可是难比登天。你看到了，这儿是旅游胜地，但几乎所有的酒店都被美国人征用了，给他们自己的人员去住——我就住在一个酒店里——所以你可以想象，在旅游旺季想找个落脚的地方有多困难。德国人对我们意见最大的就是这种征用。

蒂莫西让她一直说下去。他太累了，说不出太多自己的看法。

——我弄到这个地方，还是别人特意给我帮忙。房价有管制，但我必须得给管事的女人一点好处。

——香烟？

——哎，当然不是了。那种日子过去了。德国人现在已经慢慢恢复……很令人惊叹，他们真的太会干活了。到了。

他们停在一幢每扇窗户都配有百叶帘的大楼外面，凯丝摁响门铃。过了一会儿，他们听到门闩拉开，一个穿着印花罩衣的粗壮中年女人把他们带进黑暗的大厅。凯丝说话时混杂着英语和德语，把他介绍给希姆莱夫人。虽然她点头微笑的样子很友善，但蒂莫西认为这个名字不是好兆头。她带着他们上了四段楼梯，每一段都比前一段更黑更破，他越来越担心。地上由地毯变成油毡，油毡又变成裸露的木板。走到顶层楼梯间，希姆莱夫人用钥匙打开一扇门，推开。他们走了进去。

这是个阁楼里的房间。挺干净的，但除此之外其他也就没什么了。地板斜得几乎跟天花板一样，沉重的家具看起来马上就要滑到房间的一头。有一个铁床，上面是一床小山一样的被子，还有一个小窗户，窗外是附近人家的一个烟囱。凯丝在房间里走来走去，试了试床垫的弹簧，打开柜子的抽屉。

——你觉得怎么样？她低声说。有点儿不行吧，是不是？

他耸耸肩。

——没关系。

最后，凯丝决定让他白天在她自己的房间里休息，如果找不到更好的地方，再让他晚上回到希姆莱夫人这儿。蒂莫西同意了这个计划，他可不想处在希姆莱夫人的掌控之下。

他们在火车站附近吃早餐，餐厅名叫“城市花园”，是座树荫底下的平房。这是个自助餐厅，但一点也不像英国的莱昂斯或

ABC 餐厅。他按照凯丝的指点，往托盘上放了橙汁、玉米片、鸡蛋配培根、烤面包片，还有一些叫热蛋糕的东西，看起来像厚一些的薄烤饼。

——你得吃两个鸡蛋吧，怎么样？凯丝问他。

——可以吗？

——当然。你喜欢怎么做的——煎的、水波的还是炒的？

——煎的，谢谢。

——阳光面朝上？厨师把鸡蛋打进煎锅时问蒂莫西。蒂莫西看着凯丝，意思是让她解释。

——你想要鸡蛋阳光面朝上——也就是露着蛋黄——还是翻过来，在锅里打碎？

——阳光面朝上。他笑着说。这个词很孩子气，但是令人快活。

这顿饭只有一点让他失望。他要茶，上来一杯热水，外面吊着根细线，拴着一个小纸牌。

——这是什么？他问。他提起细线，发现另一头是个被浸透的小包。

——这是茶包。凯丝咯咯笑着说。

——想放多少糖都可以是吗？他问。他从桌上的碗里拿出两块方糖，剥开包装纸。

——当然。没有配给。

—— 一点都没有？

——对美国方面的人员没有。

——我的天！他说。他又拿了一块。

——我看得出，不管怎样你会很享受这里的食物的，蒂莫西。

他们的谈话一直停留在这个水平上，轻松休闲。蒂莫西觉得，他们之间有点不好意思，都在尝试着适应对方，这不仅仅是因为他们有三年多没见面了。在这三年里，他缩小了他们之间的年龄差距：十六岁离二十七岁比十三岁离二十四岁更近。在他的童年时代，凯丝几乎与他周围的成年人差不多，更像是一个姨妈，而不是姐姐。这种关系已经不复存在了，但他不太清楚取而代之的是什么。

早餐快结束了，凯特已经在抽第二根烟，而蒂莫西还在吃——与其说是为了填饱肚子，还不如说是为了解馋。这时，一名经过桌旁的女子停了下来，跟凯特打招呼。

——凯特，亲爱的！嗨！

——多洛雷丝！有八百年没见过你了吧。衣服真漂亮！

多洛雷丝得意地笑了，整了整盖在臀部的裙子。

——别跟别人说，我是在二手店买的。

——我可不信！哦，多洛雷丝，这是我弟弟蒂莫西。

多洛雷丝浓密睫毛下的眼睛刚才就时不时地在瞧他，现在直接盯着他。

——啊，太棒了！嗨，蒂莫西，认识你太高兴了。她伸出柔弱的手，指甲修剪得很整齐，戴着一枚沉重的宝石戒指和一个金手镯。就是这个小弟弟给你寄的那些可爱的信吧，凯特？

——是的，他刚从英国过来，上我这儿度假。坐一会儿吧？

——谢谢，亲爱的。不过不用了，我自己也刚刚开始度假。好吧，也许刚度了一秒钟。我坐八点半的火车去法兰克福，然后飞罗马。

——我的天！多长时间？

——五个星期，亲爱的。我一直在攒着假期。她一会儿转向蒂莫西，一会儿转向他姐姐，微笑的脸来回摆动，像手电筒的光一样划着大弧线。我用两个星期观光——你知道吧，仔细看看那些古老的教堂和博物馆——然后在卡普里[①]待上三个星期，什么都不干，就在沙滩上懒懒地躺着。

——听上去真不错。

——肯定是不错，只要我能找到人陪，你明白我的意思吧？她充满暗示地朝蒂莫西眨眨眼。你这一路上怎么样，蒂莫西？

——哎，别提了。凯丝插话进来，把过程讲了一遍。多洛雷丝缩回头，在凯丝说话的时候一直大瞪着眼睛盯着蒂莫西。

——啊！她时不时就叫出一声。太可怕了……这么长时间……他现在还能站着真是个奇迹……

凯丝接着描述起希姆莱夫人的房间。

——可怜的孩子，听起来很糟糕。你能给他找到好一点的地方吗，亲爱的？

——我在过去三个星期把所有地方都找遍了。这是我最后的希望。你知道海德堡在旺季就是这样，除非花大价钱。

——真的很遗憾……我的房间未来五个星期都是空的，凯特，

①卡普里（Capri）是意大利那不勒斯湾南部的一个小岛，以风景秀丽闻名，是著名的旅游胜地。

如果这能帮到你们的话。

——你的意思是……?

——当然了，他当然可以用我的房间。

——你听到了吗，蒂莫西？凯丝兴奋地说。

——你真是太好了。他咕哝着说。他心里深感意外，在她提出这个非常慷慨的建议之前，他一直在想，这个女人真无聊。

——那么，好啊，为什么不呢？只要他不介意住在女子宿舍。

——女子宿舍？蒂莫西无力地重复道。

——对。多洛雷丝转向凯丝。你得想办法晚上把他偷偷弄进去。早上没有问题——他可以待在房间里，一直等到所有女孩都去上班。

——我知道。凯丝说。我晚上可以和他一起进去，假装他是我的男朋友，送我到家。他看起来岁数够了，是吧？

——他确实可以。多洛雷丝说。她拿怀疑的眼光打量着他。

——非常感谢，但我想还是不要了吧。蒂莫西坚决地说。

两个女人说了很多好话哄他，但他拒绝让步。

——不管怎么说，凯特，钥匙你还是拿着吧。多洛雷丝边说边站起来。要是他改主意了呢。蒂莫西，假期愉快。

他再次感谢她。他们看着她昂首阔步地走过餐厅，戴着镯子的手朝另一个朋友挥舞着。

——蒂莫西。凯丝低声说。我希望你不要介意我提出来，不过你难道不知道当女士离开桌子时，你应该站起来吗？

——对不起。他咕哝着。我忘了。

——这些小事真的很重要。我想让你给我所有的朋友都留下好印象。

——我说我忘了。

——现在你生气了。

——不，我只是累了。

——可怜的人，这是当然的了。你必须得去睡一会儿了，我得去上班。

他们离开餐厅时，雾几乎已经散了，虽然还没到八点，但天很暖和。他感到迟钝、沉重，需要很费力才能跟上凯丝轻快的脚步和谈话。

——多洛雷丝很可爱，你不觉得吗？我觉得她穿得太花哨了，不是吗？大部分美国女人都这样。在她的房间里你会舒服得多，你知道吧。好吧，看看你睡一觉后感觉怎么样。

他提醒她包还在车站，里面装着他的睡衣。她看了看手表。

——我觉得现在没时间去拿了，要不我就得迟到。如果你愿意，我可以借给你几件睡衣。她笑了起来。对你来说可能有点大。

——没关系，我可以只穿内衣睡。

——白天我会让鲁道夫把你的包送过去。他是我们在云杉大楼的搬运工。是个好孩子，能说流利的英语。

他们进入凯丝住的宿舍时，鲁道夫在门口的一个小办公室里操作电话交换机。他在窗户后微笑着，示意他们等一会儿。他是一个英俊的年轻人，脸刮得干干净净，浅色头发从额头上往后梳。他从办公室出来，蒂莫西看到他的左臂没有肘部以下的部分，夹克的袖子整齐地别在胸前。

——这是我弟弟蒂莫西，鲁道夫。你记得吧，我告诉过你他要来看我。

——当然记得，杨小姐。鲁道夫只是稍稍欠了下身，但却怪异地显得很正式，可能是由于折叠的袖子。他跟蒂莫西握了握手。

——他今天要在我的房间里休息，等我把他住的地方弄好。

——我不会让他受到打扰的。

蒂莫西感谢了鲁道夫，凯丝请他白天晚些时候把包从车站送过来。

——他能行吗？他们顺着铺着地毯的楼梯往上爬时，蒂莫西低声说。我的意思是，他的胳膊？

——哦，没问题，他有个小车。我也可以叫出租车把包运过来，但他得到一点小费会很高兴的。

——是怎么没了的？

——胳膊？在战争中吧，我猜的。我不想问他。我知道他当过战俘，在英国。在那儿他学会了英语。

——他看起来还不够年龄去打仗。

——我想他是在最后关头被征召的。那时候在德国，连学生都得上前线。

——真是想不到……我的意思是，他看上去真是个好人。

——他很聪明，干这个太可惜了，但是德国人没什么选择，特别是像他这样有残疾的。啊，到了，这就是杨家。

她把钥匙插入走廊尽头一扇跟墙齐平的门，把门推开。

——好的。她边说边环视了一下。他们已经铺好床了。

——你是说有人给你铺床?

——是的，我们在这里真的被宠坏了。我连掸子都从没碰过。

——这房间真不赖，凯丝。他看着四周说。屋里有一个散放着几个颜色明快的靠垫的长沙发、一张折叠桌、两把直背椅、一把安乐椅、一个茶几、几个刷了清漆的定制木橱柜。

——嘿！他叫出声来。墙上那是我画的一张速写。

——没错，我给配了个框。我给我所有的朋友都看过。

——我完全忘了还有这张。透视全都不对。我现在可以画得比这个好多了。他说。但是，他很高兴看到自己的作品——伦敦塔桥的钢笔淡彩速写，是照着一张照片画的——被镶在框里，挂在凯丝房间的墙上，很漂亮。实际上，它看上去其实一点都不糟。

——噢，反正我喜欢。你在这儿也许可以画点速写。美景很多。

——也许吧。我带了速写本和一些水彩。

她把沙发床上的罩子往后拉了拉。

——现在你想冲个澡吗？我想大部分女孩都应该用完浴室了。

——不，我觉得现在不用洗了。

——想马上倒在床上，是吧？嗯，我不能怪你。你可以在这里洗一下。她打开一个壁橱，里面安装着洗手盆和镜子。

——呃，这附近的厕所在哪里？

——走廊里，走到一半的地方。白色的门。

当他回到凯丝的房间时，她已经脱掉了毛衣，正在系白衬衫的扣子。

——看起来今天会很热啊。她说。我得拉下百叶窗，把窗户打开。

她用力拉窗帘后面的一根绳子，与墙壁颜色相配的淡绿色威尼斯式百叶窗落下来，挡住了阳光。蒂莫西陷进安乐椅，脱下鞋，在羊毛袜里活动脚趾。凯丝站在镜子前，用舌头添舔口红，整理头发，向左扭扭头，又向右扭扭。

——好吧。她说着，把口红放进手包，合上搭扣。好好休息，蒂莫西，什么也别担心。

——只要我不是非得住在那个女子宿舍里……

——你不用做任何你不想做的事，我的宝贝。她抚摸着他的头向他保证。这是你的假期，我要让你过得开心。我没尽到过太多当姐姐的责任，对吧？

——我可不这么觉得。他尴尬地说。

——不管怎样，既然你打这么远来了，我就要补偿你。她弯下腰吻他的额头。现在我把口红弄到你身上了。我五点半左右回家。她轻快地接着说下去。我们跟文斯和格雷格一起吃饭——我的两个特别的朋友。他们非常想见你。如果有什么需要，就找鲁道夫。大厅里有一个冰箱，有可乐之类的。现在我必须得走了。

——再见，凯丝。凯特。

她咧嘴一笑，走了。

蒂莫西锁上门，脱得只剩背心和内裤，在洗脸盆里洗一只脚，再洗另一只。他的脚又红又肿，被袜子勒出了一棱一棱的印子。然后他洗脸洗手，爬上床。床单又清凉又干爽又洁净。他舒服地伸展开身子，这真是奢侈的享受。

他虽然很累，却也很兴奋，无法马上入睡。确切地说，不是兴奋，而是陌生：对周围环境感到陌生，对自己感到陌生。这个时髦、舒适、整洁的房间里弥漫着绿莹莹的灯光，像在水下一般，他浮在里面，失去了时间和空间的概念。家似乎无限遥远，属于那里的自我也同样远。插在它们和此时此地的自己之间的，是那趟旅程；但回想起来，旅程本身几乎不像是真的，也许是因为发生在夜晚。白天，你可以看到窗外风景流逝，沿途风景的变换跟你的内心变化同步。可在晚上，除了你自己在玻璃上倒映的影子之外，什么也看不到。整个旅程是不是都是他的梦？他现在在做梦吗？不，他并没有在做梦。他可以感觉到新床单上的浆洗淀粉，他可以看到威尼斯式百叶窗投射在天花板上的一道道光，他可以听到车辆的隆隆声，间或有警笛和电车铃声。这些东西是真实的。然而，它们还不足以确立海德堡的现实。他看到的地方还不够多，形不成连贯的图景；他见过的人——唐和多洛雷丝和鲁道夫甚至凯丝自己——都像是梦境中的人物，比如《绿野仙踪》里的角色，又古怪又不可预测又有些可怖，即使在他们看似友好的时候也是如此。他还不能对自己说：啊，我终于到了，这是我接下来三个星期要待的地方。因为这个房间只是一个等候室，一个中间阶段，通往他的最终目的地——希姆莱夫人的旅馆，或者多洛雷丝的宿舍。那是个愚蠢的主意，可是……住在希姆莱夫人那里可不怎么令人向往。不仅因为那里既阴冷又不亲切，还因为那里是毋庸置疑的德国风格。

蒂莫西已经对在海德堡生活的两个群体有了一些概念：下层的

是德国人，而在他们上面飘浮着的——或者说从他们头上掠过，跟他们只有最少程度的联系，就像蜻蜓或划蝽的——是美国人。从美国人的角度看德国人，看到的是温顺和冷静，像磨坊的蓄水池；但是谁知道在深处涌动的是什么样的暗流呢？住在希姆莱夫人那里意味着至少要粗浅涉足这些深处，而蒂莫西刚一接触，那种冰冷让他本能地退缩了。他认为，即便是凯丝，处在那个黑暗的、难以亲近的房子里时也变得不那么自在，在与希姆莱夫人交流时也不像平时那样自信。

凯丝肯定变了。她稳重，自信，行事利落，充满活力。这让他在她身边时觉得自己迂腐又没有教养。而且她现在几乎可以说符合“好看”的标准了。她还是偏胖，但你并不能很明显地意识到——这与她的穿着和举止有关。她的胸巨大无比，那它并不像描绘海滩风景的明信片上的肥胖女人那样下垂，而是更像好莱坞演员简·拉塞尔，或者《喧嚣》里的裸女——学校里的男生们看了，就弯起身子，呻吟起来，好像很痛苦。她高高挺起胸脯，头也高高昂起。她的脸真的很漂亮；下巴虽然稍微有一点大，但却让脸形成温暖、愉快的表情。而且她的头发——现在他不确切记得她留的是什么发型了，只记得很整齐，将脸修饰得很有吸引力。她新呈现出来的这种吸引力让母亲的怀疑——她有什么风流韵事，也许还有个孩子——似乎更可信了。但如果是这样，那她为什么冒着被发现的危险邀请他来呢？突然间，他的直觉告诉他，这只能是因为她希望他发现。

是的，在接下来的三个星期的某个时间，凯丝会把他带到某个家庭或孤儿院，没有任何解释——在他的想象里，那会是海德堡近郊的一座老房子，由温文尔雅、细言细语的修女开办，孩子们在花园里蹒跚学步，在沙坑里挖沙子，在秋千上玩耍……那儿会有个小女孩（出于某种原因，他坚信会是一个女孩），穿着跟其他人一样的罩衣，但却与他们有某种不同，一个有黑色长鬈发的漂亮小女孩，像吉尔，她一看到凯丝就从草地上跑过来；凯丝抱住她，把她举起来，在空中转着圈摇来摇去，对他说，你觉得这孩子怎么样，蒂莫西？然后他说，她真可爱，然后凯丝说，她是我的，蒂莫西，她是我的，流下眼泪。他表现得非常成熟，一点也不震惊，而是充满同情和理解。而且他答应她一旦自己找到工作就帮助她抚养孩子，并说服父母接受现实。然后凯丝又惊又喜又感激不尽。哦，蒂莫西，她说……

但是，尽管他听到的是她的声音，可她不会讲她应该说的话，好像她在通过他的嘴和别人说话。

——十六岁……一个百分百的英国男生。我一看见他，那些感觉就都回来了。你知道在英国他们规定必须得穿的那种倒霉的雨衣吗？……不，你当然不知道了，哎，海军蓝的，夏天太热，冬天又太薄，而且还不挡雨，中间还系上带子，像一袋土豆。厚厚的灰色法兰绒裤子和黑鞋和帽子——你可得看看那帽子……他看上去脸色惨白，累得要死。可怜的孩子，站了一夜，因为他没有座位……根本挤不动，他说的……哎，他们很可能以为那是浪费，他们最喜欢用的词之一，浪费……

他现在意识到凯丝不是在他的想象中或梦中跟他说话。她在房间里，跟别人说话。她一定是有什么事，所以回来了。他睁开眼睛，看到她蜷着身子坐在扶手椅里，后背朝他，穿着花卉图案的睡袍，一只手夹着香烟，另一只手拿着电话听筒。房间里的光线已经发生了变化，空气暖和了一点。可能他睡着了——那么现在就已经是下午了，凯丝已经下班回来了？他感觉上床还没多久。

现在她谈的是多洛雷丝关于住处的提议。——麻烦的是，他打死也不乐意，你知道那个年龄的男孩子是什么样的，一听到要住女子宿舍，他恨不得找个地缝钻进去。是，我知道你会的，可不是每个人都……哎，我希望他会……相当，不仅是那方面，而且还能给我省下相当一笔马克……你得帮我说服他，但得巧妙一点，知道吧。好，大约七点见。再见。

凯丝放下电话，蒂莫西赶快闭上眼睛。他听到“咔嗒”一声，那是她打开收音机的声音，跳舞音乐充满了房间。然后音乐停止了，一个美国口音的醇厚声音播报：

> ——法兰克福美军广播网，我是麦凯布上士，为您带来十八点的新闻。首先是头条。朝鲜：停火谈判今天在开城继续，但在交换战俘方面据报没有进展。昨天，法兰克福–曼海姆高速公路上发生一起汽车事故，两名美国飞行员死亡，另外三人重伤。美国本土的消息：在华盛顿，约瑟夫·麦卡锡参议员在记者招待会上提出新的指控，称国务院被共产主义渗透……

蒂莫西在床上坐起，打着哈欠。

——嗨，你终于醒了。凯丝说。我故意打开的收音机。

——真有意思，听着新闻，却没有一条关于英国的消息。

——睡得好吗？

——跟死猪一样。凯丝，我一直在想，也许我应该去住你朋友的房间。

凯丝露出惊喜的微笑。

——我太高兴了！你怎么改主意了？

——哦，我不知道。不接受那个建议其实挺傻的。

——嗯，我敢肯定你在那儿会更舒服。我可不愿意去想象你在那个破破烂烂的阁楼里。顺便说一下，鲁道夫把你的包拿来了。

——好。里面有一条裤子，棕色的，差不多就在最上面。扔过来。

——你难道不想直接去冲澡吗？

——不，我觉得我今天就不洗了。他说。

他看到凯丝脸上露出一丝惊愕，补充说：

——我前天晚上在浴缸里洗了。

凯丝大叫起来，半是好笑半是抗议。

——但从那以后，你可走了好几百里地。火车都那么脏。

——哦，那好吧。他赶紧说。浴室在哪里？

——就在洗手间旁边，今天早上你去过的。

——那儿不会有女人吗？

——可能会有吧，嗯。凯丝琢磨着。我知道……

她给他穿上自己的一件旧睡袍，戴上饰有假花的塑料浴帽。

——挺好。她笑了起来。你还不用刮胡子，太好了。

她打开门，鬼鬼祟祟地往外看，然后向他示意走廊没人。

蒂莫西把这件没有扣子的睡袍在胸前和膝盖处拉紧，蹑手蹑脚地顺着走廊溜进浴室。他闩上门，靠在门上。他怪异的形象在浴室另一端的镜子里对着他。他把浴帽摘下来，扔到地上。他已经后悔对多洛雷丝的房间改变了想法。在那儿就会一直都是这样。如果不是凯丝在电话里提到了钱，他就会又改主意。

他回屋的时候，床已经铺好，凯丝换上一件黑色丝绸裙子，领口开得很低，露出大片《每日快报》里称作乳沟的部位。

——衣服真美，凯丝。

——谢谢你，蒂莫西，从你嘴里说出来真是个大大的恭维。冲澡舒服吗？

——我用浴缸洗的。我不太喜欢淋浴。

——哦，我觉得淋浴更清爽。而且更卫生，我总是这么想。

凯丝显然对洗澡有点痴迷。他想着，转过身去用睡袍挡住敏感部位，穿上那条棕色的华达呢裤子。他穿得比平常更仔细，因为他对听到的那些关于自己外表的评论仍有些耿耿于怀。他穿上最好的白衬衫和棕色哈里斯花呢运动夹克，扎上酒红色领带。

——嗯，你看起来挺精神。凯丝说。但他觉得她话里有某种保留。

——我没有正装。他说。这样行吗？

——很好，蒂莫西，很好。我只是想，你可能会发现在这儿穿这件夹克有点热。这料子可真棒，不是吗？她轻抚着夹克的翻领。

——哈里斯花呢，很实用。

——你没有薄点的衣服？

——只有制服上衣了，不过有点脏。

——那件是尼龙衬衫吗？

——是的，你两年前的圣诞节送给我的。

——是我送你的？你穿还合适吗？

——脖子那一圈有点紧。他承认。妈妈把领扣挪了地方。

——还真是。凯丝说。我能看出来……得给你买点薄衣服。一件轻便的夹克，也许再来一条内裤。

——我有很多内裤。他说。妈妈给我洗了四条。

——对不起，我的意思是裤子。凯丝笑了起来。美国小伙子们说的“裤子”跟我们说的“内裤”是一个词①。我不知不觉就学会了这些。

——不过你没有美式口音。

——很高兴你这么觉得。跟你说句实话，别跟别人说啊——漂亮的英国口音可招美国人喜欢了。这是我最大的社会资产。

爸爸猜中了一记，蒂莫西暗自想着。

——你一定很饿了，蒂莫西，但小伙子们马上就到。我去拿瓶可乐和一些冰块来，等的时候咱们先喝一杯。

她走后，他脱下了夹克。凯丝完全正确——对现在的天气来说，夹克太厚了。他已经出汗了。他的制服上衣比夹克薄一点，他

①美国英语中“裤子”是pants，而这个词在英国英语中是“内裤”的意思。英国英语中的“裤子”是trousers。

在镜子前试穿，但看上去跟棕色的裤子很不搭，而且这一路下来，上衣也已经弄得很脏了。他把上衣放在一边，怒气冲冲地看着镜子里的自己。他几乎把自己的整个衣柜都拖到了德国，结果在这儿的第一个晚上，居然没有一件可穿。

凯丝郑重其事地端来了饮料。有水珠凝结在可乐瓶的外壁上，可见汽水已经很凉了。她把可乐倒进一只装有冰块的细高玻璃杯中，再加入一片柠檬，插进两根吸管。

——怎么样？

他用力吸了很长时间，饮料像冰柱一样，刺破了口渴的感觉。

——真好喝！你在喝什么，凯丝？

——马天尼加冰。品酒专家或许对它嗤之以鼻，不过我可是恨不得泡在调酒壶里。想尝尝吗？不想？嗯，也许你最好还是别喝。我不想让爸爸妈妈说我把你带坏了。

——你从哪里弄到的冰？

——每层楼都有一个公用厨房。我们共用一个大冰箱。

——真希望家里也有台冰箱。

——为什么妈妈不买一个？

——我不知道。可能只供出口吧，我猜的。要不就是太贵了。在英国，一切不是第一种情况就是第二种。他自在地抓起桌子上凯丝放在他旁边的盐渍坚果，送进嘴里。除了花生，还有巴旦木、核桃和巴西坚果。这里的每一天似乎都像是圣诞节。

——真不知道妈妈没有冰箱是怎么过日子的。凯丝说。或者说我知道，太知道了。夏天把黄油和牛奶放在水槽里，开着水龙头。

去闻储藏室里的食物，以此判断是不是已经坏了……她诙谐地叹了口气，吐出一缕烟。

——而且她永远什么东西都不扔。如果没人愿意吃那些东西，她就自己吃掉。

——啊，是的，吃掉。得把这个吃掉啊。她现在还没有中毒，可真是个奇迹。

——哎，好吧，我想是配给把她搞成那样的。蒂莫西说。这句话弥补了他心中那点模模糊糊的背叛感。

——有时候，我想到家那边仍然实行配给制，就觉得心里发虚。我们在这边吃得太好了。就算是德国人也过得比英国人好，而在法国或比利时，你喜欢吃什么就能买到什么。

——这得赖政府。

——有一天我在《时代》里读到，大家都觉得马上就要有新的选举了。

——老艾德礼还在硬扛，因为他知道自己要被赶下台了。

——那么你觉得，下次选举保守党会赢？

——板上钉钉的事。蒂莫西自信地说。

——这会让美国人高兴的。他们崇敬丘吉尔。你怎么看那个伯吉斯和麦克林事件？美国人对这件事很愤怒。

——我觉得谁都猜不到他们居然会做出那种事。我是说，为什么两个英国人要给苏联人当间谍呢？这讲不通啊。

——也许他们是为了钱。或者他们认为苏联会赢得下一场战争。凯特轻声说。

收音机里放着轻快的小提琴曲，一个美国口音慢吞吞地响起：

——烛光里的音乐……美军广播网带来跳舞、用餐或者只是放——松——的背景音乐。

——那么，你在这儿可以自己开伙？蒂莫西说。

——可以，不过丑话说在前头，我做饭可不行。文斯提议——我刚才就是跟他打电话——我们今晚去莫尔肯库尔。我觉得你会喜欢的。在国王宝座的半山腰上——国王宝座就是今天早上你从车站看到的那座大山。

——是个餐馆？

——是的，还有一个供军官和平民职员使用的俱乐部，我们经常去。那里有一支乐队常驻表演。你会跳舞吗，蒂莫西？

——不会。

——太差劲了，我必须教会你。

——我觉得我不太擅长跳舞。他小心地说。我猜文斯是美国人？

——是的，格雷格也是。他们很有意思——你会喜欢他们的。我应该在信里提到过他们吧。

——他们是军人吗？

——在战争期间是，不过现在他们是为军队工作的平民。

——算是公务员，像泰德叔叔？

凯丝笑了。

——嗯，算是公务员吧，对，但一点也不像泰德叔叔。他们有非常好的工作——工资很高——而且我觉得文斯肯定还有别的渠道赚外快。他们家是华盛顿的一个名门望族——他父亲是大使或领事之类的。不过他们挣多少就花多少。来得容易，去得快。

——他们结婚了吗？

凯丝看起来很吃惊。

——天呐，当然没有。你怎么会想起这个茬来？

——我只是想知道。他说。

——不，他们是真正的单身贵族。我觉得他们俩都不会结婚，不会安定下来。他们太享受这种高级的生活了。

她喝干杯里的酒，凝视着杯底的橄榄，沉思着。蒂莫西在考虑是否要抛出一个能接着谈下去的问题，比如说——你呢，凯丝？但这个机会过去了。响起敲门声。

蒂莫西对文斯和格雷格的第一印象是，他们是同一个人截然不同的两个版本。文斯有一头耀眼的金发，古铜色的皮肤，穿一套深蓝色的西装。格雷格是黑发，脸色苍白，衣服是米色的。但仔细观察就会发现，他们非常不同。文斯英俊非凡，身材如运动员般健壮，留着小胡子，看上去像电影明星。格雷格是个矮胖子，鼻子又短又扁，眼睛有些凸出，双下巴，外表像个可爱的婴儿。格雷格走进房间，张开双臂，蒂莫西一看见他就不由自主地笑起来。

——亲亲我，凯特！亲爱的，你看起来真漂亮。

凯丝让他在脸颊上啄了一下，像是为了尽到某种责任。她朝他身后的文斯微笑。

——格雷格、文斯，这是蒂莫西。

——我总是很高兴认识艺术家同行。格雷格边握手边说。哦，你就笑吧，凯特，不过我跟你讲，我曾经往纽约地铁的海报上画胡子，那可是饱受好评。那是我的胡子时期。他倒在沙发上，架起圆胖的小短腿。

——不用管他。文斯微笑着对蒂莫西说。他总是这样。

——喝点什么吗，小伙子们？马天尼加冰怎么样？

——你知道文斯喜欢怎么调，亲爱的。格雷格说。往金酒上倒马天尼味美思，倒一次就够了。

——凯特告诉我你这一路上很苦，蒂莫西。文斯说。

——是，我没有座位。

——啊，没有座位？太可怕了。格雷格说。怎么回事，把座让给女士了？

——不，只是没抢到。蒂莫西说。他现在听出来格雷格是在开玩笑，不过为时已晚。

——哦，凯特。文斯说。我们给你带了一束胸花。他给她一小束紫色为主的花，装在玻璃纸的盒子里。

——噢，你们可真是太好了。花多好看啊，是不是，蒂莫西？她走去镜子前，把花别在衣服上。

——小心点，可别让别针把胸垫戳漏了，亲爱的。格雷格说。

——在这方面我可不用拿假东西来帮忙，格雷戈里·罗奇。凯丝回了句嘴。她脸上泛起轻轻的绯红。

——我只是在开玩笑，亲爱的。哎，你听说过那个家伙吗？他在婚礼当天晚上才发现新娘的胸都是垫出来的。当时他说，似乎发生了什么误会。

——格雷格！蒂莫西在这的时候，我可得审查你的笑话了。凯丝笑着说。

——哇，来啊！格雷格说。蒂莫西知道胸垫是怎么回事，对吧，蒂莫西？

——是的。他有些尴尬地承认。

——我们去莫尔肯库尔？文斯说。

——对。凯丝说。从露台上看到的景色太美了。我想让蒂莫西也看看。

——我的天！他们走上露台时蒂莫西惊呼道。

——够美的吧？

——太棒了。

他靠在栏杆上，凝视着山下。郁郁葱葱的山坡从他们所在的地方开始突然陡峭起来，直插进城里，形状古怪离奇的红、灰、褐色屋顶密密麻麻地挤在一起，时不时钻出来一个教堂的尖塔。从这片屋顶再向远处看，一条宽阔的河在静静流淌，有两座桥横跨其上。河对岸只有一小块地方散布着房子，再后面又有一座树木繁茂的险峻山峰直刺天空。在他右边，那条河流向远方，消失在层层山峦间；而在他左边，河流在一望无际的平原上，在落日的眩光里渐渐模糊。他可以看到有轨电车和汽车在下面的街道上缓缓移动，但在这个高度只能听到最微弱的交通噪声。他从来没有如此完整地观看一个城镇。

——真像一个玩具城。

——太浪漫了，我总是这么想。凯丝说。那么多古老的建筑物，居然都没被破坏。在那边可以看到城堡的边缘。那下面是老桥，冲着这边、有两座塔的那座。另一座是战后美国人建的。德国人撤退时接到命令，要求炸毁所有的桥梁。

——但老桥除外？

——不，那座也要炸掉。文斯说。不过只炸了中间的部分，战后不久就修复了。就在几天前市长还告诉我，这是整个德国修复的第一座桥。如果你走近点，就能看出来中间的砖是不同的颜色。

——朋友们，旅行见闻讲得真好。格雷格说。不过如果蒂莫西像我一样饿……

——啊，好，我们吃饭吧。凯丝说。

因为天气很暖和，他们决定在露台上吃饭。一个服务员递给蒂莫西一本巨大的菜单，他茫然地看着。唯一看起来熟悉的东西是火腿配鸡蛋，不过其他人都轻蔑地说这太没劲了。最后他决定主菜点“粗糙鸡”[①]，然后在被保证鸡尾酒虾没有金酒后（他提这个问题是真的不明白，没有别的意思，可其他人觉得是句绝妙的俏皮话），同意尝一只当开胃菜。在他看来，那虾像是巨大的对虾；不过真正让他震惊的是炸鸡，是装在一个盛满薯条的篮子里端上来的。他将信将疑地数着关节的数目。

①“粗糙鸡”（Chicken in the Rough）本是1936年于美国俄克拉荷马城开业的一家主推炸鸡的餐厅名，后扩展为美国第一家全国性连锁餐厅。

——好家伙！他说。这肯定是一整只鸡。

——能干掉吗？凯特笑着说。

——就这样拿着用手吃？

——这就对了。

——行，就这样。

他抓起一个鸡腿，深深咬进肉里。那三个成年人看着他，都忘了动刀叉。

——瞧瞧，这才是好胃口的样子。文斯说。我都不记得我上次吃饭吃这么香是什么时候了。他开始把食物切成小块，然后用右手拿叉子吃。蒂莫西饶有兴趣地看着格雷格甚至凯丝也这么吃饭[①]。

——你得知道，在英国，鸡是奢侈品。凯丝说。

——是啊，在家里上一次吃鸡还是复活节的星期天。蒂莫西说。那只鸡我们吃了三天。

——那得是什么感觉啊？格雷格说。但是，如果你们没有鸡，那鸡蛋从哪儿来？

——你真的什么都不懂？文斯说。下蛋的鸡不好吃。

——据说鸡蛋配给很快就要取消了。蒂莫西说。

——鸡蛋还配给？我不信。格雷格说。母鸡一定是便秘了。

这顿饭吃得很愉快，时间似乎过得很快。他们的谈话让蒂莫西听得兴致盎然。并没有哪句话特别好笑，但每个笑话都推动着下一个，所以谈话就在一波又一波欢声笑语中向前发展。格雷格是首席喜剧演员，但是这三个成年人都将谈话视为一种团队项目，把球巧妙地在他们之间传递，决不让它掉到地上。蒂莫西在家里一般吃饭很快，而且经常自己吃（他和父母很少一起坐下来吃饭，除了星期天）；他被这种耳目一新的社交方式迷住了。他听着他们说话，看着河流在落日的余晖里变成暗金色，在对岸已经漆黑的山脉的映衬下格外显眼。然后星星出来了，城里的灯火在下面的山谷里闪烁。一艘灯火通明的游船在河中逆流而上，打碎它自己的倒影，好似在暗色的水面上犁下一条金色的沟。

没有人想吃甜点，但坚持要做东请客的文斯给蒂莫西叫了一份叫作“热烤阿拉斯加”的东西，那是一个热布丁，里面的馅居然是没有融化的冰淇淋。餐厅的窗户是打开的，里面的乐声能传到露台上。凯丝轮流与两个男人跳舞。她想说服蒂莫西跟她学学，不过他拒绝了。

凯丝与文斯跳舞时，谈话平淡了下去。格雷格变得沉默又充满戒心，好像不想把他的俏皮话光浪费在蒂莫西一个人身上。蒂莫西问他的工作，他只是简短地回答说在真产部，而且不愿意详细说明。蒂莫西问文斯的工作，他几乎是粗鲁地回答说，最好去问文斯本人。最后他们沉默了，看着另外两个身影随着音乐摇曳，在露台的光斑和阴影里进进出出。蒂莫西充满兴味地注意到，凯丝与文斯跳舞时脸贴着脸；但是透过开着的窗户，他看到舞池里的男男女女——甚至是颇有年纪的人——都以同样的方式跳舞。而当轮到格雷格时，他的脸也贴在凯丝的脸上。

——你应该让凯特教你跳舞，蒂莫西。文斯说。她天生节奏感就特别好。

——真的吗？在家里我们总是觉得她挺笨手笨脚的。妈妈以前老这么说。

——不，她跳得很好。她在很多方面都很厉害，你姐姐。

——她变了很多。蒂莫西坦承。自从她出来，到这儿以后。

——变得更好了吧，我猜？

——嗯，当然了。海德堡这地方简直是绝了，就我看到的方面来说。你喜欢住在这里吗？

——我想是吧。这儿有时会让人觉得有点透不过气来，不过去哪儿都挺方便。是的，我挺喜欢的。

文斯背朝窗户，餐厅里面灯火通明，而他的脸上仿佛戴着一个黑暗的神秘面具，只有抽雪茄时才摘下。微弱的火光在一瞬间照亮了他英俊的面庞，给他金色的小胡子染上火红色。

——什么是“真产”？蒂莫西问他。格雷格说他是做这个的。

——哦，就是房地产[①]。要实施建设规划，军队必须购买土地、征收住房、支付报酬——这是个很大的工程。格雷格是这方面的天才。

——为什么管它叫“真产”？还有“假产”？

文斯在黑暗中轻声笑着。

——这段子真不错。也许我应该去做这个。文森特·弗农，假产经纪。空中城堡，象牙宝塔……天堂豪宅。佣金非比寻常。可以安排贷款。

——你的工作有意思吗？蒂莫西问。

① “房地产”英文是 real estate，字面意思是“真的财产”。

——挺不错的。

长时间的沉默。蒂莫西刚刚认定文斯像格雷格一样不爱跟他说话，这时文斯补充说：

——官面上，我负责跟德国政府联络。实际上，我的工作内容是这个地区的去纳粹化。你知道这是什么意思吗？

——我想是消灭纳粹吧。你把他们关进监狱，还是怎么样？

——罪大恶极那帮人受审判，进监狱，但到现在这样的人已经不多了。我工作的大部分内容是检查政府人员，看他们的政治背景是不是干净，以及监督学校和大学的再教育计划。官面上，所有这些现在都是德国联邦政府的责任，但我们喜欢保持友好的关注。这就是我的工作，有点说不清楚。

——危险吗？

文斯笑了起来。

——一点儿也不危险。

音乐转变成一种拉丁美洲的节奏。凯丝和格雷格的动作开始大开大合，他们大笑着鼓励对方。

——战争结束后，很难找到背景清白的德国行政人员来保持国家运转。这样的人大多是以各种方法活了下来的共产党。现在呢，不用说了，在山姆大叔看来，共产党比前纳粹还难以接受。

——反抗希特勒的没有别的德国人了？

——有啊，但大部分在七月密谋之后被清除了。

——那是什么？我们的历史课就教到1914年。他抱歉地说。

——噢，暗杀希特勒的尝试有过好几次——我是指德国人弄的几次。不过最接近成功的是在1944年7月。一群德国官员想在希特勒参加一次会议时把他炸死。一个叫施陶芬贝格的人把炸弹放在公文包里，但他离开会议室后，有人无意间挪动了放着炸弹的包，于是希特勒没死成，只是被狠狠震了一下。

——我的天！蒂莫西听得入了迷。

——当然了，希特勒大发雷霆。他下令任何人只要被怀疑不忠，都必须清理掉。估计有五千人被捕和遭到处决。可以说是五千个最有资格在战后经营这个国家的人。施陶芬贝格上了军事法庭，在暗杀计划失败后立刻被枪决。他还是挺幸运的。

——为什么？

——其他的密谋领导人是拿钢琴琴弦挂在肉钩子上吊死的。这种死法可不是最快的。希特勒让人把这个过程拍成电影，供自己在地堡里观看。据说，当时戈培尔都捂上了眼睛，不然他准得吐出来。

文斯抽了口雪茄，红光亮起，英俊的脸上毫无表情。

——哇！蒂莫西低声叫道。

凯丝和格雷格开心地回到桌边。

——嘿，我敢说那支桑巴已经让我的腰围减了一寸。格雷格瘫倒在椅子上说。还让我折损了一年的寿命。

——你们俩聊得似乎挺深啊。凯丝说。

——我在给蒂莫西讲一点历史，七月密谋的事。

——哦，文斯，真有你的！

——太有意思了。蒂莫西说。

——哈哈，这么快你就发现他喜欢的话题了，蒂莫西。凯丝说。她把一根烟放进双唇之间。他总是读关于希特勒和纳粹的书。

——这是我的工作，亲爱的。文斯说。他从桌子上探过身子，嗒的一声打开朗森打火机。

——我当然知道。但这是蒂莫西在这儿的第一个晚上，你就不能挑个轻松的话题吗？谁乐意在这样一个夜晚去想那么多可怕的事情？她仰起头，向星星吐出烟雾。

他们是开着格雷格巨大的黑色别克车来的餐厅。文斯也有一辆汽车，但是他说坐四个人有点挤。

——是辆战前生产的奔驰，白的。凯丝说。你可一定得看看，蒂莫西。

别克特别宽，四个人可以都坐在前排座位上。他们顺着蜿蜒曲折的山路疾驰，轮胎在拐弯时发出尖厉的轻响，头灯射出的光束在树林中穿行。其中一个转弯的角度非常小，车又太长，格雷格不得不停下来，往后倒车，再转过去。他按下仪表板上的一个按钮，节奏感强烈、声调尖厉的爵士乐立刻包围了他们。

——斯坦·肯顿！他说。是《卖花生的人》，太爽了。他从口袋里拿出一支铅笔，和着音乐的节拍敲打方向盘边缘。

——看路好不好，大师？文斯说。

——是的，得小心。凯特同意。

——嗨，这辆车自己就能开。动力制动、动力转向、自动挡……

——为什么你不弄个自动驾驶员来？文斯说。然后你就可以坐在这儿，光管放收音机。

——会实现的。格雷格说。进步是不可阻挡的。

他在云杉大楼前停了一下，拿上蒂莫西的包，接着没开多久就到了多洛雷丝的宿舍。

——好吧，蒂莫西。格雷格在他们下车时说。我找个晚上过来，我们来一次内裤突袭[①]。英国有内裤突袭吗?

——当然没有了。凯丝说。英国男孩做梦都想不到这种事。而且女孩子的平角内裤没那么值得去偷，相信我。

文斯想帮他们把蒂莫西的包搬进宿舍，但是凯丝觉得她和蒂莫西进去就行了，不会那么显眼。

——我喜欢你的朋友们。蒂莫西说。别克嗖的一下开走了，他们俩站在人行道上，中间是那个大包。

——他们很有意思，是吧?我喜欢他们的地方是，他们真的在努力享受生活。从来没有沉闷的时候。

——我能看出来。

——现在我们来看看多洛雷丝的房间是什么样的吧。挺直腰板，尽量装得像我的男朋友。我拿这个把手，你拿那个。

这幢宿舍比起云杉大楼，更大也更没人情味。地板是石头的，走廊很长，散发着一股阴冷。凯丝说她觉得这地方是由军营改造来的。他们等电梯时，三个女人从一旁经过，看都没看他们一眼。

——你做得很好，蒂莫西。凯丝低声说。

①内裤突袭（panty raid）是20世纪50年代在美国大学中流行的恶作剧，大批男生闯入女生宿舍，抢女生的内裤。

——这儿让男人进来吗？

——让啊。可能有什么规定，说半夜之前一定得走，可我觉得没人会去遵守。

电梯嗡嗡作响，到了三楼。

——住在这儿的都是什么人？

——平民身份的秘书，也许还有护士……

——美国人？

——大部分是，不过给美国人干活的人，从哪儿来的都有。英国人、加拿大人、澳大利亚人、法国人、荷兰人……跟我一样，他们在战争中或战争刚刚结束时开始给美国人干活，抓住这件好事不放手。我们到了。

跟凯丝的房子比起来，多洛雷丝的住处看起来更像是一间卧室，不过非常舒适。床已经用干净床单铺好，但有些女人用的东西在四处乱放着，看来多洛雷丝离开时很匆忙。凯丝开始收拾，把东西都捡起来放进抽屉，停下来，出于贪心或好奇心，细细审视着衣物和珠宝。

——挺好，你在这儿应该会很舒服。她说。

——太棒了。他说。但是，如果他们发现我在这里，该怎么办呢？

——没人会发现的，蒂莫西。再怎么说也不会发生什么糟糕的事情。别担心。

——我不担心。他撒了个谎。明天早上什么安排？我什么时候起床出门比较安全？

——所有的女孩都得在八点半上班，所以我觉得这个地方八点一刻就该空了。你得吃早点和中午饭……给你。

她从手包里取出一个长信封，递给他。里面的东西看起来像是一张身份证，上面有张他自己的照片，是凯丝在他来之前就让他寄过来的。

——这是你的福利社卡。有了这张卡，你就能进城市花园和所有其他对美国人员开放的餐厅和食堂。当然也可以进福利社——那就像一个大商店——还能去游泳池。我周末带你去这些地方。用这张卡也可以坐军队的巴士。千万别弄丢了，不管你干什么。

——我会小心收好的。

——得给你点钱。她打开钱包。

——我带了些旅行支票……

——留着吧，或者换成马克。在美国人的地方必须得用代金券——专供占领军使用的钱。这种钱的颜色过一阵子就变一次，以防诈骗。给你，先拿十五美元，花完了再找我要。

——太感谢了。蒂莫西说。他怀着浓厚的兴趣仔细看这些钞票，联想起强手棋里的钱。

——这是我房间的钥匙。我觉得你白天最好不要在这里进进出出的。如果想休息或者洗澡，就去我那边好了。我跟鲁道夫说过了。我觉得没什么别的事了，是吧？

蒂莫西在想他怎么去厕所，不过在他看来显然只有一个解决方案，而他不想拿出来跟凯丝讨论。

——你明天干什么？她说。

明天突然在他面前打了个哈欠，可怕的一段孤独而空虚的时间。

——我不知道。在镇上走走吧，我想。

——感受感受这地方，认认路。啊，这让我想起来了（她在包里翻了翻）。这是海德堡的地图，上面标了有意思的建筑之类的。去看看城堡怎么样？

——好啊。

——明天我大概跟今天差不多一个时间下班。现在我得走了。爱你。

她亲吻了他的脸颊。

——晚安，凯丝。这个晚上太好了，谢谢你。

——你开心我就很高兴。我觉得你表现得很好。

——什么意思？

凯丝看起来有点难为情。

——呃，这一切对你来说一定很陌生。许多你这个年龄和背景的孩子……我觉得你似乎很成熟。末了，她不太确信地说道。

蒂莫西在她身后把门关上锁好，听着她高跟鞋的嗒嗒声顺着走廊远去。电梯门“哐”一声关上了，机器呼呼响起，电梯下降。然后声音停了。寂静。他现在自己一个人了。

他做的第一件事是开着水龙头在水槽里小便。没有别的选择：在走廊里走来走去找厕所，那简直是疯了。不过，如果凯丝每晚都把他送到房间里，那就是说他只需要每天早上冒一次险，穿过这个宿舍。其他时间都是安全的。

自己一个人却又很安全的感觉，新颖而令人兴奋。他想干什么就能干什么——比如说在水槽里撒尿——没有人会知道、会发现。他满脑子都是模糊不清的淫秽欲念。上床前，脱下衣服后，他没有立即穿上睡衣，而是一丝不挂地在房间里走动，享受着裸体的凉爽和自由。他在墙上的一面长镜里观察自己。看着看着，他的东西变硬，胀大，自行挺起，越来越高，直指屋顶，像一门高射炮。他左右转动上身，从侧面观察这个现象。这总是令他迷惑。他不知道该怎么对待它。肉体强劲的自发运动令人印象深刻，但也令人恶心。它看上去丑陋而野蛮，通红通红的，静脉怒张，黑色毛发从根部长出。

它的丑陋和尺寸让他有些担心。他早晚都要跟一个女孩做那件事。结婚时，或者什么时候。只要他和她在卧室里独处，脱下衣服，那就一定会发生，因为他只是想想就这样了——她会厌恶、害怕，而它会伤害她。

他以前想出过这样一个理论：你在你的东西还又小又软的时候把它滑进女孩的东西里面，然后它在她身体里变大；否则她会疼的。相较而言，女孩的东西好看太多了，淡粉色、光滑、没有毛。

他冲动起来，从梳妆台上拿起一把指甲钳剪裆部的毛，把剪下来的一簇簇黑色、卷曲的毛丢进水槽里。有一两次他割到了皮肤，很疼，但他坚持一直剪下去，直到只剩下一片稀疏的毛碴。并没有好看多少。他想把毛冲进水槽的下水道，但冲不下去，于是他掏出那个透湿的毛团，封在一个信封里，小心地把它放在纸篓的底部，埋在许多有口红印的纸巾下面。

他穿上睡衣，但仍然觉得心浮气躁，不想睡觉。他巡视房间，大胆而谨慎地检查多洛雷丝的财产：拉开装有围巾、毛衣和内衣的抽屉，但没动里面的东西；闻闻香水和面霜小样，又仔细地把盖子合上。在一个抽屉里有个白盒子，上面印着那个神秘的“超舒适女伯爵”的标志，这激起了他的好奇心。他打开盒子，发现里面是很多片香肠形状的白色绷带，跟他在火车厕所里看到的那样。它们在两头各有一个小圈。他在脑海里迅速将一些到目前为止还没有关联的观察和谜题联系起来——在学校里无意间听到的言语，母亲读的杂志上看不懂的广告——他开始制定一个理论，然后犹豫，又尝试，最后还是很困惑地放弃了。他合上盒子，关上抽屉。

他又看了看镜子里的自己，喝了一杯温水，漫无目的地拉开抽屉，又关上。他拉开一个衣柜的门，看着里面。这是一个很深的步入式衣柜：一个房间里的房间，一个防空洞里的防空洞。他走进去，拉上身后的门，没完全关上，只留了一点缝隙。里面一片漆黑，弥漫着樟脑球的味道。再往里面走，一排排铁丝衣架轻轻地互相碰撞。清楚地响起一个男人的声音：

——那是你邻居吗？

蒂莫西的心脏似乎停止了跳动。他的东西软下去，萎掉了。一个女人的昏昏欲睡的声音：

——什么，亲爱的？

——我好像听到旁边屋有人。

——没有的，我告诉过你，她正在度假。这就是为什么我让你今天晚上来。哦!

这声“哦”似乎跟之前的话没有关系。是一声高叫，混合着惊喜和快乐和痛苦。蒂莫西的身体又开始躁动。他听到床弹簧有节奏地吱吱作响，男人的哼哼声和女人的喘气声。

——抱住我，宝贝，我要射了。男人嘶哑地说。

——不，不要，先别……哦!

——射了……

——不!哦!哦!

——现在。

——哦!对!现在!现在肏我!哦。哦。哦。哦。哦!

蒂莫西失去控制，在这封闭的衣柜里，在弥漫着樟脑球味道的黑暗里射精。这种感觉既没让他快乐，也没让他放松。他的睡衣被冷汗湿透。他感到恶心，非常害怕。他慢慢地、非常小心地弯下膝盖，蹲伏在地板上。他保持这个姿势很久很久，一直等到衣柜背板后面不再有动静。然后他爬出去，回到房间里，无声地关好身后的门，爬上床。他关掉床头灯，用毛毯蒙住头。他真希望自己还在家里。

走出防空洞

OUT OF THE SHELTER

1

风光明信片分为六小块，分别印着海滩、步道、草地滚球场、码头、花园和战争纪念碑；中间用大写字母写着“沃辛”。那些图片是模糊不清的黑白照片，看起来是战前拍的，因为仔细看的话可以看出，男泳客的泳衣有上身部分，汽车是老式设计，备胎绑在车两侧。这张卡片挺难看的，不讨人喜欢——杂乱的小块让眼睛忙乱而疲累——但他能够完全自信地在头脑里挖出父母买这张的原因，因为他自己过去几年里也买这种卡片寄给亲戚朋友。花一张的价格，就能买到六张照片，物有所值，还没有选择的烦恼。

他把卡片翻过来，读起背面的短笺，是用铅笔写的，笔迹深浅不一：

亲爱的蒂莫西：

得知你安全到达，我很高兴。天气怎么样？这儿老是下雨，但是今天早上太阳出来了，所以也没什么可抱怨的。沃特金斯夫人问起了你。凯丝怎么样？向她问好。她会帮你洗衣服吗？希望你过得愉快。爸爸问你好。

来自母亲的爱

又及：那个馅饼真是太可惜了。

他花了一段时间才想起来那件事。似乎已经过去很久了。

他从口袋里掏出一张彩色明信片，是这天早些时候他从集市广场的一个纪念品小摊上买的，就在圣灵教堂墙外。他现在几乎就坐在拍摄明信片上这张照片的地方，在河北岸，从老桥往下游不远，能够俯瞰老桥棕褐色的桥拱和奶油色的塔，塔的上面有个头盔似的尖顶。远处是破败凌乱的城堡，看上去似乎跟树一样，都是从绿色的山坡上自然生长出来的。好像有一层有点发蓝的薄雾整天都在从树上散发出来，使城堡的轮廓变得柔和，可明信片的颜色不是很真实，那绿色过于鲜艳，没有了这种感觉。照片中所有的线条都太锐利了；不论是因为整体氛围，还是因为几个世纪的风霜，在老海德堡都看不见一处尖锐的棱角。不过，他还是觉得他的明信片远远胜过悲凉的、分成小块的、黑白的沃辛。

他翻到背面，取出在福利社买的圆珠笔，给父母写信。可是笔在纸上方停住了。即使有比明信片多得多的空间，他也无法把过去十天看到和经历的一切化为语言。他把卡片放在一边，拿起绘图本，上面有一张画了一半的老桥速写。也许把这张画寄给他们就好，背面写上“来自蒂莫西的爱”。但是他又想，如果真的要只画画不写字，那最后还是会跟沃辛的明信片一样，是几张小图：不仅有老桥和城堡，还有河边的游泳池，一辆白色的奔驰双门跑车沿着蜿蜒的山路惊险地疾驰而下，巴登巴登[①]挂满镜子的赌场、到处镀金的大厅，福利社闪闪发亮的柜台，以及一个堆满粗糙鸡和薯条的篮子。

起初，最令他印象深刻的是食物。他有生以来从来没有吃得这么多、这么好。他一开始只吃美国菜——鸡肉、牛排、汉堡包、香蕉船和苹果派配冰淇淋。胃口度过最初的震撼期后，他胆子大起来，尝试了以前从未吃过的东西——鳟鱼、龙虾、鹿肉，甚至维也纳炸牛排之类的德国菜；它们往往远没有听起来那么恐怖。在甜点中，没有什么能跟热烤阿拉斯加那纯粹的魔力相比，不过他也很喜欢橙酒可丽饼、樱桃酒渍鲜菠萝、巧克力慕斯和朗姆巴巴。

他每天早上在城市花园吃一顿丰盛的早餐，然后靠一两次零食一直撑到晚上。凯特主要吃晚上这一顿，他们一般外出下馆子，不过有一次是在她家里，她做了牛排和沙拉。虽然她半开玩笑地说这是她会做的唯一一种饭，但其实她做得非常好。当晚，她说了很多关于食物的事情，说自己胖全都是因为儿时和青春期饮食不好。

——当然了，也有战争的原因，得不到足够有营养的食物，所以我们玩命吃顶饱的东西：土豆、果酱抹面包。学校里条件太困难了。我记得我第一次到美国人那里，在切尔滕纳姆，我简直不敢相信自己的眼睛。我走进食堂，他们都在吃牛排，巨大的多汁的牛排，而且看上去他们好像觉得这是世界上最自然不过的事情。我看

①巴登巴登（Baden-Baden）位于德国西南部，是著名的温泉疗养地、旅游胜地，拥有德国最大、最古老的赌场。

到有人起身离开桌子时牛排只吃了一半，就觉得很生气。我在切尔滕纳姆时曾经偷过东西吃……哦，就是些零零碎碎的，糖块、黄油块、饼干。有时候是一只鸡腿，拿餐巾盖在上面，塞进手包。我曾经给城里的朋友带过吃的。其实费这么大麻烦挺不值得，但我心里会好受一点。

——但那难道没有让你更胖吗，那么多吃的？

——反正没让我瘦下去。我整天几乎不停嘴地吃。有一天我去体检了，医生说我严重超重，这句话把我惊醒了。我害怕会因为健康原因失去工作。医生让我遵循速效减肥食谱，三个星期我就掉了十磅。现在我还在减肥，不过并不过度。现在这些美国女孩，要么实在吃得太多，要么就靠薄脆饼干和柠檬汁活着。总是走极端。但我喜欢她们。

他们吃过的最古怪的饭之一是在一个名叫“总部俱乐部”的地方（在一座军营里，必须向荷枪实弹的警卫出示福利社卡才能进入）。古怪的不是食物本身，而是一边看电影一边吃饭。每两排座位之间都有一排小圆桌，放电影时，服务员在半黑半明中无声地走动，记下观众都点什么食物和饮料。凯特要了三明治，因为在黑暗中比较容易吃——其实不是那么容易，因为这三明治有三层，蒂莫西试着一口把三层都咬下来，下巴几乎都要掉了。

那是部美国电影，关于太平洋战争，跟蒂莫西看过的大部分美国战争片题材一样。英国战争片基本都跟皇家空军轰炸机司令部有关，相比之下他更喜欢美国片。英国片都是黑白片，镜头里是阴冷的机场，兰开斯特在黄昏滑行起飞，悲戚地将下颌朝天空扬起，然后在黎明时分三三两两地回来，浑身弹孔，要不就是起落架给打飞了，而且总是有一架飞机没回来。这些电影一般会害得他眼泪汪汪，也许是让他想起了杰克叔叔。美国片远远没有这么沉痛，不过更加血腥暴力，而且血液用特艺彩色表现。

他跟凯特在总部俱乐部看的这部电影叫《蒙特祖玛的大厅》[①]，是一首军歌的第一句歌词；电影结束于震撼的战斗场面中，海军陆战队士兵冲过一片长满杂草的平原，他们头顶上的野马战斗机咆哮着将火箭弹射入日本鬼子的炮台，此时慷慨激昂的背景音乐就是那首军歌。他看着，热血奔涌，蛋黄酱从嘴里的俱乐部三明治里顺着下巴滴下来。后来他意识到当天是星期五，而三明治里有鸡肉和培根。凯特告诉他不要担心，军队里的天主教徒不必遵守禁食禁酒的戒律，因为他们被认为是在服役。他感到有点讽刺，嗤了下鼻子。

他白天经常在福利社吃饭，那是城里美军驻扎区的一个巨型商店。他到海德堡后的第一个星期六早上，凯特带他去那里，想给他买一些轻便的衣服。他们登上一辆黄色军用巴士，这是给美国方面的人员做公共交通工具用的。你必须向巴士司机出示福利社卡，也得向福利社商店大门的士兵出示。蒂莫西开始还想一个商店还要士兵把守很有趣，但是当他进去以后，就并不觉得很奇怪了。他能想得到，如果外面的人发现了这里面都有什么，一定会蜂拥而至，发

---

①《蒙特祖玛的大厅》(Halls Montezuma）是一部 1951 年上映的美国电影，讲述美国海军陆战队进攻太平洋上一个日军驻守的岛屿。

生踩踏事件。他从未见过如此琳琅满目的商品，简直令人陶醉：食品、衣服和糖果和留声机和照相机和玩具和运动器材和手提箱和各种他从未见过的、功能只能靠猜的小玩意儿。头一个星期，他几乎每天都去福利社，就为了围着摆满了东西的货架和柜台走一走，进行一场好奇心和贪婪心的狂欢，通过买一些小东西——比如一支圆珠笔或一双尼龙袜子——满足自己的欲望。

凯特在带他第一次去的那回给他买了一件马海毛的轻便运动夹克、一条跟夹克搭配的凉爽柔滑的裤子和三件免熨衬衫，一件白色，一件淡蓝色，一件棕黄色格子。这些衬衫的领子底下有一个小环，用于扎紧领口。这样，即使没有打领带，看起来也是扣得整整齐齐的。领子又长又尖，正是家乡最流行的款式。凯特给他买了这么多衣服，他觉得内疚，但是无法抗拒。像犯罪一样令他烦恼又兴奋的不仅仅是花了很多钱，还有一下子买这么多东西。不过随后凯特开始给自己买东西，随随便便地在这儿拿起六双尼龙长筒袜，在那儿拿起四百支香烟，甚至没中断跟他聊天；于是他开始意识到，自己身处一个买和卖的全新世界。商店外面有一个坡道，顾客把车开过来，有几个小伙子帮他们把东西装到车上，因为他们买得太多，多到没法搬进停车场。后备厢（英国人叫 boot，美国人却叫 trunk）像鲸鱼的巨口一样张开，吞进纸袋和纸箱，然后“砰”一声关上。汽车驶过宽阔的碎石地，那儿停着各种美国品牌的汽车，各种颜色的车顶在阳光下闪闪发亮 。

离开之前，凯特在店里的小餐厅喝了一杯咖啡，蒂莫西要了杯巧克力奶昔。

——那不是你在火车上碰到的那个退伍兵吗？凯特说。

确实是唐，他在马蹄形柜台的另一侧，一边看书一边喝咖啡。他认出了他们，微微一笑，走过来跟他们打招呼。

——嗨，蒂莫西！你觉得这个招摇的消费神殿怎么样？

——你是说这个店？简直是绝了。

——城里转了不少地方了吧？

——嗯，是啊。去了城堡。

——你还住在海德堡吗，唐？凯特说。蒂莫西告诉我你刚退役。

——对。我在军队学校教点书，养活自己。

——那么也就是说，你不想马上回家？

——唐要去伦敦政经。蒂莫西解释道。

——真的啊！凯特饶有兴趣地说。

——嗯，我希望能进去。唐说。我还不知道面试结果。你的考试成绩出来了吗，蒂莫西？

——我已经把这事完全忘了。他诚实地说。不过，这儿的学校不应该在放假吗？

——我在教一个特殊的班级，为学得慢的——或者说是懒惰的——学生开办的。如果小孩在学年里考试不及格，他们还有一次机会在夏天补课。只在早上有课……我找个下午，带你在城里转转怎么样，蒂莫西？

凯特非常赞同这个提议，他们约定了见面的时间。

——多棒的小伙子。当他大步流星地拿着书离开时她说。你第一次把他介绍给我，我就觉得他受过良好教育。有的当兵的挺粗野的。他可能会是个非常有用的朋友，蒂莫西。当然，他的岁数跟我比较近，比你大不少，不过我一个十来岁的小孩也不认识……我认识一两个成了家的军官——也许这样我能帮你找到一些朋友吧。

——我没事，这样挺好。蒂莫西说。我喜欢一个人待着。

他见过的跟自己年纪相仿的美国少男少女主要是在河下游的露天游泳池，他们似乎属于另一个种族。男孩像海豹一样在水里钻进钻出，身体奇异地光滑发亮，都留着小平头，皮肤古铜色，肌肉发达。女孩往往也身材丰满，穿着有意思的老式泳衣，裙摆在大腿中段，当她们以"冰棍式"重重地砸进水里时，裙子就被掀起来。他们一大群人一块儿来，一块儿走，男孩女孩混在一起，穿着亮色的衬衫，下摆放在牛仔裤外面，毫无顾忌地大声喧哗，不过他从没真正听明白他们在说什么。他觉得与他们沟通差不多跟他看到的在河里游泳的德国男孩一样困难。

——他们本来不应该这样的。购物之旅结束后，凯丝边往游泳池走边说。不过这天气这么好，也不能怪他们。

——为什么不行？

——河已经被污染了，有得伤寒的危险。美国人征用了城里唯一的游泳池，德国人很为此不平。据说要在近郊给他们新修一个。

当然，要进游泳池必须得出示福利社卡。几天之后，蒂莫西对这个小方纸片已经有了一种迷信般的依赖感。它像是一个有神奇力量的护身符，让他得以进入一个特权和欢乐的世界。他一直担心自己会把它弄丢，被这块友善地保护着他的美国飞地拒之门外。游泳池、城市花园、福利社、凯特的房间——这些都是他的基地，是有路障保护的安全地点。他仔细规划每天的活动路线，让自己在需要休息或吃点什么时总是在其中一个地点附近。因为虽然他很欣赏海德堡的美景、魅力和布局，但他在德国的公共街道上散步时，心里总是会怀有一种不安、一种难以名状的危险感。并不是说这里的人看上去充满敌意或怨恨；他们甚至都不太像被击败了的样子。总的来说，他们似乎很普通，穿着得体，食物充足，在城里奔忙，做自己的事情，也许微笑并不是那么多，更倾向于冷静沉着。蒂莫西只有一次得以管窥自己想象中的德国，但那次经历深深地影响了他。

当时，他正走在海德堡大学后面一条通往城堡的鹅卵石街道上。大概走到一半的时候，右边的墙上有一处凹进去的地方，里面有个喷嘴，水流出来，下面有个小石碗接着。走在蒂莫西前面的男人停下来，弯下腰，歪头让水流进嘴里。那天很热，爬山挺累的。蒂莫西放慢了步伐，打算如果不冒险去喝水，至少用凉水冲冲脸和手。然后，当他走近的时候，男人直起腰，转身面朝蒂莫西，用手背擦嘴。那张面孔粗暴而残忍，即便是很暖和的天气里，也把蒂莫西吓得浑身发冷。那人的头颅如同嶙峋的骷髅，头发剃光了，头皮呈铁灰色，一双小眼睛布满了血丝，鼻孔张开，厚厚的嘴唇连着一道延伸到下腭的弯曲伤疤，好像在冷笑——他只看到了这么多，就赶快绕过去往山上走，脚下都有点不稳了。

他爬到山顶，气喘吁吁，害怕地回头望去，但那个男人已经消失了，大概是从某条大路上分出来的陡峭小路走了。蒂莫西进入城堡的阴凉处，但没停下来，一直走到西侧城墙的护墙处。这里阳光明媚，他坐下来，透过裤子感受石头的温暖。城里的屋顶和教堂尖塔在山下闪着星星点点的亮光；船体长而船舱低矮的驳船在河上来回穿梭，从老桥的拱下钻过；一座钟或教堂的铃铛不知在哪里响起—— 一片平和的景象，但他待了很久才平静下来。遇到那个丑陋的男人就像在夏天的花园里踢开了一块石头，却发现下面是一个恶心的虫子窝——这让你不再信任事物光鲜亮丽的表面。那张脸简直就是集中营司令官的形象——贝尔森野兽[①] 和其他恶魔，他们在报纸上和他童年的噩梦中面孔狰狞，趾高气昂。

——热浪来了。凯特说。

即使在清晨，薄雾仍然在从河中升起，你也能感到热气扑面。到了中午，毒辣的太阳高挂在晴朗的天空中，你就得注意，尽量在阴影里行走。炎热使游泳池不再是锻炼的地方，而成了休息放松的绿洲。他发现在炎热的天气里追逐危险很能怪异地撩起人的情欲——你先在太阳下晒到眩晕脱水，然后跳进游泳池里，或在树荫下把冰冷的饮料倒进喉咙。凯特警告他一开始不要连续晒日光浴超过几分钟，但是他等不及，想像她的朋友们一样把皮肤晒成古铜色。在他们旁边，他觉得自己跟刚从地里拔出来的萝卜一样白。在来海德堡后的第一个星期六的下午，他们马上就游了泳，之后凯特将一些香气宜人的防晒霜搽在他的后背和肩膀上。他躺在毛巾上，

①约瑟夫·克拉默（Josef Kramer，1906—1945）为纳粹党卫军军官，先后担任奥斯维辛集中营副首长和贝尔森集中营首长，直接负责集中营的种族灭绝行动，因行事残忍而有“贝尔森野兽”之称。

合上双眼，挡住耀眼的阳光，沉醉于温暖和凉爽交织的感觉里。他刚游完泳，血液还很凉，但皮肤已经因为日晒而温暖起来；香气芬芳的防晒霜在皮肤上凉飕飕的，但凯特的手坚实的按压又是温暖的。

之后，他为她进行了同样的服务。凯特趴着，蒂莫西跪在她旁边，给她的背部和肩膀涂防晒霜。她的肉体温暖而有韧性，在他的手下弹动，像拍打着岩石的水流。她让他给她大腿背面抹油，他感到很尴尬。那两根巨大的肉柱是她最不具吸引力的特征，是她通常隐藏在裙子底下的那个以前的胖凯丝的遗产。

凯特最亲密的朋友们那天下午似乎大都在游泳池，他们围成一圈：文斯和格雷格、一对叫梅尔·法勒尔特和露丝·法勒尔特的美国夫妇、凯特办公室的两个女孩——澳大利亚人多萝西（简称多特）和荷兰人玛丽亚。梅尔和露丝在一起让人感到不协调。他是一个相当安静的人，身材魁梧，头发有点灰白，总体挺好看的。他的妻子又矮小又圆胖又丑，外表很怪异。她的泳衣是刺眼的金色，比她矮胖的身材小了好几号，肯定是把自己硬塞进去的；与此相配，她的脚趾甲也涂成金色。她戴的太阳镜的镜框上镶着亮闪闪的合成宝石，鼻子上还有个鸟喙似的白色塑料挡板，以防晒伤。她看起来像一只肥胖的小鸟，用偷来的各种小物件打扮自己。她的嗓音跟她也很般配，刺耳又不知疲倦地讲个不停。

——露丝是个真正的纽约客。凯特对蒂莫西耳语道。当然了，是犹太人，但她有一颗金子般的心。这是她的第三次婚姻，他的第二次……

露丝当然很幽默，有她陪着很开心，但蒂莫西想不出来梅尔中了什么邪娶了她。蒂莫西几次注意到梅尔看妻子的眼神，觉得他跟自己一样，也没搞明白。

多特是个高大的女孩，有着古铜色的皮肤，身材优美，可惜脸长得不太好看：眼睛很小又过于靠近，鼻子很长，一口龅牙，笑起来像个傻瓜。玛丽亚比较矮小，干净利落，留着直短发，鼻尖上翘。她脸上一直挂着微笑，但是眼睛看起来忧伤而焦虑，好像不知道自己是否让别人高兴，或者在这里舒不舒服。

露丝正在玩一种纸牌游戏，她坐在一条毛巾上，细长的双腿盘在胖胖的躯干下，像一只在孵蛋的鸟。她翻开一张牌，皱起眉头。

——好家伙，来这牌，我就跟和尚买梳子似的。

蒂莫西笑了起来。

——你笑什么，蒂莫西？以前从没听过别人这么说吗？

——没听过。

——我打包票，你肯定能听到不止这一回。梅尔闷闷地说。

——显你能。露丝说。

——嘿，你是不是买了辆新车，梅尔？格雷格说。

——是的，他兴致这么差就是因为这事。露丝说。有个没有四肢的司机今天早上在中央大街上把他的挡泥板给剐了。

文斯哈哈直笑。

——露丝！没有四肢的司机？真的假的？

——对，没错。一个可怜的德国浑球，两条腿给炸没了，要不就是胳膊，差不多吧。他的车的方向盘什么的都是特制的，知道吧？梅尔没有注意到。他从我们的车里蹦出去，一路追着那德国佬骂，跑了足有大概一千英尺——然后他看到那家伙基本上就是个机器，装着个钢爪子，还有别的什么。梅尔就泄气了，像气球一样。呲——！像气球一样。露丝沙哑地笑着。

——我还是要说，就不应该允许他上路。梅尔说。

——那车是崭新的，梅尔？凯特问。

——是的，一辆新的奥兹。上周末刚从安特卫普提的。

——我们在布鲁塞尔住了一家特别好的酒店。露丝说。叫什么来着，亲爱的？

——大都会。

——对对，大都会。你去过吗，玛丽亚？

——没有。玛丽亚微笑着说。好吗？

——真是太棒了。

——账单也很棒。梅尔说。

——嗨，那也值了。露丝说。

——多少钱，梅尔？格雷格问。

——一晚三十美元。

——哇！多特从草帽下说。

——还是一个人的价。梅尔补充道。

——我又得“哇”一次了。多特摘下帽子盯着他说。你在巴登巴登的手气好到让庄家都赔光了，是怎么回事？

——说到巴登巴登。文斯说。格雷格和我正打算下周末去那里。凯特，怎么样？蒂莫西会觉得很有意思的。

几分钟后，他们敲定了下周末的活动。只有玛丽亚不能参加。她问露丝喜不喜欢布鲁塞尔，谈话由此转向欧洲最有吸引力的首都是哪个。凯丝和露丝选巴黎，文斯和格雷格选罗马，玛丽亚最喜欢的是维也纳，而梅尔的最爱是斯德哥尔摩，多特选了里斯本，讨论随之停止，因为没人去过那里。

游泳池一角有个小餐厅。蒂莫西记下来都有哪些人要可口可乐、冰淇淋和咖啡，文斯给他一张五美元的钞票，他过去买。他端着满满当当的托盘回来，意外地看到唐在和凯特说话。其他人好奇地看着唐。他显然刚从泳池里出来，因为水顺着他的脸和身体往下淌，把腿上的黑色毛发拉成直线，在草地上形成一小块水渍。蒂莫西走来时，凯特开始向其他人介绍唐。他皮肤苍白，几乎跟蒂莫西的一样白。他看起来很清楚自己身上还是湿的，在游泳裤上于事无补地擦着手。

——不好意思，把大家都弄湿了。他抱歉地说。可我的毛巾在泳池那边。

——接着！文斯给他扔来一条折叠的毛巾，唐第二次才抓住，几乎撞上了蒂莫西和他手里端的托盘。

——谢谢！哦，嗨，蒂莫西。我们又见面了。

——问你句老套的话：你经常来这里吗？格雷格问唐。我以前肯定见到过你。

——你很可能在总司令部见过我。我以前在那儿的行政办公室工作。

——你是说，你是个士兵？

——我以前是。

凯特插话进来。

——唐已经退役了。他现在在军队学校教书。

梅尔突然活过来了。

——你刚退役？

——对啊。

——那你生命中最美好的岁月已经结束了，哥们儿。

——我可不这么看。唐微笑着说。

——他当然不会那么觉得了。露丝嘲讽道。他是个文化人——是个老师，你没听见吗？

——我当然听见了。

——那么部队应该奖励他点什么呢？

——一趟免费欧洲旅行？文斯静静地说。

——限制条件太多了。唐说。

——哎，我在部队里可学到了太多东西。梅尔说。但那是在战时。我猜现在应该不一样了。

——对，来，跟我们讲讲你在打仗的时候都干了什么，哥们儿。露丝说。跟我们讲讲你是怎么单枪匹马解放巴黎的。

——你真的参加过战斗吗，梅尔？玛丽亚问。

——是啊。露丝说。大部分时间是在陆军妇女辅助队里，没有武器的战斗。

——我在巴顿[①] 的部队里。梅尔说。

——我试过加入陆军妇女辅助队。格雷格说。不过没过体检。

——我试过加入空军妇女辅助队，而且真的没过体检。凯特说。但我现在很高兴！她把一个可乐瓶子举到唇边，朝着太阳扬起瓶身。

——怎么会？唐问她。

——哦，要不然我就不会在这儿了。我可能在给自己织袜子，攒着衣服票，每年就盼着去假日营待上一星期，那可就是这一年里最快乐的时候了。

——你把英国说得很惨啊！唐说。

——就是很惨啊，不对吗？你刚去过。

——哦，我不知道。我有点喜欢伦敦。

——真高兴有人喜欢伦敦。蒂莫西说。现在没人说伦敦一句好话。

——哇喔，这可太糟糕了。露丝说。我们伤害了蒂莫西的感情。当然了，我喜欢伦敦啊，小孩。就是吃的实在是烂到家了，而且在那儿冰块好像还没被发明出来。

——哎，蒂莫西，那个英国节是怎么回事？格雷格说。

——很棒的。

——值得过去看看吗？

——我觉得值。他小心地回答。

---

①小乔治·史密斯·巴顿（George Smith Patton, Jr.，1885—1945）是美国陆军四星上将，二战期间先后指挥美国陆军第七和第三军团。

蒂莫西对英国节的感觉比较复杂。他父母的消息来源是《每日快报》，他们倾向于把英国节看作政府愚蠢行为的绝佳案例，并幸灾乐祸于准备过程中接连不断的丑闻和挫折。但是，当他终于跟学校参观了南岸的展览后，所有的怀疑和鄙夷都被惊奇和快乐一扫而空，那以后他又利用各种机会去了好几次。现在，身处异国，远离故土，跟这些去过很多地方的聪明人在一起，英国节的重要性似乎又削弱了。他试图想起一些能吸引他的这些新朋友的特色活动。

——晚上有露天舞会。他说。

——那就对了！多特说。有个我认识的姑娘几星期前在伦敦。她说他们在雨中跳舞。

——听上去可够野的。文斯说。

——哦，他们可没那么疯，如果你在往那方面想的话。只有几对夫妇，在水坑里艰难地转圈，快——快——慢——假装没有下雨。

——啊，这就是不列颠为什么伟大。文斯说。

凯特笑了。

——你说得太对了。在雨中跳舞——非常典型。

——在我看来英国节挺不错。唐说。得考虑到他们能动用的预算非常有限，已经办得挺好的了。

——你去过巴特西的游乐场吗？蒂莫西问他。

唐没有什么热情地点点头。

——我得说这个东西肯定还是我们美国搞得好。比如说科尼岛[①]……

——科尼岛！哎，这可真让我想家了。露丝喊道。你是纽约人吗，唐？

——不是，不过我在那里上的大学。哥伦比亚大学。

——啊，那学校非常好。露丝说。她露出刮目相看的神情。

——文斯念的是耶鲁，对吧，文斯？凯特说。

——对，不过我辍学参军了。那之后就没有回去。

——太不幸了。唐说。

文斯转过身来，面对着唐，太阳镜上反射着耀眼的日光。

——我不后悔。

——那就好。唐说。

——你老家是哪里的，唐？梅尔问。

——我父母老是搬家。芝加哥、哥伦布、费城——现在他们已经搬到了加利福尼亚。

露丝扬起双手。

——加利福尼亚！我认识的每个人都在往加利福尼亚搬。照我看，纽约就剩下黑人和波多黎各人了。

——你父母肯定在盼着见你，唐。玛丽亚笑着说。

——恐怕他们得再等等了。我打算回国之前在英国读研究生。

——为什么不在美国读呢？梅尔问。

——哦，这说来话长。在我的专业——政治学——现在最流行

①科尼岛（Coney Island）是位于纽约布鲁克林区的半岛，原本为一座海岛，其面向大西洋的海滩曾是美国知名的休闲娱乐区域，设有游乐场、赌场等，自20世纪60年代起逐渐衰落。

的是计算机和共识政治。英国不循常理又显得业余的研究方法有点吸引我。

他又谈了一点他的研究，但蒂莫西感觉没人听得懂，也许文斯除外。接着他说他必须得走了，把毛巾折好，还给文斯。然后他大步离开，稍微有点驼背。他从游泳池另一端向他们挥手。

——这小伙真不错。多特说。你在哪儿碰到的他，凯特？

——蒂莫西来的时候他在车站帮着提包。我没给他好脸色——我以为他是那种不安好心的当兵的。

——说不定你现在还是对的，亲爱的。露丝说。他看上去挺饥渴。如果你兜不住，就把他转给别人呗。

凯特大笑。

——与其说他是我的朋友，还不如说是蒂莫西的。

那个星期六他们在游泳池一直待到下午比较晚的时候。晚上，他们挤在梅尔锃光瓦亮的巨型汽车里，开到内卡河谷，在一家小旅馆吃晚饭。之后，凯特把他送回他的住处。

——我明天早上来接你。她说。早饭吃晚点没事吧？我一般星期天都睡懒觉。

——你一般去哪里的弥撒？

凯特看起来有点困惑。

——哦，对，你想去弥撒。

——你不去吗？

——哦，对，我会和你一起去的，当然。我住的地方拐角就有一个教堂。有很多场弥撒，一上午不停。

还真是，他想。门在她身后关上，他听着高跟鞋的咔嗒声顺着走廊渐渐远去。她堕落了。这就是为什么她不回家。她堕落了，不想让爸爸妈妈发现。

蒂莫西的学校讲过很多次，拉丁文礼拜仪式的巨大优势是在世界各地都一样。无论你身在何处，都可以走进一个天主教会，仪式会让你感觉回到了家乡——新教徒就享受不到这种便利。天主教会是普世教会：catholic 是普世的意思①。他跟凯特走进一场弥撒，心怀愉悦，期待通过实验确认这个理论。结果恰恰相反，他觉得仪式陌生得令人不安。

凯特搞错了时间，所以他们迟到了。教堂里很挤，他们不得不站在人群后面。这教堂是座古老的建筑，到处都是镀金雕像和灰暗的巨幅油画，更像在艺术馆里看到的那些，而不是家乡教区的红砖教堂里那些制作简单、颜色粗糙的宗教装饰品。这不是一场大礼弥撒，但廊台里有两个歌手，一个男中音和一个女高音，他们不时开始歌唱，有时是独唱，有时是二重唱。他听不出他们唱的是拉丁语还是德语，但肯定不是他熟悉的《垂怜经》《光荣颂》和《羔羊颂》。与其说是弥撒，不如说是 BBC 第三套节目里的一场音乐会，尤其是有人拉了一首很长的小提琴炫技曲——在此之前他从未在教堂里听过小提琴声。凯特在圣餐前就离开了教堂，蒂莫西也跟着她走了。

---

①英文“天主教”的形容词为 Catholic，而小写的 catholic 有“普遍，包罗万象”之义。

——呼——他们走到街上时，她长出了一口气。里面太闷了吧？我一秒钟也忍受不了了。

他想指出在技术上他们没有参加弥撒，因为在洗手礼前就离开了，但他控制住自己，没有说出来。

——我得透透气。凯特说。咱们去国王宝座的山顶吧，那儿总是凉快一些。可以从谷物市场站坐缆车。

他们坐在一列奇异、歪斜的小火车的后车厢里。这火车的每个车厢都比前一节高一些，像台阶一样；如果向下俯视，会看到轨道尽头的起始站在飞速后退，令人眩晕。火车嘎吱嘎吱地呻吟着。他凭本能就能感受到重力对火车的巨大拉力。如果缆绳突然断了……他转过头，研究轨道一边的路堤上的野花，想着自己是否已经因为早早离开弥撒而犯下了不可饶恕的罪。

他们在国王宝座的山顶沿着小路走了一会儿，他直截了当地向凯特说出了心中的疑问。

——我这不能算是堕落。她说。我的意思是，我有时还是会去教堂的，当我想去的时候。除此之外，我觉得没有什么理由再去。我在修女会受够了。

——你做复活节功课[①]了吗？

——我没做。

——那你就是堕落了。他坚决地说。

凯特咬着嘴唇，但看起来并没有特别苦恼。他们站在缆车站附

①天主教的道德戒律规定，信徒在复活节期间至少要参加弥撒、领圣餐，还可忏悔、斋戒。

近的露台上。内卡河谷在他们脚下延伸，就像学校地理教室里的地形图。

——噢，天呐。你觉得我会下地狱，蒂莫西？

——当然不是。他不快地说。

——你相信地狱吗？

——我们没有必要相信。他闪烁其词。地狱里的火之类的那些东西，我们不用去信。

——我知道。这真的是失去的痛苦，是吧？在学校里我曾经想过，如果我能确定那些就是地狱里所有的了，那我也就不在乎了——我觉得我可以忍受。

蒂莫西暗暗发笑，因为自己也有过同样的想法。

——我想，你还是宁愿爸爸妈妈不知道吧？他说。

令他吃惊的是，她似乎是第一次考虑到这一点。

——我想你是对的。他们不会明白的，这只会让他们徒增烦恼。

那么，就不是这方面的事了。

唐确实是一个很好的海德堡向导。蒂莫西在那天晚上跟凯特碰面时，脑子里塞满了吸收到的知识。

——我忘了海德堡正好是三十年战争的中心。他在晚餐时告诉她。我们在中学四年级的历史课上学了。

他们正在总部俱乐部吃饭，之后打算去玩宾果。

——那是哪场战争？

——嗯，在 17 世纪，关于神圣罗马帝国的继承问题。天主教和新教徒打的。

——谁赢了?

蒂莫西想了想。

——没有赢家，真的。

——跟所有的战争一样。凯特说。

——我们赢得了最近的一场，不是吗?

——有时我真的想不明白……战争刚刚结束了六年，我们就跟德国站在一边，共同对付苏联。你要什么甜点?冰淇淋?枫糖核桃味的挺好。

——你看，普法尔茨选侯国的腓特烈——我想是五世——是新教徒，波希米亚的新教徒想拥立他当皇帝。战争就是这么开始的[1]。腓特烈娶了伊丽莎白，她是我们的詹姆士六世的女儿——城堡里的英格兰楼叫这个名字就是这个原因——是腓特烈给她修建的。

——哇喔，你知道得真多，蒂莫西。

——全都是唐讲给我的。

——他肯花时间陪你真是太好了。

——你知道的，凯特。他犹豫地说。我觉得唐对你有点意思。

——你为什么这么想呢?她微笑着说。

——他说了个提议，大概意思是想找个晚上带我们俩一起出

①三十年战争时，波西米亚国王为哈布斯堡家族的天主教徒斐迪南二世，他严酷镇压新教，导致布拉格的新教徒发动起义占领王宫，波西米亚议会推选普法尔茨选侯国（当时首都为海德堡）君主、新教徒腓特烈五世为国王，而腓特烈五世接受。斐迪南二世联络欧洲天主教同盟出兵讨伐，欧洲各国此后纷纷卷入。

去。我说我会跟你提的。

凯特轻轻皱起眉头。

——呃，这有点尴尬。

——为什么？

——嗯，你看，我在这里有我自己的社交圈子，而唐并不完全适合这个圈子。

——为什么不行？

——很难解释，不过……嗯，首先，他还是个军人，从某个角度讲。我的意思是，我知道他已经退役了，但在海德堡，这就是他的背景。如果我介绍他进入我们的圈子，他很可能会不断碰到军官之类的人，他们以前是他的老板，这对大家来说可能都比较尴尬。海德堡是一个很小的地方。而且我真的觉得他和我们没太多共同点。我们不是那种聪明的人，也许除了文斯吧，而且他不完全是你所说的……我觉得我在和唐出去之前应该好好想想。如果我一张嘴就会把三十年战争发生的世纪说错，那我会害怕得一句话都不敢说。现在，把你的冰淇淋吃完，要不我们去宾果就迟到了。

——宾果是什么啊，到底？

宾果原来其实就是他已经知道的“豪西豪西”游戏[①]，不过这个不一样的名字似乎挺合适，更令人激动、高雅时髦。玩家坐在桌边，吃吃喝喝，贵重奖品在台上堆成一座耀眼的小山：冰箱和收音机和电烤面包机和玩具和一瓶瓶美酒。可是他们什么都没赢，凯特

①宾果（Bingo）在英国英语中称为“豪西豪西”（Housey Housey），是一种猜纸上数字的中奖游戏。

很失望。

——可能我们下星期六在巴登巴登的运气会更好。她说。你的幸运数字是什么?

——没有。他回答。

他们坐黄色巴士回家，一路颠簸，她突然说：

——如果他是个军官，就会容易一些，我指的是唐。不过他们一般不提拔征兵上来的普通士兵做军官。

——我觉得他也不想当。他是个良心拒服兵役者①。

凯特看起来很吃惊。

——他今天下午告诉我的。

——那他呢，后来怎么了?

——哦，他进监狱了。

——监狱?

——只有几天。他们没认定他是良心拒服兵役者，因为他没有宗教信仰。好像在美国，你不论怎样都必须得有个宗教信仰。

——那他改变主意了吗?

——有点。他们并不想把他关在监狱里，所以他们答应他可以让他做，叫什么来着，非……

——非战斗员?

——对。所以他决定接受。

——我的天，还有这事！那他为什么是良心拒服兵役者呢?

---

①良心拒服兵役者（conscientious objector）指出于思想自由、个人良心或宗教信仰等原因，而要求拒绝履行军事服务义务的个人。

蒂莫西耸耸肩。

——我没问他。我觉得他认为战争是错误的，或者什么别的原因。

——也许他不想被送到朝鲜去。凯特有点尖刻地说。

——哎，这你不能怪他。你自己说的，最近这一场战争没达到任何目的。

——我没这么说。我说的是……噢，我不记得了，她烦躁地叫道，不过我觉得，如果一个人被征召，就应该尽自己的一切努力去做。

他们沉默了一会儿。蒂莫西挺奇怪自己为什么帮唐说话，因为他比较同意凯特对良心拒服兵役的看法。

——明天你干什么？过了很长一段时间后，她问。

——和唐一起去散步，哲学小路，他说的。还是叫什么别的名字来着。

——哦，哲学家小径。那里看城市的景色特别好。

他差不多习惯了住在女子宿舍。最棘手的是早上出门。他通常等到九点，但总是说不定会有人看到他从多洛雷丝的房间出来。通常，当他走出电梯时，有两三个清洁工在大厅擦瓷砖地面。他们跪坐在脚跟上，拧干抹布，而他走过他们时能感觉到他们在好奇地偷偷瞧他。他觉得他们大概是在想：他跟宿舍里的一个姑娘一起过夜了。这个想法令他愉快、感慨、恼怒，三种情绪轮流上演。他最近增长了不少见识，不过在性方面，增长的是一道道深渊，隐藏的比表露的更多。也许最令他惊讶的是在第一天晚上学到的事：一个女人可能会大声喊出那个忌讳的词语，当她陷入爱情或欲望中时。

那天接下来的两个晚上，他锁住衣柜的门，没有去碰。第三天，他又把门打开。他什么也听不到。他胆子大起来，走进柜子，带上门，只留一点缝隙。他立刻听到了收音机的声音。在衣柜高处的一角，几条管道穿过墙壁的地方，腻子掉了，有一道小裂缝，光线能透进来。显然，隔壁的声音是通过这道缝传进来的，关上衣柜门能放大声音。

转天晚上，他在睡觉之前去听，接下来的晚上又去。但他只听到女人在房间里走动，拉开抽屉又关上，在洗手盆里放水，打开收音机，给钟上弦。再后一天的晚上，一开始完全寂静无声，他打算走出衣柜，这时他听到女人走进房间。她带回了一个男人，他觉得跟上次的不是一个人。他们听起来很快活，有点微微喝醉了。女人不断说“嘘！”，一直在咯咯地笑。他听到瓶子碰到玻璃杯的脆响。然后声音渐渐减弱成低语，偶尔有一两声傻笑或狂笑。墙上小缝后面的灯光熄灭了。他屏息凝神，等着好戏再次开始：女人既快乐又痛苦的呻吟声，“不，不，不，不”，然后是“对”，这个词明确地表示着放纵。但是他只听到男人气喘吁吁，一遍又一遍说“哦，耶稣！”好像在虔诚祈祷。有一段时间的沉默，然后女人说，能把那包烟递给我吗？男人说，对不起，亲爱的，真的很对不起，然后她说，别上心了，然后他说，该死的波旁威士忌喝太多了，然后她打哈欠，然后他说，我真搞不明白，然后她说，亲爱的，我累了，我觉得你最好还是走吧，然后男人说，要不我们等一会儿吧，然后女人没好气地说，哎，别再惦着了，谁都会有这种时候。然后小缝又亮了起来，他听到水龙头打开，男人小声辩解着什么，女人的嗓音很粗，断断续续的。最后，有一扇门打开又关上，房间沉默下来，后来有个罐子砸在水槽里，女人咒骂了一句，再没有别的动静了。蒂莫西走出衣柜，困惑又沮丧。他试图把听到的想象成图景，但那些场面慢慢消散成一地鸡毛，就像多洛雷丝的书架上的平装书里那些有趣的章节。

在想象的过程中，他逐渐赋予隔壁的女人一种特殊的外表。他用自己觉得与性爱有关的单词和短语创造她。她是丰满的，乳房就像成熟的果实，头发光滑，蓝黑色，从后颈上挽起，她的动作懒洋洋的，她噘起的嘴唇非常性感。等他真正看到她本人时，他很震惊。他和凯特在电梯里——她来接他去巴登巴登——这时这个女人从房间里出来。当她走进他的视野时，电梯已经开始下降。从几乎与地面平齐的角度看上去，他瞥见恨天高坡跟鞋上的两条柴火棍一样的腿，一个瘦长的身影，穿着亮绿色修身西装，白色的三角脸，一绺枯干的姜黄色头发垂下来，挡住了一只眼睛。然后她走了。按照多洛雷丝的书里的措辞，这并不完全是为爱打造的身体，但却生动而富于挑逗性——以自己独特的方式。他偷偷瞅了一眼凯特，但她没有特别注意那个女人。

——希望你睡得很好。她说。今天会比较辛苦。

——我睡得一直很好。

——这儿晚上很安静，是吧？

——啊，是，很安静。他向她保证。

两辆汽车开到宿舍外面。文斯的奶白色奔驰，车篷打开；梅尔·法勒尔特的巨型奥兹莫比，他别有趣味地管它叫“旧车”[①]。梅尔在司机座位上趴着，下巴抵在方向盘上，车没熄火，发动机在放肆地挥霍着汽油。凯特和蒂莫西走出宿舍楼，坐在后座上的多特朝他们挥手，露丝跳下来迎接他们。

——嗨，凯特！嗨，蒂莫西！你们觉得我这身休闲装怎么样？

她全身都是电光蓝色——宽松裤、套头衫、高跟凉鞋和帽舌很长的棒球帽。连耳环都是蓝色的——两只大圆盘，上面印着金色的数字。

——太美了，露丝。凯特礼貌地说。这耳环你在哪儿买的？

——看看是什么？露丝像鹦鹉一样把头扭向一边，可爱吧？

——啊，是筹码！赌场筹码！

——对，两百马克的筹码，是我们上次在巴登巴登赢的，我给带回来了。梅尔都疯了，他说“也就是我老婆能花两百马克买一对塑料耳环”。说着，她发出了那种乌鸦叫似的刺耳狂笑。

讨论谁应该坐哪辆车花了一点时间。最终蒂莫西被授予坐文斯的车的特权，其他人坐奥兹莫比。

——不许飙车，文斯。凯特警告他说。

——好的，亲爱的。

文斯解释说，由于事故率高，德国对美国司机的限速非常严格。有时候，他开车穿过边境到法国去，只是为了享受踩油门的乐

①奥兹莫比的简称 Olds 的字面意思是“旧，老”。

趣。不过，即使在限速内，这部低底盘敞篷车带来的速度感也令人兴奋。他们开进黑森林的山脉里，道路弯曲回旋，有很多急转弯，而文斯并没有减速。长长的白色发动机盖似乎直指着一面连续的弯曲的树墙，这面墙一直在飞快地变换着方向，但总是环绕在蒂莫西四周，他只觉得眼前一片模糊。有时他闭上眼睛，但他一直绝对信任文斯的驾驶技术。他深深陷进柔软的座椅里，觉得自己和汽车无缝融为一体，而汽车又是文斯强壮的棕色大手的延伸。他的脸上没有丝毫紧张，浅色小胡子下的嘴由于兴致高昂而稍稍咧开。

过了一会儿，文斯放慢速度，好让别人赶上来。发动机的声音和风的呼啸声减弱了，于是谈话得以进行。他们又说起希特勒和纳粹。

——没人能令人满意地解释希特勒，据我所知。文斯说。他是一个神秘的谜团。我说希特勒，你能想到什么？

——不知道。蒂莫西说。我觉得我想到的是他的脸——你知道，牙刷似的胡子，前额的一绺头发。

——对。文斯说。他似乎在给蒂莫西出试卷。那张脸，它看起来像一个普通的人脸吗？

——不怎么像。更像一个盖伊·福克斯面具[①]。

——对，就是面具！无论你看过多少张希特勒的照片，你总是会有这种面具的感觉。从来没有人类的表情。永远是固定、冻结的

①盖伊·福克斯（Guy Fawkes，1570—1606）是英格兰天主教极端分子，参与策划1605年的火药阴谋，试图炸掉英国国会大厦，杀死国王詹姆士一世和大部分新教贵族，但因泄密以失败告终。

面容，即使他正在微笑——而这不经常发生。任何其他战争领袖都不这样——丘吉尔、罗斯福、斯大林。你总是觉得他们是人，同时也是所谓“伟人”。希特勒在照片里看起来总是很可笑。

——我曾经被他吓得不轻。蒂莫西说。我以前老是梦见他。

——是的，也很吓人。可笑而且吓人。他太可笑了，以至于再也不好笑了，你明白我的意思吗？比如说漫画家——对他们来说希特勒肯定就像是上天的恩赐：他那抹小胡子，等等，但没人真的成功给他画出漫画像。他本人已经就是漫画了。

——既然如此。蒂莫西说。为什么德国人服从他呢？

——噢，文斯微笑着说，现在你问出了六万四千美元的问题[①]……关于希特勒，如果你看他做到的事情，在纸面上，到大约 1942 年为止，他不仅让德国站起来了——还控制了几乎整个欧洲。对吧，至少从这个方面看，他像是某种天才，比如说拿破仑和亚历山大大帝那类人。但是，如果你走近一些观察他本人，想对他是如何做到的找出个解释，那么一切就都破灭了。你看到的是个乱发脾气的小个子，没受过教育，没有人性，没有背景，没有自己的想法，只有空洞，真的，一个空洞的人滔滔不绝地狂吼着疯狂的口号，大讲血和铁和人民和犹太人跟共产主义者合谋……他甚至没有任何不良习惯——不抽烟，不喝酒——你知道他去哪里寻找快感吗？

——不知道啊。

——奶油蛋糕。奶油蛋糕，我的天呐！每当一个国家完蛋，所

---

①“六万四千美元的问题”的意思是很重要而难以回答的问题，得名于从 1955 年到 1958 年播出的同名美国电视答题挑战节目。

有的纳粹都会喝咖啡、吃奶油蛋糕庆祝。

——伊娃·布劳恩呢？蒂莫西说。

——啊，伊娃·布劳恩……我很怀疑希特勒是不是真的上过她。你知道他只有一个蛋蛋吗？

一声汽车喇叭的巨响从他们身后传来，简直像管风琴一般。文斯看了一眼后视镜。

——他们追上来了。

蒂莫西转身看到，那辆庞大的灰色汽车的车身在车底弹簧上慢慢地升上来、降下去，像筏子一样。凯特坐在前座，梅尔和露丝之间，在笑着挥手。他的思绪回到了自己将哈里斯花呢运动夹克和四条换洗内裤一起带到德国，以及那些关于凯特的问题。这已经不是他第一次往这方面想了。她已经不再遵从天主教戒律，所以更容易去想象她有不正当的风流事；但如果确实是这样，那是跟谁呢？文斯似乎是明显的候选人——这个金发男子外表俊美，漫不经心却掌握着生活，连蒂莫西都能感受到他磁石般的吸引力。但这正是问题所在：蒂莫西不得不承认，凯特虽然变得好看了许多，但依然不是大美女，而且永远不会是。文斯只要向他喜欢的任何女孩招招手，她就会向他投怀送抱，那么他凭什么选可怜的老凯特呢？她几乎大得过分的乳房，她肯定粗得过分的腿？诚然，凯特没有明显的对手，而且他似乎花了大量闲暇时间陪她——但格雷格总是在场，而且一般还有其他人。如果他们之间有什么，他们当然应该会想要更多隐私的吧？但蒂莫西从来没有觉得自己的存在是一种尴尬或累赘；或者说，如果他有这种感觉，那是与他们三个人都有关。没有什么迹象显示凯特和文斯达成了某种把格雷格排除在外的共识。那么，是不是他们都喜欢凯特，而她不愿意或不能在他们之间做出选择呢？如果是这样，他们的竞争也太不激烈了。那么或许会是——他突然想起这样一种可能性——他们都是她的恋人，他们分享她？他试图去设想这样的安排如何具体实施，而且惊讶地察觉，这个想法其实并不太让自己震惊。这里的一切对他来说都如此陌生而又新鲜，每个人看起来都是在按跟在家乡所形成的价值体系大为不同的一套观念来生活；几乎任何事情都是可以想象的。

——为什么叫哲学家小径呢？他问唐。

——我觉得这条路可能一直是大学的老师们最喜欢的散步路线。那是个求索永恒真理的好地方。

——可真够陡的。

——马上就到平道上了。

他们在沉默中走完了这条路的最后一个转弯。几年前，在学校里，一个男孩在课堂上问哲学家是什么意思，老师说哲学家试图去解释什么是真实的、准确的。一些哲学家认为没有事物是真实的，包括他们自己。课堂上爆发出一阵大笑。

——到了。唐说。他们走到了一条平坦的小路上，靠着一堵石墙休息，俯瞰河对岸远处的城堡。无论你站在哪里，海德堡都能轻松呈现出照片般的美景。唐指出海德堡大学的各个建筑物。

——你要上哪所大学，蒂莫西？

——不知道。我可能根本不去上大学。爸爸想让我去做学徒。

——什么样的学徒？

——建筑绘图。

——你可以在大学学建筑，不是吗？

——嗯。但是成绩必须特别好才能进。

——嗨，这说不准的——也许你就是特别好。

蒂莫西没有评论，唐继续说：

——如果你是建筑师，你想建造什么？

——我不知道。教堂吧，也许。

——教堂？唐看起来被逗笑了。

——教堂怎么了？蒂莫西争辩道。

——没什么。真的没什么。我只是觉得我们不需要更多的教堂了。

——我们在英格兰肯定需要——至少天主教的不够。现在的那些都挤爆了。

——如果我是建筑师，我会去建学校和大学——它们是我们这个时代的教堂。我想你一定会感谢英国教育系统在你需要的时候正好开始扩张吧？

——我不知道是不是该感谢。当我准备好的时候，他们不让我考O级。

——他们是谁？

——当然是腐朽的政府。

——希特勒。文斯在抹过一个发夹弯时说。从某种程度来讲你还真得佩服他。他有真正的虚无主义精神。死亡与破坏。他到最后都坚定不移。你知道他说了什么吗？我们可能被毁灭，但如果真的如此，我们要拉着世界陪葬，一个熊熊燃烧的世界。而且，天呐，他真做到了。你应该看看1945年的柏林。熊熊燃烧的世界。Götterdämmerung。

——那是什么意思？蒂莫西问。

——《诸神的黄昏》，瓦格纳的一部歌剧。希特勒非常喜欢瓦格纳。

——《诸神的黄昏》。蒂莫西慢慢重复着。这些词古怪得令人心潮澎湃。

——结尾是，叫什么名字来着，布伦希尔德，在齐格弗里德的葬礼上投身柴堆。

——希特勒的尸体不是与伊娃·布劳恩的一起烧掉的吗？

——对。在总理府的花园里，苏联人就在半英里开外。楼都着着大火，到处都是炮弹在爆炸。要是再有音乐，就齐活了。而且，你知道吗？给他们证婚的人就叫瓦格纳。简直是没治了。

——但他们从来没有发现尸体，是吧？

——那是苏联人那么说。文斯瞥了蒂莫西一眼，咧嘴笑起来。你认为他可能还活着，藏在什么地方？

——不是。蒂莫西说。他看着无尽的树浪，密密麻麻，无法穿过。他是在哪儿读过或听到这个故事来着，说希特勒和他手下的人假扮修女，藏在修女会里？他记不起来了。一朵云彩遮住太阳，树叶暗了下来。他能理解为什么这片地方叫黑森林了。

唐笑了。

——你真是个小保守党啊，是不是，蒂莫西？

——不是的。他说。可艾德礼真是个软蛋。要是丘吉尔当首相就好了。

——你崇拜丘吉尔？

——他打赢了战争。蒂莫西简单直接地说。把他赶下台是不公平的。

——世界上没有其他任何国家可以做到这一点。这正是这件事如此了不起的原因。

——了不起？我就管它叫腐朽。

——但是你明白这说明了什么吗，蒂莫西？世界上没有其他任何国家会投票，让一个刚刚领导他们在大战中胜利的人下台。你能想象德国人这么做吗，就算给他们这个机会？法国人？美国人？这说明你们英国人把政治放在爱国主义之上，就是这样。这就是英国永远不会出现独裁专制的原因。

——美国怎么样？

——我们有个人想试试。唐说。他叫麦卡锡[①]。

巴登巴登是个度假小镇，有颜色明快的建筑、绿色的草坪、花坛、喷泉和彩旗。一条不宽的河穿过镇中心，水流湍急，形成一系列小瀑布，镇子里到处都有流水的声音。巴登巴登在法国占领区，

①约瑟夫·麦卡锡（Joseph McCarthy，1908—1957）是美国共和党政治人物，在他的煽动下，20 世纪 50 年代初期美国国内掀起反共高潮，被无端迫害者无以计数。

身材瘦削、面色蜡黄的法国士兵身穿点缀着猩红色徽章的紧身军服，与坐在阳光下或在河边散步的平民混在一起。

他们入住的酒店在镇中心一条陡峭的鹅卵石街道走到一半的地方，有一种老式的豪华和端庄。厚厚的地毯和高高的天花板让他们这伙人把激动的叽叽喳喳声都放低了；长长的走廊两侧的墙上挂着沉重的镀金框镜子，在他们走过时，那些镜子似乎都在充满鄙夷地映出他们身上花里胡哨的运动服。蒂莫西自己住一间房，独享一个连带的浴室。浴室里配有三套水龙头，用德语分别标着“淋浴”“淡水”和“温泉水”；墙上挂着一个带木制手柄的大号温度计，还有一个沙漏。当凯特来接他坐车去高尔夫俱乐部时，他正在入迷地摆弄这些装置。路上，她给他指出赌场：一座巨大的白色新古典主义建筑，石柱是科林斯式的，令人意外地纯洁、高雅。他本以为会更花哨一些。

高尔夫球场位于城外的山麓小丘里，离镇子约两英里远。他们在俱乐部的露台上吃午饭，俯瞰着最后一个果岭；印着明快条纹的遮阳伞下，一张张白色桌布已经在果岭上铺好。德国、法国和美国口音交杂，其间还混有餐具轻轻碰撞和碰杯的叮当声。长长的绿色球道在他们下方延伸，他注意到他们左边有个酒店，是幢小木屋，屋檐埋在树林中，一个椭圆形的小游泳池在阳光下眨着眼。

——这才是生活啊，是吧，蒂莫西？凯特说。

他们点了鳟鱼配沙拉和煎土豆。文斯建议点白葡萄酒来搭配。

——我喝瓶啤酒就好了。梅尔说。别忘了，我们今天下午还得打高尔夫球呢。

——去他的。露丝说。我清醒时都打不着球，还有什么好在乎的？

梅尔和文斯的高尔夫球打得很有水平，他俩打一场比赛。其他人打四人对抗赛，凯特和格雷格对多特和露丝。多特看上去技术相当不错，而其他人都是初学者。蒂莫西快速地按照水平由高到低给他们排名：凯特，格雷格，露丝。他们租了小推车来装高尔夫球包，蒂莫西自愿给凯特推车。

文斯和梅尔把球打得很高，球顺着球道飞远，他们肩并肩大步追去。其他人花了长得多的时间才开出第一个球，在球场上的进度又慢又不稳定。他们挥杆结果打空；从草地上削起大量草皮；在深草区里丢了无数的球；要不就是把球切进错误的球道，跟其他人的球局混在一起。他们笑骂成一片，都想在分数上作弊。

蒂莫西感到很无聊，直到凯特让他替她推杆。在沃辛市立高尔夫球场高低不平的果岭上，他拥有丰富的推杆经验；由于他的技术，凯特和格雷格开始追平多特和露丝。

——你太棒了，蒂莫西。凯特在他打进一个十六英尺的推杆时说。你应该去参加比赛。

格雷格躺在河岸上鼓掌，那河岸有一半由果岭围住，绿草如茵。

——这草地跟天鹅绒一样，怎么打都能进。蒂莫西谦虚地说。

——嗯，这的确是欧洲最好的球场之一。凯特说。世界各地的高尔夫球手都来这里打球。小心！

蒂莫西脖子一缩，球从他头顶"嗖"的一声飞过，消失在果岭远端的深草区里。露丝一瘸一拐地站上沙坑的边缘，叼着根烟，歪戴着棒球帽。

——嘿，你们看见了吗？我真的打中了！嘭！她紧绷着脸，两手撑在屁股上，四下探看。该死的，现在跑哪儿去了？不是直接进洞了吧？

——也许还真是，露丝。格雷格说。但没进这个洞。往其他的哪个洞找找吧。

——行啊，萨姆·斯奈德[①]，你自己打得也不怎么样。这个倒霉天，太热了！她坐在果岭上，脱下右脚的鞋，扭动着脚趾。这新鞋简直要把我弄死了。

——那个游泳池看起来不错，是吧？多特望着蒂莫西早些时候注意到的酒店说。似乎没人用。

——游泳池？有游泳池？露丝大声叫道。带我去。抬我去。

——水，水。格雷格呱呱叫道。他四肢并用，顺着长满青草的河岸往上爬。

——大家说怎么样？露丝说。咱们别打球了，去游泳吧？

——咱们没带游泳衣。凯特指出。

——没时间假装正经了。格雷格说。而且，我一直都想看看真正的露丝。

——哥们儿，你可真是白活了！露丝兴高采烈地用乌鸦嗓说。

——也许他们能借给我们几件。多特说。我还真需要下水

① 20世纪30年代起，一个名为“萨姆·斯奈德的水上剧院”的花样游泳和跳水表演团体开始于夏天在迈阿密举办演出，后来扩展到美国和世界各地，直至20世纪50年代还广受欢迎。其绝大多数成员为女性，还成功吸引到一些奥运会的运动员参加演出。

泡泡。

——谁说他们会让我们进去游泳的？凯特说。那毕竟是个私人泳池。

酒店的经理先是不解地大摇其头，但几张钞票到手，就允许他们用游泳池了，还找来一些泳衣。泳衣都不太合身，是老式设计。他们从更衣室里出来，看到彼此的样子，都狂笑不止。

——姑娘们，我希望你们都还穿着胸罩。露丝说。试穿这件泳衣的时候我把胸罩摘了，然后有那么一瞬间，我以为我的胸不见了，害怕得不得了。她表演起来，像一个男人在找钱包一样摸着自己的乳房。

他们在阳光下晒干身体，点了冰茶喝。太阳西斜，地上的影子变得很长，这时梅尔和文斯满头大汗地走过来。

——你跑到这里干吗来了？梅尔大声问妻子。我把整个球场都他妈找遍了。

——他输了。露丝说。你输了，是不是，甜心小馅饼？我用女人的直觉就能感到。

文斯证实了这个猜测：

——还剩两洞没打的时候，我就领先三洞了。开球之前我让他先打几杆，但他太骄傲了，不让我让他。

——我的差点[①] 跟你一样。梅尔咆哮着。我今天就是特别不顺。

①差（读chā）点（handicap）是高尔夫术语，是用来衡量球手水平的数值。简单计算法为实际杆数减去标准杆，所以数值越大代表球手的能力越低。部分球场要求落场的球手达到某差点要求，以免他们拖累比赛的进程或打坏草地。

推杆全他妈不进。——你该让蒂莫西给你上上课。露丝说。他是最棒的。

——你们从哪儿弄到的泳衣?

——酒店里的一个好心人给我们的。

——看起来他是从博物馆之类的地方拿出来的。

——眼红了吧,亲爱的。自己去拿一件,也下水游游吧?

——别扯了,都这么晚了。

——也许我们该走了。文斯说。要不然今晚到不了赌场了。

——你说服了我。露丝说。她跳起身来。

——你不喜欢凯特的朋友,是不是?蒂莫西说。

唐看起来有点吃惊。

——我觉得这是相互的。

——那你为什么不喜欢他们呢?

唐似乎要说什么,但又犹豫了。他们沉默地沿着哲学家小径走着,昆虫在路边草地里嗡嗡鸣叫,车水马龙声从山下远处的城市隐约传来。

——我们别再谈这个话题了。他最后说。他们是你姐姐的朋友。

——我不会告诉她的。蒂莫西说。

唐笑了。

——我喜欢你姐姐,反正。这是相互的吗?

——我不知道……我觉得是吧。你不觉得她太胖了吗?

——没有。唐笑着说。我觉得她不胖。这个你可以告诉她，如果你愿意的话。

他们回到酒店洗澡换衣服，然后开车到文斯和格雷格发现的一家在山里的小餐馆。是个老房子，屋顶弯曲不平，只能招待二十位客人，格雷格说必须提前几天订座。这顿饭吃了很久很久，有鹿肉——据文斯说是在黑森林中用弓箭打来的——和朗姆酒煎蛋卷，多特吃了直打嗝。她一直在说不好意思，格雷格问他们听没听过一个美国人在巴黎的一场晚宴上的故事：一位女士放了个屁。

——坐在这个美国人旁边的一个法国人站起来道歉。你这么做干什么，又不是你放的屁，美国人低声对他说。啊，先生，法国人说，在这个国家，我们以勇气著称。几分钟后，还是那位女士，又放了个屁。美国人跳起来说，各位，这个算在我头上！

蒂莫西以前从来没有听过成年人说放屁；他已经喝了两杯葡萄酒，觉得这个故事很有意思，大笑了好久。其他人也开始讲故事，其中有些让凯特朝他挤眉弄眼。他避开了她的目光，脸上挂起精神涣散的微笑，于是他对那些故事的理解程度成了一个未解之谜——实际上确实也是这样。

他们离开餐馆时已经十一点了。巴登巴登的灯光在远处的谷底闪烁。自从走出英格兰以来，他似乎一直身处世界之巅，被指着俯瞰世上的万国，仿佛《圣经》中的耶稣[①]。夜间清新的空气止住了他的哈欠，冷却了他过热的身体。他本来想坐文斯的奔驰敞篷车，但是凯特裹上一条头巾，跳进那辆车的副驾驶座。其他人钻进梅尔的奥兹莫比，跟着奔驰开下蜿蜒的山路。文斯在急转弯处放慢速度，刹车灯在黑暗中像香烟一样忽明忽灭。格雷格坐在奥兹莫比的前座上，旋转收音机旋钮，表盘上的指针扫过乱七八糟的讲话、音乐片段、交响乐、进行曲、歌剧，直到爵士乐响起才停下来。凯特的朋友们对娱乐永无止境的胃口再次让蒂莫西感到震惊。他们的目的似乎是让生活充满没有终点、绵延不断的欢愉，而且如果可能，去同时体验不止一种感觉。他异想天开，在脑海中描绘出在艺术书里看到的六条胳膊的印度诸神—— 一只手里是杯马天尼，另一只手夹着香烟，一只手挥舞着一把叉子，另一只手调着收音机，而第三双手搂着舞伴的腰。

这种生活方式难以适应，因为它公然侮辱着他最深层的本能和原则。他在短缺这所学校里痛苦地学到的那些谨小慎微、安全第一的守则——攒钱；把好东西留到合适的时候才用；推迟享乐或者一小点一小点地享受；生活在期待或回忆里，从不冲动行事——这套系统不可能在一个物资过剩的环境下运转。如果他星期一得到一块巧克力棒，而凯特星期二就能再给他一块，那把星期一的那块的一半剩下来不吃又有什么意义呢？当口袋里的钱足够买两瓶可乐，那

①此处典出《圣经》中的《马太福音》第四章和《路加福音》第四章，讲魔鬼为试探耶稣，带他上一座最高的山，将世上的万国与万国的荣华都指给他看，许诺耶稣若向自己下拜就将这一切赐给他，但耶稣不为所动。

为什么还要只给自己一瓶的配给限额呢？如果下星期安排了好活动，可今天可能就会发生更令人兴奋的事，那么为什么还要期待下星期的事呢？这一天里的新奇和放纵就足以满足在家时整整一年的渴望，而且现在还没有结束。他们沿着螺旋式的道路向下，朝着新的快乐目标俯冲。半小时前，他已经准备好去睡觉了。而现在，凉爽的夜间空气让他重新振奋，进入物资过剩世界的精神状态，希望这个夜晚继续下去。他对自己感到惊讶，并用某种轻蔑的眼光回顾自己以前的存在。在他看来，由于怯懦和不知道更好的事物的存在，他多年来一直在做一些自己不是真正想做的事情。现在他发现还有另外一个世界可以加入，一个欢愉充分存在的世界。

——你听说过追营者吗？唐说。每支军队后面都跟着第二支军队，靠第一支军队生活，被他们保护和容忍，在垃圾堆里翻找第一支军队还没有劫走或毁掉的东西……我得说这里的行政机构有时候让我联想起这个，追营者。只是他们穿得并不破烂，背上也没有大包裹。他们穿布克兄弟的西装，有与行头搭配的行李，坐着锃亮的大别克招摇过市。

蒂莫西偷偷瞅着唐磨损的袖口和脏兮兮的棉布裤子。

——但是过得好也不是他们的错啊。他语气平和地说。

——可能是吧，不过他们也不配。唐说。为什么是由他们来继承这个世界？

——你为什么这么说？

——他们像过去的贵族一样生活。但是，贵族对我来说永远都只能基于血统，而不是基于美元。这些人里的大多数要是回到家乡，都不值得让别人多瞧一眼，而且他们自己心里都清楚这一点。我不是在说你姐姐，现在。

——哦，当然不是。蒂莫西说。虽然他看不出为什么不是。

——我说的是我的那些同胞。他们要是回去，就是个普通人，坐在后院里，不知道今年是不是能换辆车，计划着去大西洋城的假期。在这里，他们可以像国王一样生活。欧洲是他们的游乐场。他们只是很走运。

——在这里？你的意思是？

——在正确的时间在这里。当德国人——而且不仅仅是德国人——开始从地洞里爬出来，清除瓦砾，重建城市，酒店和餐馆和景点和赌场重新开张的时候——在这里生活的人中只有他们恰好有足够的钱来享受。只有他们没有货币问题，没有护照问题，没有签证问题。当然，他们不能往东边去，但毕竟他们也不会想去。那儿没有快乐。现在主要还是瓦砾。

——你的意思是，在铁幕演说之后？你到过那里吗？

——我有一次要去华沙，什么都准备好了。我有签证，一切需要的东西。

——那你为什么没去？

唐耸耸肩。

——参加共产主义者主办的会议被认为是反美行为——我去就是为了这个，参加一个青年会议。他们说，你可以去，伙计，但我们不会让你回来。他们会没收我的护照。

唐举手搭起凉棚。顺着他的目光，蒂莫西沿着河朝东边的上游望去。那里有一个小水坝，要不就是瀑布，水流飞溅。再往东有个船闸；船闸后面，河流迅速消失在内卡河谷青翠的崇山峻岭之中。

——难以想象，是吧？唐说。再往东走几百英里，你都不会知道战争已经结束了。瓦砾。领取食物的长队。秘密警察。

——那你为什么要去那里呢？

——很难讲……我觉得，如果你去想想欧洲不过几年前发生的事，麻衣和灰尘[1]似乎比夏威夷风格的衬衫更适当一些。

蒂莫西思考了一会儿这句话。

——这就是你喜欢英国的原因吗？他问。

他在巴登巴登的酒店房间里醒来，发现夜里他把自己紧紧地裹在了羽绒被里。荒谬的是，这似乎是酒店提供的唯一一种床上用品，于是他全身都被汗水浸透了。他很渴，头很疼。他想，这难道就是宿醉吗？他在赌场只喝了两杯葡萄酒和一杯叫汤姆·柯林斯的鸡尾酒。

记起那杯酒之后后，其他的赌场图像在他头脑里释放出来。浮华艳丽的装饰——镜子、吊灯、壁画。天花板上绘着巨幅裸女，标着“财富”“高贵”“工业”和“农业”[2]，帷幔挡住她们的私处。轮盘转动时的咔咔声和筹码的嗒嗒声交错混杂，形成一刻不停的背景噪声，像蟋蟀的鸣叫。凯特站在赌场大厅的门槛上，鼻孔张开，双

①英语中，麻衣和灰尘表示哀悼，源自古希伯来风俗，《圣经》中有多次描述。

②原文为法语。

眼放光，喃喃自语道：真是想都想不到啊，是不是，蒂莫西？几个小时之后，他们拖着疲惫的双腿蹭到停车场，她低声说：别去问文斯赢了多少。他运气不好。

他的手表停在七点二十分，但他觉得现在已经远远过了这个时间，因为明亮的阳光透过百叶窗的缝隙照进来，已经有点刺眼了。他去洗脸盆那里，对着水龙头喝了个饱，又用冷水泼了脸。他把百叶窗拉起来，阳光和清新的空气顿时涌入房间。他看着窗外的美景，情绪不可抗拒地高涨起来，高过镇子上的屋顶和带围墙的花园，高过青翠的山峦，直冲向蔚蓝的天空。

他在酒店餐厅的露台上找到了凯特。她独自坐在桌边，抽着烟，戴着太阳眼镜看杂志。

——嗨！她向他问好。睡得不错吧？我不想叫醒你。

——几点了？

——快一点了。

——我的天！弥撒怎么办？

凯特做了个鬼脸。我想已经太晚了。我去问问服务员吧。也给你要点吃的当早午餐。

——什么是早午餐？

——你觉得是什么？

——早餐和午餐，我猜。真的有这个词吗？

——是个美国词。

——真是典型啊！

服务员告诉他们，镇子上的最后一场弥撒是在十二点。

——你不会真的介意吧，蒂莫西？

——不，我不介意。睡过头又不是我的错。早午餐都吃什么？

——你想吃什么都行。这是它的妙处所在。

他点了新鲜葡萄柚、炒蛋配火腿和香肠、苹果馅饼和咖啡。凯特告诉他其他人已经又去打高尔夫了。

——你不是专门为了我留下来的吧？

——不是，今天下午我有点事情要做。每次到巴登巴登，我一定要做这件事。如果你乐意，可以跟我去。

——哪里？

——我们去年夏天来这里时，我发现了一个孤儿院。

这时服务员把葡萄柚端上来，这让蒂莫西得以隐藏自己的兴奋。水果切得整整齐齐，他舀出一块，吞下去。

——孤儿院？他用随便的口气重复道。

—— 一个星期天，我看到一队可爱的小孩子从教堂里出来，我去跟一个带着他们的修女交谈。其实吧，前一天晚上，我在赌场很走运，所以一激动就给了她一百马克，捐给这个孤儿院。格雷格管这叫良心钱，不过她很感激。她哭了，蒂莫西。我感觉很过意不去——毕竟，一百马克对我来说算得了什么呢？

凯丝抽了一下鼻子，优雅地在纸巾上擤了擤。

——那么长话短说，修女邀请我参观孤儿院，于是我以后就常来这里。我总是给孩子们带点糖果，有时候是一小笔捐赠。小伙子们一般也会给我一些东西——他们很慷慨，虽然也会拿这件事取笑我。格雷格叫我“慷慨女士”。你今天下午跟我去吗？

她的语调很轻，但他认为自己从她眼中看出了焦急的请求。

——嗯，好的。他向她保证。我去。

——我一直对东欧有种情结。唐静静地说。声音很小，蒂莫西几乎听不见他说的话。我从没去过东欧，但似乎又觉得自己了解那里，就像了解自己的家一样。我是指波兰，东普鲁士，那片地方。那儿来来回回打了太多次仗，土壤肯定都跟骨粉肥料一样了。城镇有时候是波兰语名字，有时候是德语名字，再下一次又变成了俄语名字。但是地方都是一样的。那片土地被诅咒了。最坏的事情都发生在那里。

他沉默了，但蒂莫西也没有什么可说的。

——天色很灰暗。而且寒冷——在我的想象里，那儿一直都是冬天。灰色的天空，地上一层薄薄的脏雪，平坦而泥泞。空气中飘着烟雾，湿润的微小灰尘落下，像毛毛雨一样——不过我们现在不说这个。在某个地方有一个火车头在转换轨道，可你看不到，只能听到，听到货运车厢叮叮当当地响，那些货运车厢——不过我们现在也不说这个。

他又停了下来。困惑不解的蒂莫西仍然保持沉默。

——我试图去华沙那一次，其实我根本不想去华沙，也不想去开会。我只想去奥斯维辛。

他似乎在期待蒂莫西做出回应。

——我曾经在哪儿听过这个名字。他说。是不是拿破仑的一次——

——那是奥斯特里茨[1]。我的天！唐慢慢转过头来看他，你的意思是，你不了解奥斯维辛？

——是集中营吗？像贝尔森？

唐点点头。

——是灭绝营。有一点微妙的区别。

——我一开始就是那么认为的，可我想不出来你为什么要去那里。蒂莫西辩解道。有唐在身边就会有这种麻烦——总是有某种压力，像是一直在考试。

——我想试试看，是不是如果我真的看到了这个地方，就能不再梦见它了。

——你梦见集中营？

——经常。你看，我在集中营里，问题是，我是波兰人还是犹太人？其实我都是。我的祖父母来自克拉科夫——离奥斯维辛不远。他们在美国相遇——如果是在波兰，他们就不能结婚了。祖父是基督徒，或者说是前基督徒，而祖母是犹太人。波兰人和其他人一样恨犹太人，也恨德国人和俄国人。德国人和俄国人恨波兰人，也彼此憎恨。他们唯一的共同点是他们都恨犹太人。犹太人在最底层。知道那首诗吗？不知道？不管怎么说吧，在梦里，我总是否认我是犹太人。不，不，指挥官先生[2]，我不是犹太人。雅利安，纯雅利安。把我关进集中营也没关系——我明白——现在是战争时

①奥斯特里茨（Austerlitz）战役发生在波西米亚的奥斯特里茨村（今捷克境内）。1805年12月2日。法军在拿破仑的指挥下大胜人数占优的俄奥联军，第三次反法同盟随之瓦解。奥斯特里茨和奥斯维辛（Auschwitz）发音相近。

②“指挥官先生”原文为德语，是对集中营首长的称呼。

期——必须采取措施——但不要把我跟那些肮脏的犹太人关在一起。当然，我觉得自己就是狗屎，但是我想活下去，明白吗？每个人都只为自己。如果能避免，那我可不进炉子——那样也不会救任何人的命。此外，我不是真正的犹太人，只有祖母是。于是，他们不太确定，所以让我离开了。我成了集中营里的一个角色，像学校的看门人，你明白我的意思吗？穿着劳动布的老家伙，在背景里晃荡。手里总是有一把扫帚——可以倚着。你总是可以马上变得特别忙，忙着扫地。他们将妇女儿童单独赶到消毒区时，你精力突然充沛起来。扫啊扫。我什么也没看见。扫地太忙了。我喜欢保持这个地方干净整洁，指挥官先生。有没有可能拿一把新扫帚，指挥官先生？扫帚毛都快扫没了。军官们发现，他们如果时不时用意第绪语问我问题，那我就会生气，但他们并不真的想把我干掉。我对他们太有用了。我知道营里的所有八卦。但是当他们做那些事时，我吓得屎都出来了。

过了一会儿，蒂莫西问：

——梦是怎么结束的？

——没有结束。这就是我想去奥斯维辛的原因。

一切都与他梦中的或想象的一样：一座老房子，散发着优雅的味道，在巴登巴登郊外，有沙坑和秋千的花园，孩子们穿着罩衣，凯特一发糖果就围在她身边，修女温柔地微笑，一个鬈发的小女孩在其他人散开后从草地上跑过来，凯特抱住她，把她高高举起，在空中摇来摇去，对蒂莫西说，你觉得这个小女孩怎么样，她多可爱啊，是不是？他的回答来得正是时候：

——她是你的吗，凯特？

她差点没把孩子摔到地上。

——什么？她茫然地说。

他觉得自己的内心在尴尬地退缩，但还是强挤出一个微笑。

——开个玩笑。他说。

——哦。她用疑惑的眼神打量了他一眼。

——这些孩子是从哪里来的呢？他问。他特意换上一副认真的表情，想强烈表示他前面那个问题是轻率无礼的。

——有些大一点的孩子在战争末期失去了父母，在空袭中。或者他们只是迷路了——那时候躲避苏联人的难民很多，德国一片混乱。当然，这个是在战争之后才出生的——是不是，小可爱？

凯特把孩子放在地上，拿出一块巧克力棒。她侧过脸来想让孩子亲，但孩子马上跑走了，把自己得到的奖励给修女看。凯特笑着朝修女耸耸肩，修女也朝她笑着摇摇头。

——如果那个小女孩的父亲是美国兵，或者法国兵，那没什么可奇怪的。凯特说。

——或者英国兵。露丝说。为什么不是英国兵？为什么把所有的私生孩子都怪在法国佬和美国兵头上？

在回海德堡的路上，凯特一直在奥兹莫比里描述这个小女孩。黄昏时候，树木飞速掠过，但巨大的汽车里几乎像客厅一样平静安宁。

——英国士兵是有道德的。蒂莫西从后座上说。他发现要逗笑美国朋友，说点捍卫英国的爱国主义陈词滥调是最好的办法。娱乐似乎是他唯一的货币，可以用来偿还他们给他花的美元和马克。正如他所预料的，露丝嘎嘎大笑起来。

——我在汉堡的朋友不是这么跟我说的。多特说。他们说绳索街[1]这几天就像老肯特路。

——绳索街是什么？蒂莫西问。

——你不用知道。凯特说。

露丝咯咯笑着。

——凯特想保护你的纯洁，蒂莫西。但我猜你没有什么不知道的，对吧？

他提出另一个问题来回避这个问题：

——德国姑娘难道不介意……跟占领军在一起吗？

弓着身子趴在方向盘上的梅尔“哼”了一声。

——她们中的大多数为了钓上一个美国兵，什么都做得出来，掉一条胳膊都行。

——美国兵要的可不是她们的胳膊，亲爱的。露丝哧哧地笑着说。

——现在变了。多特说。德国姑娘可比以前更挑剔了。

——对。梅尔说。有一段时间，随便你看上哪个德国姑娘，只要用一块好时巧克力棒，就能拥有她。

①绳索街（Reeperbahn）是汉堡的夜生活中心，德国主要红灯区之一。披头士未成名时曾在绳索街的几处酒吧演出。

——是啊。露丝说。现在是两块好时和一块银河系巧克力。通货膨胀，哪哪都一样……别管怎么说，蒂莫西对德国姑娘不感兴趣，是不是啊，蒂莫西？

——对。

——你想跟一个温柔的纯正美国高中小女生约会，对吧？

——错。他说。我现在这样挺好的。

——交给我，蒂莫西。露丝说。我给你找一个。

——放过小孩吧，露丝。梅尔说。他有足够的时间找女人。不过对你没什么好处，蒂莫西，我跟你保证。而且不管怎么着，都别结婚。

——现在给我消停一下！露丝抗议道。

——就说希特勒吧。他单身时过得好好的。他和伊娃·布劳恩结婚，然后又怎么样了呢？第二天，他输掉了战争。

露丝虽然大笑不止，但还是捶了丈夫一拳，车稍微晃了一下。

——别胡闹行不行？他喊道。但他很高兴自己讲的俏皮话效果不错，咧开嘴笑了。他拨动仪表板的一个开关，头灯射出光柱，刺穿越来越深的暮色。

——有小伙子们的踪影吗？凯特问。

——嘿，他们现在应该到海德堡了。他小声说。文斯在赌场大输一笔之后，就会拿那辆车撒气。

但上帝为什么让希特勒活到最后呢？一直活到为了抓到他，或者为了保卫他，死了那么多人。或者被困在两者之间，那就是难民。或者在集中营里，每天光在奥斯维辛就是一万人，唐说。如果七月密谋成功，也许有一百万人就会活下来。也许更多。但有人挪动了炸弹，希特勒幸存下来。还有其他几次尝试，文斯说。但炸弹没有爆炸，要不就是希特勒在最后一刻改变了行程。有一次一枚V1转了个弯，落在希特勒的地堡上，但他没有受伤。他觉得自己有神灵保佑，这你总不能说是他不对吧？文斯说。但为什么上帝会去保护希特勒？

——那是你的问题，蒂莫西。唐说。我不是基督徒，我什么都不是。但是，如果我是基督徒，那么我不应该去猜测当时上帝在做什么，我会问其他基督徒当时在做什么。比如说教宗。

——他是中立的。教宗必须中立。

——我不是说战争。我说的是集中营。对集中营怎么还能保持中立？

——啊，也许他不知道。在战争结束之前没人知道，是吧？

——他知道。很多人都知道。也许他们不信。这是我能想到的唯一借口。现在就很难再相信上帝全知全能了。

——但他能做什么？他被困在梵蒂冈。

——他可以发表演讲。他可以自己上十字架。

——这不公平。

蒂莫西觉得受到了伤害，心里很困惑。教宗是不能被责备的。教宗是个好人。据说他是个圣人。

——对，这不公平。但只是因为这是我说的。我没有权利去说。我只是倚在扫帚上罢了。

梅尔九点左右把他们送到了云杉大楼。

——那么下星期五再见你们俩了，如果不是在之前的话。露丝说。

——我还没有告诉蒂莫西。凯特说。

——哦，你会喜欢的，蒂莫西。露丝说。

——什么事啊？奥兹莫比开走后，他问道。

——下个周末，我们都去加米施——在巴伐利亚的阿尔卑斯山里。

——天呐！有多远？

——呃，我不知道，几百公里吧。我们坐火车去，卧铺，星期五晚上走，星期一早上回来。美军在那儿有一个休假中心。那儿绝对是另一个世界：山脉、湖泊……

——我们做了什么需要休息的事吗？因为这个周末？

凯特大笑。

——你说的话最有意思了，蒂莫西。那儿实际上是为士兵准备的—— 一个让他们度假的地方。游泳、观光、冬天滑雪、夏天滑水——应有尽有。滑水玩过吗？

——没。

——文斯非常擅长。我从来就不得要领。来看看有没有信吧。

鲁道夫的小办公室是空的，但门没锁，凯特从墙上的小格子里把信拿出来。

——妈妈寄给你的卡片。她说。她给他一张沃辛风光黑白明信片，分为六小块。他翻过来扫了一眼背面。几句关于馅饼的话。

——顺便说一句。凯特在往房间走的路上说。鲁道夫提出这星期带你出去一天，他有一天的假。在乡下骑自行车，他说。我说你会乐意的。你乐意吧？

——我不知道。我怎么弄到自行车呢？

——他说他可以给你借到一辆。他真是个好孩子。你跟他聊过天的，是吧？

——就一小会儿。我其实不知道该聊点什么。

——聊英国吧。鲁道夫非常喜欢英国。

——我觉得很难为情。他是战俘。

——你不用非得说战争，我从来不跟德国人谈论战争。他们想忘掉，就像大多数人一样。哎！这里太闷得慌了！

凯特拉起百叶窗，打开窗户，背着身子对他说：

——家里有什么事吗？

——没什么，他们问你好。想看看吗？

——过会儿吧。我煮点咖啡，做几个三明治。

——用我帮忙吗？

——好，你真是太体贴了，蒂莫西。

他喜欢去公共厨房：闪闪发亮的白色和不锈钢的台面、厨具、嗡嗡响的巨大冰箱。打开冰箱的门，里面的灯亮起来，好像战前的商店橱窗，梦境一般。凯特让他拿墙上的开罐器开一罐金枪鱼。开罐器的头掉了，用一块小磁铁跟手柄固定在一起。

——在这儿能买到这种开罐器吗？

——在福利社？当然能了。为什么这么问？

——我觉得可以带一个回家给妈妈。

——这主意不错。你觉得她可能会用吗?

他想了一下。

——不会的。他说。他们都笑了。

凯特从冰箱里拿出一条带包装的面包，切下几片。

——家里的厨房还是那样吗?

——什么意思?

——橱柜的门是不是还是老卡在门后的把手那里?

——我想是吧。

——那个绿桌子的抽屉是不是还是很难拉出来?

——对。

——那破绿桌子还没扔啊?还是那块方格子的油毡吧，我敢肯定。

——现在有点发白头了。图案都磨没了。

凯丝叹了一口气。

——听起来好像没什么大变化。有人冲厕所时，冷水是不是还是下来得很慢?

——是，不过敲一下管子水就下来了。问题在于，这样有时会把锅炉烟囱里的烟灰也带下来。

凯特笑着摇了摇头。

像往常一样，凯特已经吃完这顿简餐时，他还在吃。她点上一支长长的蓓尔美尔牌香烟，坐回扶手椅上。

——你喜欢这个周末吗，蒂莫西?

——太棒了。

——孤儿院没让你觉得无聊吧？

——没有，挺有意思的。

凯特沉默了一会儿。他预感到要发生什么，咬了一大口最后一个三明治。

——你说“她是你的吗”是什么意思？就是那个小女孩？

——我不知道我为什么会那么说，真的。他喃喃道。

——嗨，直说吧，蒂莫西。你一定有什么想法。

她耐心、无情地等他回答。他不自在地在椅子上挪了挪身子。

——嗯，你为什么一直不回家呢？他终于说。

凯特爆发出一阵大笑。

——是这么回事啊！你一直在想这个？我是未婚妈妈？啊，亲爱的，你都不知道，这简直太有意思了。她笑着摇头，虽然笑声有点像硬挤出来的。我很可能是海德堡还剩下的最后一个处女了。

她在烟灰缸上弹了弹香烟，虽然其实没有什么烟灰。

——我没这么想。他说。

——你不用告诉我。妈妈这么想的，对吧？

——有一天我听到她跟爸爸讲。她不知道我在听。

——那爸爸说什么？

——他不信，我想。但他很担心。我不信，真的，但你把我带到孤儿院，好像就把这个想法放进了我的脑子里。而且你必须得承认……

——什么？

——好吧，你好久没有回家了，有点儿不对劲。

凯特摁灭香烟，又点上一根。

——我来告诉你为什么我不回家。原因很简单，有两个：一是我不能再忍受了，二是害怕他们把我留下来。

——把你留下来？

凯特不耐烦地做了个手势，在空中划出一道烟雾的轨迹。

——是，他们当然不能强把我留下，不顾我的想法。我的意思是，我不愿意去再面对那些争吵、指责、反唇相讥。我不想伤害他们，所以也不想告诉他们我真正的想法。

她解释说，她不想到了最后不得不告诉他们，说她讨厌他们破旧的小房子，房间小得在家走动时总会碰到家具，大家一年里有半年都被困在后面的客厅里，因为房子的其他地方像坟墓一样冷、一样潮湿。

——你知道吗，上次回家时，我有双鞋放在卧室里，结果居然长霉了。那个圣诞节我简直郁闷到家了。

她迫不及待地想回到海德堡，数着日子盼着休假结束，最后编了一个借口，比计划的提前回去了。仅仅是早晨拉开卧室窗帘就足以让她感到恐慌，好像溺水一样。只要俯瞰那些简陋的屋后小花园，里面搭着小屋、煤棚、工具棚、自行车棚，在潮湿的空气里摇摇欲坠、慢慢腐烂。还要看那些穿着旧套头衫和裙子的女人们用头巾遮住发卷，在寒冷中缩成一团，隔着篱笆扯关于土豆价格的闲话，要不就是把湿漉漉的衣服挂出来晾。上千个烟囱冒出浓烟，落下的烟灰有多少可想而知——从灰尘落上窗台开始算，一小时后，用手指顺着窗台，都能抹下一层黑渣。寒冷和潮湿和尘土。

——我再也忍不了了。我意识到，我在冬天从来没有真正感到过温暖和洁净，直到我离开家。如果再回去，那真的不行。

躲开四处乱窜的冷风，蜷缩在火炉旁边，腿热得发烫而后背却冰凉，每当有人开门关门，火炉就会往屋里喷一小团烟雾，于是圣诞卡从壁炉架上掉下来。

——为了那倒霉的火炉费了多少力气啊！吵了多少架啊！而且它甚至都不能让人暖和。我以前一直想有个舒适的小房间，想在温暖的浴室里冲热水澡，于是我不知道在家待着还有什么意义。我在家的时候就洗了一次澡，一次就受够了。但是我怎么向爸爸妈妈解释呢？

她怎么能说得出口——这不是个人感情的问题；她没有对他们生气；她知道，大多数人因为战争和战后的物资短缺，都不得不过这样的生活。但她已经习惯了另一种生活水准，假装可以再习惯回去是没有用的。

——有一天，我去西区买点东西——并不是说店里有什么值得买的，而是一个出门的借口。回来时太晚了，赶上了高峰时间。我都忘了那是什么样子的。

她觉得自己就要晕倒了。她被挤进一个隔间，十几个人站在两条长椅之间的狭窄空间，抓住行李架保持平衡，与此同时还试图看报。挥之不去的香烟烟雾和人身上的味道，腐臭难闻。水珠凝结在窗户上，再流下来。她想，只差那么一点儿，自己就会成为这些疲惫不堪的旅客中的一员，像受了诅咒似的，在这辈子要上班的日子里每天都得这么折腾两次。于是，她发誓永远不会回来。

——永远？

——你在这儿待了也有一段日子了，应该看出来为什么了吧，蒂莫西？就想想刚过去的这个周末。在英国，我能不能过上哪怕一点点这样的生活？

——嗯，我知道，但是……永远？

——我的意思是，不会再回到那边，不会在那边定居了。不是说不回去看他们了，虽然我知道我一直在拖。上次由于朝鲜的事情没法回去，其实我暗暗松了一口气。这个告解够可怕的吧？但假装也是没有用的。人应该思念家乡，思念家人，是不是？可是你知道吗，我从来没思念过他们，就算在我被疏散走那时候也没有。我小时候曾经想过自己是不是被收养的，因为我从来没有感到我像孩子应该做的那样，真正地爱过父亲母亲。

——你说这话是认真的？

——是认真的。当然了，在家里他们更喜欢你，这又加重了我的那种感觉。

——他们更喜欢我？

——嚯，当然是你了！而且我们岁数差得这么多，这让我确定我是收养的，因为他们觉得他们不会有自己的孩子了，然后你意外地来了——这其实是真的。

——是吗？

——对啊。在生了我之后，医生告诫妈妈别再要孩子了——显然生我的时候很困难。但是生你的时候一切顺利，于是自打那时候起，她心里对你一直就有一种特殊的怜爱。

凯特从烟盒里又抽出一支烟，也递给他一支。

——哦，我老是忘。

——我抽一支试试吧。他说。

——天呐，我真的把你教坏了，是不是？以前抽过烟吗？

——有过一两次。

在学校的自行车棚里偷偷分着抽忍冬牌香烟，苦味的烟叶碎片留在舌头上。这次不一样。嘴里的烟雾软绵绵的，像棉球一样。他咳嗽了几下。

——我以前想知道为什么家里就我胖，你们都不胖。一切似乎都在暗示那个方向。不过有一天，我发现我真的是妈妈的孩子。但当时有点令人震惊。

——为什么？

——报名参加空军妇女辅助队时，我得把出生证明拿到征召办公室去。我以前从来没看过。嗯，那确实证明了我是亲生的。但在同一个信封里还放着爸爸妈妈的结婚证。我看着证上的日期，发现我是在他们婚后六个月时出生的。

她意味深长地看着他。

——所以呢？他说。

——唉，蒂莫西，比起我像你这么大的时候，你肯定在生命这方面懂得更多吧！这就是说，我是非婚怀孕的产物，就像人们说的那样。

——我的天！他说。他脸涨得通红。

——这事很能咂摸出点味道，是不是？实际上我觉得还挺好玩的。妈妈和爸爸显得似乎更有人情味儿了。但是当时我很震惊。他们一直看不惯我涂口红、在外面待到太晚，其实他们才真是伪君子。当然，那才是他们本来的样子。经典情节。你的烟怎么了？

——灭了。

——烟可不会自己灭。她咯咯笑着，拿自己的打火机给他再点上。等你抽完，我必须得把你送回去了。已经挺晚的了。

但不知为什么，她没有把他送回多洛雷丝的房间，这是很长时间以来的第一次。他们推倒了太多的障碍，打开了太多的门，已经很难停下来了。他们顺着倾吐心声这条无止境的斜坡一起往下滑。她说话时，他几乎可以感觉到自己的年岁在增长，大脑在这么多新信息的压力下膨胀——就像晚上他在床上伸展四肢时的那种疼痛感，母亲把那叫成长的痛苦。这天晚上他终于躺在床上时，虽然已经很晚了，他也很累，但他很长时间都睡不着，脑子里播放着他们的谈话的各种片段，听着凯特的声音说：

——真不知道在巴黎的那一年我是怎么撑下来的。我觉得我真是太纯洁了，让男人们都忘记了呼吸。他们真的不知道怎么勾引一个基本上一无所知的女孩。我的意思是说，我会让一个家伙带我进城，请我吃顿饭，东西都是黑市上搞来的，贵得要死，然后再带我去夜总会，然后这个夜晚结束时，我会跟他握手。握手！他们一定觉得……不过只有一个人表现得特别下流。他有次打电话到我办公室找我，管我叫调情的浑球。我甚至不知道他说的话是什么意思。我记得我拿出最好的秘书的态度问他，请问您可以再说一遍吗？他还真重复了一遍，用军队的字母代码——你知道的，P 是 Papa，R 是 Roger[①]，我一个字母一个字母全写下来，盯着它，然后大概猜出了它的意思，猛地摔下电话。我想他可能脑子有点问题。不过我觉得他说得对，真的。当然，那时候我还是个天主教好女孩。在出租车后座的一个拥抱就会让我跑去忏悔。我头脑里从来没有过跟男人睡觉的念头。

——然后我陷入了爱情，动了真情，"嘭"的一下。他叫亚当，陆军上尉。我从来没有见过像他那样的人。他一点也不粗野，又温柔又精致又彬彬有礼。他比我认识的大多数男人岁数都大，我觉得他眼里闪耀着太阳和月亮的光芒。我们好像模模糊糊地都同意，将来有一天要结婚，等战争结束以后，但我不敢去想——那时候你过一天算一天，因为战斗还在继续，你永远都不知道会发生什么事。所以，他有一天告诉我，他要被调往前线了，问我要不要和他一起在巴黎附近的一家酒店共度我们的最后一个周末，我说好。我不知道具体应该做什么。我知道这意味着我们要做那件事，不论那是什么吧。但我不在乎。无论如何，我觉得自己像个新娘，而不是情人；随着时间慢慢接近那一天，我感到既庄严又害羞。然后，非常巧，他的档案送到了我们的办公室，我看到他已经结婚了，在美国有一个妻子和四个孩子。他去的甚至都不是前线——他被派往布鲁塞尔，而那儿几星期前就解放了。

——我烦恼、怨恨了很久，一直在自哀自怜，即使在被派到德

①在军事、交通等领域，为避免混淆，常为一个字母指定一个以此字母开头的单词，供通话时使用。"调情的浑球"原文是 prick-teaser。

国之后还是这样。是回家让我再振作起来，战后第一次那回。我意识到英国的生活有多沉闷，我能离开有多幸运。我就是一个没有人想娶的胖女孩——那又怎么样呢？我仍然可以过得快乐而舒适，周游世界。而且婚姻到底有什么好呢？我觉得妈妈可没什么生活可言。而且在军队里，婚姻破裂、不忠、离婚，等等，我都看够了（我们在随军牧师部门，这种事见得太多了）。我被派到海德堡，开始新生活，结交新朋友，像文斯、格雷格、多特和玛丽亚。我有一种感觉，我们中的每个人在过去的某段时间里都被深深地伤害过。我们从来不讨论过去或我们的家庭，这只是一种感觉。但是我们有一些共同点。我们想忘记，也许就是这样。我们想活在当下。我们想要快乐和陪伴，不投入感情，不想冒再被伤害的风险。我们在一起确实很快乐，你已经看到了。可这不会永远持续下去。

——我一年前决定不能等到被解雇。我要移民去美国，蒂莫西。我随时都能去，文件都已经提交，保证人也已经谈妥。我什么人也没告诉，除了文斯和格雷格，现在是你。我还没走的主要原因是爸爸妈妈不会明白的，他们会认为我抛弃了他们。我希望你能支持我，蒂莫西，你要让他们明白。我不能无限期地待在这里，英国我也回不去了。你理解的，对吧？我必须往前走，不能后退，而美国是很明显的目标。当然，我也许会讨厌美国，又想回来，但我觉得不太可能。你觉得我不能说自私吧，是不是？我如果回到英国，能期待些什么？一个速记打字员的工作，每星期十英镑，如果走运的话。你不一样，你很聪明，会有各种各样的机会。也许等你长大了，英国会是一个不一样的地方。但对我来说永远不会有机会。而在美国，一个好秘书每年可以挣五千美元。我可以时不时坐飞机回来看你们。或者你可以飞到美国看我，度个假，就像现在这回这样。那多好啊，是不是？你确实理解了，这是我唯一的选择，是不是，蒂莫西？是不是？

他在桥拱底下加了一点阴影，用橡皮再擦去一点，吹去橡皮屑，拿起速写本，打量着。这张画画完了。画得挺好的。桥上的雕像看起来有点古怪，但他从来都不特别擅长人体。除了这一点，其他都没什么问题。会给凯特和她的朋友们留下深刻的印象。但灰色的铅笔稿看起来有点死气沉沉，没有生命。

他拿出一小盒水彩。水。他爬下河岸，走到河边，把水箱装满。用河里的水画这条河是个让人愉快的念头。他爬回原来的位置，开始仔细地给画上色，在那张沃辛明信片的背面上调色，直到母亲的字迹几乎完全消失。

他看了看手表：该走了。他想赶在凯特下班回来之前在云杉大楼冲个澡。唐七点来找他们。他过着充实的生活。他有时候觉得这一定是有史以来所有人的少年经历中最充实的生活。

2

海德堡的学生们经常在一些老旅馆聚会，唐曾经提出要带蒂莫西和凯特去其中一家。他们当时定的日子是巴登巴登那个周末之后的星期一，但是凯特下班回来时说：

——你今天晚上自己跟唐去行吗？你不会特别不高兴吧？那个周末过得我真的一点力气都没有了。昨天晚上还说了那么多话。

——没你就没什么意思了。他忧虑地说。

——有我也没什么意思，我头痛得快要裂开了。

——冲个澡吧——你会感觉好一点的。

她疲惫地对他笑了一下。

——你已经成了淋浴的狂热爱好者了。今天自己都干什么了？

蒂莫西把自己画的老桥给她看。

——厉害啊，太美了，蒂莫西！能不能送给我？我一定好好收着。

——我想寄给爸爸妈妈。我会再给你画一张。凯特，唐今晚特地借了一辆汽车。

——是吗？跟谁借的？

——军队里的某个朋友。如果你不去，他会失望的。

她想了想，叹了口气。

——哦，那好吧。

唐借来的车是一辆破破烂烂的大众。跟蒂莫西最近坐过的车比起来，这辆车显得拥挤而吵闹。发动机运转时，说话声基本听不见。所幸他们用不着开太远。唐先把他们带到一家水上餐厅，是在一条泊在新桥附近的船上。蒂莫西在莫尔肯库尔的露台上俯瞰风景时经常看到它晚上亮起灯来，还问过凯特。看起来真漂亮，是吧？她说，不过有人告诉我菜不是特别好。去那儿的主要是德国人。

——啊，看起来真漂亮。他们靠边停下，唐跳出车子为她开门时她说。这么多灯，还有河水。我一直想来这里。

蒂莫西希望唐没听出她声音里的不诚实，也没注意到他们在甲板上入座时她抽了抽鼻子，好像在猜空气中是什么气味。幽暗的河水确实在微微散发出臭气。唐往他们的杯子里倒水，打趣说水是“刚从河里打上来的”。这个笑话令人有点不太舒服，他注意到凯特一口水也没喝。

蒂莫西并不太享受这顿晚餐，当然菜不是特别好，不过更是因为他不知为何觉得自己对这个晚上负有责任，应该保证社交活动成功。起初，谈话的进展并不是很顺利。他们尝试了一两个没什么共同语言的话题——赌博，唐不感兴趣；政治，凯特不感兴趣——然后谈到在欧洲和美国生活的利弊。

——加利福尼亚怎么样，唐？凯特说。你是不是说过你家人搬去那里了？

——是的，但我从来没有去过。他们好像挺喜欢的，特别是气候。

——听起来像地中海地区，加上所有现代化生活设备。凯特说。如果真的移民到美国，我想我会去加利福尼亚。

——你是这么打算的？唐说。

——哦，只是个想法。凯特轻快地说。将来会怎么样，永远不知道。

——你父母会说什么？

——你父母说了什么？她反问道。

——问得好。唐说。我们去那些旅馆探索一番好不好？

——我觉得去一家就够了，如果你不介意的话，唐。蒂莫西和我打上个周末回来以后都很累。

——没问题。

付账时发生了一点令人尴尬的小争执。凯特要付自己和蒂莫西的那部分，但唐用自己的方式付掉了账单——从皮质零钱袋里掏出钞票和硬币，仔细算好。

他们走进酒吧时，里面的德国人全都抬起头来。其中有一些年轻女子，穿着衬衫和裙子，但身着奶油色亚麻套装、脚蹬高跟鞋的凯特简直像来访的王室成员一样，鹤立鸡群。年轻的服务员给他们在一条长桌旁找到了位子，在她坐下之前殷勤地用围裙把凳子上的灰尘掸掉。

这个酒吧有两个房间，一个比另一个低一层。两个房间都配有长条光板木桌，桌子上深深刻着各种姓名首字母和座右铭。透过弥漫的烟雾看去，沉重的房梁撑着乌黑的天花板；墙壁很脏，贴满了海报、横幅和老式照片，照片里的小伙子们穿着古怪的衣服、戴着有趣的帽子。喝酒的人坐在长凳上，面前的啤酒用厚厚的玻璃缸子盛着。大部分人把衬衫领子解开，卷起袖子，有些人穿着灰色的皮短裤。

——看来这是个学生常来的啤酒坊。凯特说。她摘下手套，好奇地打量着周围。

——你是说你从没到过这样的地方？唐说。你在海得堡待的时间也不短了吧？

——哎，一个姑娘独自到这里来并不是很合适，对不对？而且我的朋友们并不太喜欢这种地方。

——那你呢？

——我还不知道。她笑着说。给我一个机会！

过了一会儿，歌唱开始了。坐在长桌一头的一个男人举起啤酒杯砸一下桌子，吟诵几个词。桌子周围的男人们把这首歌接着唱下去。他们坐得笔直，神情严肃地直视前方，声音洪亮地合唱。唱完之后，酒吧里其他人鼓掌致意，然后继续谈话。歌手们相互微微一笑，喝一大口啤酒。然后，过几分钟，那个带头人又砸一下桌子，起头唱另一首歌。

——我猜这是一个什么协会。唐解释说。他们很可能定期在这里聚会，大家来听他们唱歌。通常还更随便一些——每个人都加入合唱。

——这跟英国的抬膝盖[①] 完全不是一码事，是不是，蒂莫西？

——抬膝盖？唐好奇地问道。但是她刚开始解释时，歌手们又开始了。唱完后，蒂莫西问唐这首歌唱的是什么。

——关于莱茵河的城堡。这让我想起来了——凯特，趁着蒂莫西在德国，是不是应该带他去看看莱茵河？

——啊，是啊，那很棒，可漂亮的那部分实在是太远了。

——我在想，我们下个周末是不是可以来个短途旅行，我们三个人。坐船沿莱茵河北上，在某个地方过夜。有从美因茨出发的船。风景非常美。

——哦，我知道！可是很不巧，唐，我们下周末已经有安排了。我带他去加米施，和一些朋友一起，去那里的休假中心。而那恐怕是蒂莫西的最后一个周末了。

——哦，好吧，只是想想而已。唐说。

——我的最后一个周末。蒂莫西开口说着，为了填补紧随的尴尬和沉默。我都给忘了。

——高兴点。凯特说。离回家还有很多时间。这让我想起来了，我找了人明天陪你玩。换换人，是一些跟你岁数差不多大的男孩子。

——谁啊？他怀疑地问。

——我认识的一个上尉的几个儿子，他叫拉尔夫·默瑟，经常来我的办公室。他可爱的妻子在这里陪他，他们跟三个孩子一起住

①抬膝盖（knees up）是英国俚语，可指任何非正式的聚会庆祝，如唱歌、跳舞、饮酒等。

在已婚人士宿舍里。我提到过你来看我，默瑟夫人今天打电话到我办公室，问我明天让你去他们家玩好不好。你可以跟他们一起吃午饭，她的儿子们下午带你去什么地方。

——我必须得去吗？

——当然不是必须了。凯特说。她紧紧抿住嘴唇，这个表情让他想起母亲不高兴时的样子。

——哦，那好吧。他说。那么，那些小孩都多大了？

——拉里十五岁，我想，另一个小一点。我保证，你去了以后肯定会很高兴的。最近都是成年人陪你，有点太多了，换一换挺好的。

——你想认识我班上的孩子吗？唐问他。也许你可以给他们讲讲英国。

——谁，我吗？

——对啊，你为什么不去呢，蒂莫西？凯特说。你肯定会讲得特别好。

——嗯，我会考虑一下。他说。他由于得到夸奖而心里窃喜。

酒吧里响着下一首歌时，凯特把嘴唇贴在他耳边，低声说，这首结束以后我们就走吧，好不好？他点了点头。硬硬的长凳坐得很不舒服，沉闷的外语歌唱开始让他烦躁。他认为，总的来说，他更喜欢凯特的夜生活方式。尽管如此，当他们两个人走进电梯，上楼去多洛雷丝的房间时，他还是忠实地捍卫了唐的娱乐。

——气氛挺浓的，是吧，那个啤酒坊？他冒险说道。

——那倒是没错！浓得都能用刀子划开了。还有晚饭时那河的气味。哎哟！

——那我倒没有注意。他撒了个谎。不过，除了这些，你喜欢今天晚上的活动吗？

——啊，算是换换口味吧。找到钥匙了吗？唐是个好小伙，但他并不是能让人笑个不停那种，是不是？

——太严肃了，你的意思是？

——他的风格基本是安安稳稳地坐着，让事情自行发生。如果什么都没发生，那对他来讲也完全没问题。现在我喜欢文斯和格雷格的是，他们主动促使事情发生。

——我和唐聊过几次，挺有意思的。蒂莫西在他们走进他的房间时说。

——关于什么？

——哦……战争。集中营。

凯特扬起双手。

——太棒了！我最喜欢的东西就是舒舒服服地聊聊集中营了。

——文斯也总是在谈论希特勒。蒂莫西指出。

——跟我他可不说。听着，我觉得唐的的确确是个很好的人。只不过他不是我喜欢的类型，就是这样。比如说，用零钱袋的男人我就不能忍。

——我觉得他对下周末有点失望。

——失望！在我看来他精神还挺好的。我不是跟随便什么人都出去过周末的，知道吧。

——嗯，按道理我应该和你一起去。

——当陪护人，哈？她把手放在大屁股上，朝他咧着嘴乐着。你觉得如果到了紧急关头，你能捍卫我的贞操？

——我觉得你想丢掉那东西。他厚着脸皮说。她一巴掌扇过来，他赶忙躲开。这一下很猛，几乎不像是在开玩笑。

——你注意点，弟弟！还有，记住，昨天晚上我跟你说过的话，你要是敢重复一个字，我就把你脖子拧断。

——凯特，唐难道不能和我们一起去加米施吗？

她看起来很吃惊。

——为什么要带他呢？

——哦，我想他就盼着这个周末再见我们一面呢——我的最后一个周末了。如果你愿意的话，我去问他。我觉得他会毫不犹豫地答应的。

——他肯定会的。但我不知道文斯和格雷格会怎么想……

——那就去问问他们呗。

她想了一会儿。

——我再看看吧，蒂莫西。别忘了去默瑟家，明天。

美国人在南海德堡给己方人员盖了几大片住宅区，默瑟一家就住在其中一处。凯特的朋友们管这块地方叫美国城；他们说这个词时，带着些许居高临下的嘲笑。当然，整齐笔直的街道和毫无特色、单调重复的建筑物让人记不起来这是在德国。人行道诡异地空空荡荡，不过在宽阔平整的马路上有大量汽车——巨大的福特、庞蒂亚克和克莱斯勒穿梭不停，轮胎发出轻响。从黄色巴士下车后，蒂莫西找路时遇到了点困难，但最后还是找到了正确的街区。当他走近时，几个在楼门口闲站着的美国孩子沉默下来，盯着他看。

——这是林肯街区吗？他问。

——是的。一个孩子说。另一个孩子从嘴里吐出一块泡泡糖，越吹越大，最后吹爆了。他们没给他让路，蒂莫西只好迈过他们，继续上楼梯。

默瑟夫人打开门，茫然地看着他。她身材瘦小，看起来很疲惫，穿着花朵图案的家居服，头发梳成辫子。一个大约三岁的小女孩吮着拇指，一只手牢牢抓住一张又脏又破的毯子，另一只手紧紧拉着母亲的裙子。

——哪个蒂莫西？哦，对，凯特的弟弟，进来吧。默瑟夫人说。露露，现在别挡路。这是蒂莫西，他来自英国。

——你好啊。蒂莫西说。露露还在吮拇指。

——她说话有点晚。默瑟夫人解释说。不过儿科大夫说，要一直跟她说话。但是别说婴儿语。

——啊，我不懂任何婴儿语。

默瑟夫人笑了。

——你的口音真美妙，反正。

——我姐姐可不这么想。

——啊，是，你姐姐那可真是出类拔萃。我觉得美丽的英语口音就应该是她那样的。

她带他走进一间屋，似乎是客厅。他不很确定，因为家具上铺满大堆换洗衣物，有的干净有的脏。他跟着她找儿子，在这套公寓里四处走动，每个房间的功能看起来都挺混乱。卧室里有脏盘子，玩具和运动器材在厨房里，一台无线电在没人的洗手间里响着。

——孩子们肯定是出去了。默瑟夫人说。她走去前门，朝下面的楼梯间大喊。拉里！康！

没过多久，在楼门口回答他的询问的男孩和吹泡泡糖的男孩就无精打采地走进了公寓。虽然他们都比自己岁数小，但拉里比他高一头，康差不多跟他一样高。

——拉里、康，这是蒂莫西。他们的母亲说。

——我们已经见过了。拉里说。

——我快饿死了，妈妈。康说。他又吹起一个泡泡。

——好的，我给你做一个花生酱果冻三明治。想吃三明治吗，蒂莫西？

他礼貌地拒绝，心想过不了多久就该吃午餐了。经过一阵混乱的交流，他意识到三明治就是午餐，于是改变了主意。他们在厨房里吃饭，坐在高凳子上，餐桌又高又窄，像一个小吃店的柜台。谈话进行得很慢。

——你在海德堡干什么？拉里问他。他嘴里塞满了花生酱三明治。

——度假。他说。“假日”这个单词在他听起来已经有些老旧了[①]。

——要是度假，这儿可真是烂透了。康评论道。

①原文“度假”是 vacation，“假日”是 holiday，分别是“度假”的美国和英国说法。

——康！我告诉过你不许用这个词。他的母亲说。

——你不喜欢这里吗？蒂莫西问。

——不喜欢。没什么事情可做。

——今天下午你们要跟蒂莫西干什么？默瑟夫人说。

——市中心上了个新电影。拉里说。

——你昨天就去看电影了。

——那没有别的事可做啊。

——你可以去游泳池。你去过游泳池吗，蒂莫西？

——去过。他说。

——他去过游泳池了。拉里说。他在凳子上转了几圈，然后跳下来。我能拿点钱去看电影吗？

——好吧。默瑟夫人叹了一口气，从零钱包里拿出了一些钱交给他。

——啊，再给点吧，妈妈，发发慈悲！

——电影票只要五十美分一张。

——是，不过还有爆米花，而且我觉得看完之后他也许想要杯奶昔。拉里扭了扭头，示意自己指的是蒂莫西。

——哦，好吧，给你。出去之前换件干净的衬衫，你们俩都换。

两个男孩把客厅里的衣服堆翻了个底朝天，刨出两件干净的 T 恤。他们似乎对衣服没有私人所有权的概念，蒂莫西觉得这一点非常奇怪。他们穿牛仔裤和肮脏的篮球鞋搭配 T 恤，离开公寓前，他们套上轻便的防风夹克，拉上拉链。站在他们旁边的蒂莫西穿着新夹克、新裤子，觉得自己穿得过于正式了。

——你从哪个郡来？他们坐在一辆黄巴士里摇摇晃晃地回市中心时，拉里问他。

——郡？蒂莫西茫然地重复道。

——啊，英国叫郡，就像我们有州，不是吗？约克郡和兰开夏郡。

——噢！我来自伦敦，其实不属于某个郡。你从美国的哪里来？

——最近住过的州是肯塔基。

——就是肯塔基德比赛马比赛举办的地方？

——对！你听说过？拉里似乎很高兴，第一次真正表现出友善。

快到电影院了，人行道上的美国儿童和青少年越来越多。他们都在闲逛，懒惰散漫的步态极具特点，颜色明亮的衬衫下摆露在打了补丁的牛仔裤外面；他们从不独处，总是成群结伙，说话时不自觉地带着很明显的鼻音。蒂莫西总是觉得在海德堡的街道上必须得伪装自己，掩饰自己敌人、占领者的身份，但他们似乎没有这种感觉。相反，他们的行为方式就好像德国人不存在一般，就好像他们登上了月球，携带着自己文明中的所有设备。在被征用的电影院的破旧大堂里，首先吸引眼球的是一个个闪闪发亮的现代化货摊，卖爆米花、热狗和软饮料。在影厅里，一处更加神秘的修改激起了他的好奇心：后几排座位的扶手每隔一个就拆掉一个。

——情侣座。拉里无动于衷地解释说。他的手有节奏地从爆米花袋移动到嘴里，再回到爆米花袋。

情侣座！他们在看一部牛仔电影，而这个念头及其在他周围的体现分散了蒂莫西的注意力。情侣座——它公然承认人们就是冲着这个才来的电影院。你带女朋友来看电影，在售票处你说，请来两张情侣座的票，而其他人看上去一点反应都没有。太棒了。

他对这种制度化的放肆半是嘲笑，半是羡慕。这很幼稚，没错，用这个词形容恰如其分，他们都是这样，都很幼稚——他觉得自己比他们中的任何一个人都成熟得太多太多，差距不可估量，不管他们有多高。但这是一种从不为他所知的童年，他控制不住自己的羡慕。

所以，虽然他觉得跟他们在一块儿有点无聊，又很局促，但从电影院出来后，他还是跟着拉里和康在阳光下眨着眼睛（把这么美好的一个下午浪费在看电影上，他母亲会说这简直是犯罪），去了附近的一个牛奶吧。这是一个他从没来过的美国商店，顾客主要是军人和现在从电影院出来的吵吵嚷嚷的青少年。在博格海默街上一面狭窄而不起眼的外墙后面，整个小美国绽放开来，霓虹灯是粉红色的，镀铬条亮闪闪的。肩宽背厚的高大士兵有的坐在柜台边吮着吸管，有的在翻阅门边一个长架子上摆的各种杂志和漫画。一个巨大的一体式自动点唱机靠在墙角，像圣坛一般，发出节奏感强烈的轰响。

——这里有全城最好的冰淇淋汽水[①]。拉里说。十二种口味。

——霍华德·约翰逊[②]有三十九种。康说。

——我特别希望海德堡能开一家霍华德·约翰逊。拉里叹了口

---

①冰淇淋汽水（ice cream soda）又称漂浮冰淇淋（ice cream float）是一种冷饮，做法是将冰淇淋放在汽水或各种口味的苏打水里，再加上水果作装饰。

②霍华德·约翰逊（Howard Johnson's）是一家以冰淇淋闻名的连锁餐厅。

气。好吧，咱们凑凑钱，我有一块五。他把代金券扔在桌子上。

——我只有一毛钱。康说。妈妈总是把所有的钱都给你。你有多少？他说着，转向蒂莫西。

蒂莫西不明智地拿出一张五美元代金券。

——哇！康惊叹一声，眼睛睁得大大的。我们每人可以吃三个了。

——四个。拉里说。四个，至少。

蒂莫西觉得去质疑这个安排是否公平不甚礼貌。他们第一轮吃巧克力味，接着是菠萝味，然后是草莓味。冰淇淋汽水确实很棒，可蒂莫西吃到草莓味的时候已经很难吃完了。然而，当拉里摇摇晃晃地站起来，要点第四轮时，蒂莫西觉得不能示弱，还得再吃。

——这轮吃什么味道的？拉里死死靠在椅子背上叫道。

康后仰身体到大得有点危险的角度，去看贴在墙上的打印菜单。

——开心果的怎么样？

拉里点头表示同意，但似乎已经不能从胸前抬起下巴。

——就开心果了。他含混地咕哝着。他耷拉着头，趿着鞋往柜台走去。

——康是什么的简写？蒂莫西问道。他想挑起话头。

康看起来心不在焉，好像没有听到问题，或者忘记了答案。然后他打了个嗝，长着雀斑的圆脸上浮现出松弛的微笑。

——康斯坦丁。他说。

——是按罗马皇帝[①]起的？

——显摆你多聪明是吗？是用的我爷爷的名字。

蒂莫西转换话题。每张桌子上方的墙上都安着装有按钮和旋钮的金属小盒，他问这个是做什么用的。

——连着自动点唱机。康解释说。遥控，用不着走过去了。

跟情侣座一样。美国人！

拉里回来，拿着亮绿色的冰淇淋汽水。他用手肘撑着桌子，身体前倾，全神贯注地吮吸；他逐渐开始吐露心声，甚至有点伤感，滔滔不绝地说着美国的汽水喷泉，改装车大赛，球赛和电视节目。

——英国有电视吗？

——有。

——够不错的了，这儿什么都没有。多少个频道？

——频道？

——对啊，就是说，有多少台不同的节目？

——哦，只有一个。只有 BBC。

——只有一个？他们都用怜悯和鄙视的目光看着他。

——你们的电视上有广告，对吧？蒂莫西说。英国没有。

——那你们在节目中间放什么？

——什么都不放，就是过场。

——过什么？

——哦，就是放一张田野的照片，或者瀑布，或者其他什么。

①罗马皇帝君士坦丁（Constantine，274—337），是第一位信仰基督教的罗马皇帝。在位期间赢得罗马内战，对外也战功赫赫。伊斯坦布尔旧名君士坦丁堡也以他命名。

在等下一个节目的时候。

拉里看起来不太相信。

——你在蒙我们吧，是不是？

——我以前还挺喜欢广告的。康说。有的真不错。

一群年轻女孩从店里另一边的一张桌子旁站起来，蒂莫西的注意力被她们吸引了。她们在店里逗留，一边踩着自动点唱机的音乐节拍瞎跳，一边跟还坐在桌边的男孩们斗嘴。她们都穿着紧身蓝色牛仔裤，裤腿在小腿中部截断，磨得很厉害。拉里把头凑到蒂莫西旁边。

——看见那个穿黄衣服的女孩了吗？他低声说道。他呼出的口气全是甜得发腻的开心果味。

——看见了。蒂莫西说。他已经特别注意到她了。

——她叫格洛丽亚·罗斯，花一块钱她就把奶子给你看。在林肯街区里面一点的车库里。

康神秘地坏笑着，双手戳进大腿之间。

——挺贵啊！蒂莫西说。其实一分钱不用花就能看到很多东西。

这是本能的反射，他经常用这种冷淡而显得高人一等的评论去抵挡别人对自己的性经验和好奇心的挑战。问题在于，这么做往往使谈话无法继续下去。他怀着希望等待着，垂下眼皮，眼睛却偷偷瞄着格洛丽亚·罗斯隆起的乳房。花一美元能看它，粉红色的，裸露着的。花五美元，她会给你看什么？肯定是什么都给你看。他深深吸了一口冰淇淋汽水来分散精力，一股恶心感从胃里升起。

——不好意思。他说。他突然站起来，蹒跚走向厕所——他希望那是厕所。如果万一不是，那么就会发生可怕的事情。

不幸的是，小伙子们已经定好了，那天晚上在家里请他和凯特共进晚餐。他们的房子是一套豪华公寓，位于一幢巨大的老楼的顶层；在屋里可以从北岸俯瞰内卡河，像在城堡里一般。他们自己做饭并布置宴席，水平相当高。餐桌上摆着闪闪发光的餐具和玻璃杯，桌布是浆得硬硬的白色亚麻布，还有鲜花做点缀，显得异常精美。餐桌两头摆着特制的烛台，红蜡烛一簇簇排开。食物本身当然很美味，但蒂莫西仍然被冰淇淋汽水弄得反胃，吃不下去。他解释说自己感觉不舒服，在晚餐尚未结束时就获允离席。餐厅旁边的房间里有一台能自动换唱片的留声机，令人惊异；而唱片本身是一种能长时间播放的类型，他以前从未见过。格雷格在晚上的活动开始时往机器里装了一大摞唱片，而蒂莫西仅仅是观看自动换片机那机器人一般的运动，就得到了充分的娱乐。

凯丝端着咖啡走进来，吃饱喝足，面色绯红，一屁股陷进沙发里。

——小伙子们不让我帮着收拾，我也不跟他们争了。她说。听着，我和他们谈了一下唐，关于加米施的安排。他们不是太同意。

——哦。

——你不介意我们不邀请他吧，是不是？

——不介意。

——就跟格雷格说的那样，如果有一个人格格不入，这种旅行就没有意思了。

——你觉得这是真正的原因？

——你什么意思？

——你不觉得他们有点……忌妒吗？

凯特嗤笑了几下。

——嗯，可能也有一点吧。明天你干什么？

——跟鲁道夫一块儿骑自行车。他闷闷地说。

——哦，对。好吧，玩得开心。

鲁道夫提供的自行车既沉重又笨拙，没有变速挡位，配有宽阔的女式鞍座，柔软、宽大的轮胎由发白的橡胶制成，很是古怪。《自行车》的订户一般可不会骑这种车，不过他磕磕绊绊地骑在海德堡的鹅卵石路和电车轨道上，就觉出来厚重轮胎的优势了。鲁道夫用一条胳膊灵巧地操纵自行车，令人惊讶，除了起步的时候别扭一点。他们朝远离山脉的方向骑，进入平坦而烟雾弥漫的乡下，这是向莱茵河延伸的平原。有轨电车一直跑到这里——它们穿过遍布牛群的田野，看起来很滑稽。土地被最近一股热浪炙烤，十分干燥；空气中尘土飞扬，汽车尾气与动物粪便和干草的气味混合在一起。与内卡河谷的壮观景色相比，这里再普通不过了，只是乡下而已。

鲁道夫对英国乡村充满热忱，特别是康沃尔郡，他做战俘时就被关在那里。在这种情况下还要讨论英国景观的细节，蒂莫西觉得很诡异。他看见过一次德国战俘，在布莱菲尔德的铁路侧线。战俘们瞪着眼睛朝车窗外看，他们面色蜡黄，胡须很久没刮，戴着有帽舌的帽子，身上的劳动布衣服破破烂烂的。几个英国兵挎着步枪，在火车旁来回走动。他从人行天桥上一个安全的角度看着这些战俘，心情混杂着怜悯和仇恨。火车在那里等了几乎整整一天；开走之后，侧线附近有一股臭味。村民很愤怒，商店里有人说，应该让战俘把那里清理干净，他们也就适合干这个。而现在，几年后，他跟一个曾经是那样的战俘的人并肩骑车，愉快地讨论着英国的灌木篱笆。这是个诡异的世界。

过了一会儿，他鼓起勇气问了鲁道夫一个问题。

——你试图逃跑过吗？

鲁道夫笑了起来。

——当然没有！你在开玩笑吗？逃跑——这个笑话很不错。你不知道我们当了战俘有多么高兴。

——高兴？

——当然！我们很安全，能吃饱肚子，如果需要的话还有药品。就像在度假。我来告诉你，他们让我们住在——你们管那叫什么来着——度假营？

——假日营？

——对[1]，假日营。海边的小屋。干净的毯子。甚至还能打乒乓球。对我来说，这是战争期间最好的一段日子。

一个诡异的世界。

中午，他们在一处游泳的地方停下来野餐——不是正式的游

①原文为德语。

泳池，而是一段用警戒线隔离出来的河流，有供换衣用的帐篷和野餐桌。这里河水灰暗，脚必须踩着湿软的泥土才能游进没顶深的水域，蒂莫西不喜欢。但他很高兴能有机会休息一会儿，在树荫下凉快凉快，而鲁道夫则下水去了。

只有德国人经常来这个地方。你可以从他们的衣服、野餐时吃的东西和喝的酒中看出来。还有苍蝇。美国人在海德堡占据的地方从来没有苍蝇，甚至河边的游泳池都没有。鲁道夫离开了很长时间，河里水花飞溅，蒂莫西不能从游泳者中分辨出他来。他突然觉得孤零零的。要是鲁道夫跟他开了个玩笑，已经跑掉了，把他扔在这儿，那可怎么办？要是他淹死了呢？蒂莫西想象着自己坐在那里，身旁是两辆自行车，阳光下的阴影越来越长，他什么也说不出来，什么也做不了。他永远无法自己找到路，回到海德堡。

两个穿着泳衣的年轻女孩在离他不远的地方铺开毛巾，也坐下了。她们宽宽的脸上长着雀斑，长长的金发梳成大辫子，像是乡下人。他猜她们大约十五岁，不过她们的胸部发育得很好，在看起来像是手织的羊毛衣服下晃来晃去。过了一会儿，他不安地意识到她们在看他。每当他朝她们的方向看去，他都能瞧见眼睛里闪过的一点光芒、迟迟才转过去的头和蜷起来掩盖微笑的手指。她们一定看出来了他是个外地人，在毫无顾忌地取笑他。她们随时都可能对他说些什么，那时他又该怎么做呢？他瞪大双眼，竭力搜寻鲁道夫的踪影。

最后鲁道夫终于来了，仅有的一只手里拿着湿漉漉的泳裤和一瓶矿泉水。蒂莫西很好奇他脱下衣服游泳时残肢是什么样的，不过还是很庆幸自己不必亲眼去看。一支潮湿的香烟从鲁道夫的双唇间垂下来，在他说话时荡来荡去。

——不好意思太久了，我游得实在是太舒服了。你一定饿了吧。

他们之前说好，鲁道夫在马鞍袋里装了面包卷和黄油，蒂莫西从福利社买了些好东西：火腿罐头和熏香肠，还有一小管牙膏似的芥末。这最后一样东西似乎让那两个年轻女孩兴奋至极。

——你给她们留下了深刻的印象。鲁道夫看出来了。

——她们看上什么了？我就坐在这儿，什么也没干。

——对她们来说你很性感。鲁道夫的话让蒂莫西有点不好意思。你脸色苍白，头发和眼睛都是深色的，这些在这儿很不寻常。

——天呐。蒂莫西说。他脸红了，但并没有生气。

鲁道夫用德语朝那两个女孩喊了些什么。她们抓起毛巾跑了，咯咯地笑着，婴儿肥的屁股摇晃着。

——真是傻瓜。鲁道夫耸了耸肩说。她们不在更好，是吧？

——是的。蒂莫西说。他虽然有点遗憾她们离开了，但也松了一口气。

鲁道夫把饭吃完，躺在草地上。蒂莫西仍然直着身子，双臂抱在胸前。

——鲁道夫，战争期间德国是什么样的？

然后又说：

——如果你不愿意，也不用说。

——你得知道，战争开始时我才十岁。鲁道夫说。那时我们住在慕尼黑，那儿远离所有的战斗，很长一段时间里都在你们的轰炸机能覆盖的范围之外。德国所有的胜利自然而然都让我感到非常兴奋。我父亲是党员，他没通过入伍体检，所以能留在家里，有一份稳定的工作。在学校，他们告诉我们德国光荣的使命：领导欧洲，抵抗布尔什维克主义的威胁。我自然而然加入了少年团，在十岁时宣誓把生命献给他。每个教室里都有他的照片。

蒂莫西注意到，鲁道夫在叙述时从来不称呼希特勒的名字，只说“他”。

——然后战争形势开始变差。承诺给我们的胜利从未发生过。越来越多的年轻人被征召，每个人都认识在某个地方死掉或受伤的人。特别是在苏联。我记得在斯大林格勒的失败。就算是他，也不能假装那是一场胜利。全国哀悼了四天。电影院和剧院关闭。降半旗。收音机里庄严肃穆的音乐。我想那是我第一次开始对我们发动战争的理由产生怀疑。你看，告诉我们的是，苏联人欢迎我们的军队，把我们当成解放者。

——之后不久，发生了绍尔事件——你知道吗？不知道？有两个大学生，慕尼黑大学的，汉斯和苏菲·绍尔，他们是兄妹。他们在学生中组织反纳粹宣传——在那些还没上前线的学生中。我在垃圾桶里发现了一本他们的小册子，带回了家。我父亲很害怕，揍了我一顿。然后有人背叛了他们，向盖世太保告发了绍尔兄妹。他们自然被绞死了。

——到了十四岁，你就该加入希特勒青年团。我说我不想加入，跟父亲大吵了一架。当然，最后我还是加入了。不加入是危险的。但有很多像我一样的人。自然而然，有一些狂热分子迫不及待地要参军。必须注意自己说什么。但是我们中大多数人希望战争在征召我们之前结束。但我们并不走运。我们的最后一次机会是七月密谋，他们试图杀死他。你知道这件事吗？

——知道。蒂莫西说。文斯——弗农先生给我讲过。

——我十六岁时被征召。谢天谢地，他们送我们去西线，不是东线。我们本应该是预备部队，离前线还有好几里地远。不过美国人在阿夫朗什的突破出乎我们的意料。

——你是怎么被俘虏的？

——我一点也不知道。我受伤了，失去了意识。我醒来时，很害怕自己在德国的医院。然后一个医生用英语说了些什么，我很开心。我知道我会活过这场战争。

——现在回想，肯定很奇怪吧？

——是啊。那年夏天你在做什么，蒂莫西？

——我在乡下，一个叫布莱菲尔德的地方。

——听起来不错。

——没有太多事可做，我逮蝴蝶来着。

鲁道夫兴味盎然地哼了一声。

——不过我经历了空袭。蒂莫西辩解说。我在防空洞里，上面的房子被炸弹击中。跟我一块儿玩的一个小女孩被炸死了，她母亲也是。

突然间这一切都回来了，就像一朵云彩遮住了太阳。吉尔和诺拉阿姨，在花园里被炸死了。然后是杰克叔叔，在德国上空被击落。他对鲁道夫突然产生一阵寒意。不是说他本人应该承担责任，但是跟……嗯，跟一个德国人过于亲切友好似乎是种对死者的背叛。如果两个国家彼此憎恨到互相杀戮，成百上千人一批批死去，那这仇恨肯定应该持续得比六年长一点吧？

他在脑海中提出了这个问题，然后马上就看到还有另一个答案。如果仇恨如此短暂，那么或许战争本身是毫无意义的。但希特勒必须被阻止——甚至鲁道夫也承认。但是，光听鲁道夫讲，你会认为德国人和英国人一样憎恨希特勒。但那不可能是事实，肯定。不可能全部责任只由一个人负—— 一定是有很多人愿意按他告诉他们的去做，比如那些维持集中营运转的人。单这一项任务就一定需要很多像希特勒一样邪恶的人。

——你知道犹太人的事吗？他冲动地问道。

鲁道夫讪笑了一下。

——啊，这就是那种，美国人怎么说来着，六万四千美元的问题。每个有一定岁数的德国人都生活在对它的恐惧中。

——因为他们以前确实知道？

——知道什么？这是问题所在。当然，我们知道有对犹太人的恶劣行为。如果有人告诉你不是这样，别信他。但我们大多数人并不知道到底有多恶劣。发问是危险的。

——可是，如果有人确实问过……

鲁道夫耸耸肩。

——我不是在找借口，我在试图解释。我们生活在恐惧中。如果你不理解，那是你的幸运。

蒂莫西脑海里出现唐对他说过的话：历史是幸运者对不幸运者

的裁决，是没有经历过的人对经历过的人的裁决。历史学家真他妈装。

鲁道夫站起来，抻抻身子。

——该走了。你休息好了吗？

——好了。蒂莫西站起身来说。你的父母——他们怎么样了？

——他们活了下来。鲁道夫说。你今天下午会见到他们。

——今天下午？他突然惊慌失措起来。

——对啊，他们住得离这里不远。他们会给我们煮咖啡。

鲁道夫的父母住在一个小村庄里。他们沿着一条马车道慢慢骑过去，道上总有被晒干的车辙印和土坑，一路磕磕绊绊。空气令人压抑地安静而沉默，只有苍蝇在嗡嗡作响，还有几只鸡在村里的广场上斗架，扬起一阵灰尘。这广场是个不规则的开放空间，一半地面铺着鹅卵石，中央有个水泵。他们下车时，一个光着脚的小男孩放下水桶，盯着他们看。蒂莫西知道有好奇的眼光在打量着他，从百叶窗后面，从门厅的阴影里。他感到消沉而不安，很想离开这个地方。

沉默被一条杂种小母狗打破。它从某个地方冲出来，开始朝他们吠叫，还试图咬他们。一个老妇人从一座小屋里快步跑出，举起手里的平底锅，死命打那条狗。它尖厉地哀嚎着，趴在尘土里，肚子拖在地上。鲁道夫对妇人说了几句德语，她又最后踢了狗一脚，然后直起腰来。蒂莫西听到“英国人”这个词，看到那个老妇人好奇地偷偷朝他瞅。小男孩还保持着那固定的专注姿态。蒂莫西从未像现在这样感到离家如此之远。

他们推着自行车走进一条弥漫着金银花和动物粪便味道的小窄巷，就到了鲁道夫的父母住的小屋。屋里又小又黑，摆着笨重的家具，显得分外拥挤；不过很凉爽，在被炎炎烈日烤了很久后挺令人惬意。鲁道夫的母亲欢迎他们，亲吻儿子的两颊，与蒂莫西握手，带他们进客厅。她身材丰满，头发灰白，脸色红润，戴着不太合适的假牙。她在谈话时一直在点着头，就像汽车后备厢搁板上的一个玩具娃娃。

——我父亲在花园里干活呢。鲁道夫说。我们出去看他吧？

他跟着鲁道夫，心里惴惴不安。基于鲁道夫对童年生活的描述，蒂莫西构建了一个相当邪恶的父亲形象。他们转到屋后，走进花园，看到了他。他穿着背心和长裤，背对着他们蹲在地上，在摆弄着一些植物。蒂莫西的心提到了嗓子眼：他宽阔的肩膀肌肉紧实，头颅如同嶙峋的骷髅，头发剃光了，头皮呈铁灰色——蒂莫西马上想起自己在海德堡城堡附近的饮水处碰到的那个一脸凶相的男人。

——父亲[①]！鲁道夫喊道。

他站起来转向他们，蒂莫西几乎要缩回屋里。但这不是令他害怕的那张脸，反而是一张相当忧郁、温柔的脸，简直跟鲁道夫的脸是一个模子刻出来的，只不过让岁月刻上了皱纹，被太阳晒得黝黑，脸颊凹陷下去。尽管如此，他可曾经是个纳粹，是蒂莫西碰到的第一个确凿的样本。他们握手时稍微有点尴尬老人先用手帕擦自

①原文为德语。

己的手，显然是在为手上沾满泥土道歉。他试着跟蒂莫西说一些英文词，关于炎热的天气，关于海德堡，然后带他们在花园里转了一圈，鲁道夫一直在发表评论，并翻译给蒂莫西听，而蒂莫西发出含混不清的声音，表示羡慕和赞许。他们回到屋里，鲁道夫的母亲已经准备好了咖啡和蛋糕。父亲离开了一下，回来时穿着衬衫，拿着一个瓶子，给蒂莫西倒了一小杯，是一种透明的酒。蒂莫西啜了一口，酒精直烧喉咙，他觉得有点喘不过气来。鲁道夫和父亲笑了，不过母亲看起来有点担心，给他端来一杯水。他礼貌地拒绝了，担心水来自村里那个泵。

半小时后，他开始不耐烦，想走了。他听不懂他们的谈话，也不想真正弄懂。笑话是用德语讲的，先让他们发笑，然后被翻译过来，像一块蛋糕一样传递给他，于是他就可以献上迟来的笑。鲁道夫的父亲也许看出来蒂莫西很无聊，向他招手，指指房间一角摆着的大型柜式收音机。

——我父亲问你想不想听BBC。鲁道夫解释道。这台机器很厉害，十个电子管。父亲为它感到十分骄傲。

机器预热，开始嗡嗡作响。然后，伴着静电的噼啪声响起一个非常英国的声音，微弱但相当清晰：

> ……投球，埃德里奇将球朝腿侧推开，斯图尔特从柱门中区外野快速进入，没有得分。于是贝德瑟本段比赛的第七个投球轮结束，这也是他的第三个无失分投球轮……

——板球！蒂莫西喊道。

鲁道夫的父亲看起来很困惑。

——克里克？他似乎在说。

鲁道夫笑了起来。

——他以为你说的是战争[①]。

——不，不是战争。板球，一种运动。

——我知道，我在康沃尔看过他们玩。

鲁道夫向父亲解释，他微笑着点点头。母亲也比之前任何时候都更加用力地点头，她的头就好像要从肩膀上掉下来一样。有那么一瞬，蒂莫西觉得自己身处一个放满能动的玩具娃娃的房间里，那些娃娃像德国钟表上的雕刻人像，全都在疯狂地点头。

——你愿意听吗？鲁道夫问他。

——请让我听下去吧。这是萨里对米德尔塞克斯，我支持萨里。

于是，他们在这里剩下的时间里，他得以快乐地从社交中脱身。他坐在收音机旁边，在这个陌生的德国房间里，身边是听不懂的德语谈话，凭一缕微弱的声音与自己所属的地方联结起来，而他从那里出发——仅仅是在两个星期前？他记得在巴士上经过椭圆体育场，看到前晚比赛的比分。这就好像他被丢进了深水区深处，在陌生的水流中竭尽全力漂流、游泳；而现在，他身处平生到过的最远、最陌生的地方，却意外发觉有根绳子拉住了他，令他安心。评论员的声音是如此理智、可靠和熟悉：轻松，幽默，知识渊博，在

①板球（cricket）在英语中的发音接近“克里克”，而德语“战争”的读音也是“克里克”。

最微小的细节中发现意义。

……而且我认为莱克——对，莱克现在在柱门周围走来走去。他在标记自己的跑动路线，而康普顿正在走向新的防守位置。这应该很有意思。我认为，莱克打算试试把球打到那个点上，他刚才打到那里的一个球转向角度很大——嗯，对，康普顿走到柱门这里看一下……

电波里传来的声音有一阵子弱了下去，蒂莫西把头俯在收音机上。鲁道夫在专心听父亲说话，目光跟蒂莫西交汇，脸上闪过微笑。

——我希望你没觉得太闷。鲁道夫在他们骑车离开村子时说。那小男孩还在盯着他们。

——没有啊，我很喜欢。能收听到板球比赛真好。

——你看见了一个德国人的家庭，挺好的，对吧？你不能到了德国却只见美国人。

——哦，对，当然了。

蒂莫西真诚地说。现在访问结束了，他们即将回到熟悉的地区，他觉得身上散发着正义的光芒，因为自己已经勇敢地走进德国内部，和本地人打了交道。

——你父母人很好。他礼貌地说。

——谢谢。他们其实也很悲伤。

他们并排骑车，鲁道夫接着讲父母的人生。他父亲曾是慕尼黑地方政府的官员。战争结束后，他由于跟党有牵连，失去了工作和退休金，现在他们完全靠鲁道夫生活。他们从慕尼黑搬到了这个村子，就是为了离鲁道夫近一点。他们还有另外两个儿子，都比鲁道夫大：一个在一艘潜艇上服役，潜艇在大西洋被击沉，他溺死在海里；另一个在苏联被俘，从此杳无音信。

——这儿的生活条件对他们来说很差，又无聊。鲁道夫说。不过那座小屋还挺便宜的。

这天早些时候鲁道夫对战时童年生活的叙述，让蒂莫西把他当成一个反抗妥协和腐败的父亲的觉醒者；但现在他强烈为父亲辩护，这让蒂莫西感到惊讶。

——这不公平，你明白吧。小老百姓受苦，大恶人却什么事也没有。现在的实权人物有好多以前是纳粹高层，在政府、企业、大学里，行径比我父亲恶劣得多。有的倒是被送进了纽伦堡监狱，但现在美国人在大批释放他们。他们过得可比我父亲好多了——何况他还不是罪犯。

——他到底干了什么？蒂莫西觉得自己触及到了最敏感的地方，但不可抗拒的好奇心还是促使他向前。

——他在慕尼黑工作，用你的话来说应该叫市政厅。他在税务部门。然后有一天——这是在 1943 年——他被调到配给部，然后不得不在供达豪的囚犯[①] 用的配给册上盖章。战争结束后，他们说配给册上的名字其实大多早就是死人了。我知道，无论父亲可能知

①达豪（Dachau）是德国南部城市，离慕尼黑很近。纳粹德国建立的第一个集中营就位于达豪，起初用于关押政治犯。

道些别的什么，他从来没猜到事实会是这样的。我记得他对城里出现的配给品黑市现象很担忧。他说，我不明白食物是从哪来的。他是一个诚实的人，但战争结束后，没有人相信他。

——他不能上诉吗，或者做点别的什么？

——他太骄傲了。有时我想向当局写信，在这种事上他们现在好说话了一点。可那样他就必须回答问题，诸如此类的，那会把不幸的记忆带回来，而且也许最终不会有什么结果。

——你为什么不问问文斯——弗农先生呢？

——杨小姐的朋友？

——他的工作就是处理这类事情。

——是吗？我不知道。

——他可能能帮得上忙。

——是啊。鲁道夫若有所思地说。他似乎非常和善，我得说。他每次经过云杉大楼我的办公室，总是对我微笑。

——当然，我也不知道他是不是能做些什么，只是想想。蒂莫西说。他突然起了疑虑。鲁道夫的父亲对文斯而言有什么意义？说到底，这对他自己又有什么意义呢？他究竟在做什么——试图帮一个前纳粹拿到养老金？一个诡异的世界。他沉默了一会儿，只是蹬着自行车。

——不好意思，我带你走得太远了。鲁道夫说。

——没事，没关系的，我在英国也经常骑车。不过对你来说一定很累吧，单手骑车。

——我习惯了。但有一辆汽车就好了，是吧？像弗农先生的奔驰。那车可真棒。

——那车太棒了。我上周末坐那车去了巴登巴登。

——很快吧？

——加速简直是神了。可是，你能开车吗，鲁道夫？

——我在军队里学会了。

——我的意思是……蒂莫西看了看鲁道夫残缺不全的胳膊。

——哦，对。我可以用这个把住方向盘（他抬起残肢），用好的那只手换挡。

蒂莫西肯定看上去满腹狐疑。鲁道夫笑了起来。

——很安全的，我向你保证。

——孩子们。唐说。我想给你们介绍我的一个朋友，他是英国人，蒂莫西·杨。

全班孩子以各种懒散的姿态散在教室各处——桌子上，椅子上，窗台上——带着一定的好奇心看着他。一个坐在前排的戴着厚厚眼镜的男孩非常大声地说：嗨！蒂莫西犹犹豫豫地在唐的桌子旁边笑了一下。环境不是他预想的那样。班里男孩女孩都有，年龄跨度从大约十二到十六岁。这里看不出丝毫有组织的迹象，盛行的是宽松的无纪律气氛，学生们对唐直呼其名。最令他不安的是格洛丽亚·罗斯也在，她懒洋洋地靠在教室后面的一个座位上锉指甲，一本书摊开放在面前的桌子上。他在教室里的全部时间，她一直什么也没说，只是在别人说话、提问时表现出不耐烦的神情。

——蒂莫西自愿给我们讲讲他的国家，这真是太好了。唐说。

蒂莫西，请吧。

唐让他独自站在全班前面，自己则坐到后排的一张桌子上。蒂莫西抻直领带（是他在学校里用的那条，为这个场合特意扎上的），清清嗓子。

——那么，呃……我不知道他们想了解什么。他对唐说。

——你们想了解什么，孩子们？

一阵沉默之后，一个戴着金属牙套的女孩问道：

——英格兰国王是不是一直戴着王冠？

——不是的。蒂莫西自信地回答。

随后，问题开始越来越多，提问速度越来越快：

——你们有民主党人和共和党人吗？

——你们打棒球吗？

——英国孩子互相摸摸抱抱吗？

这个问题一出来，班上就响起了一片窃笑，蒂莫西看着唐，期待他训斥一下，但他并没有。

——我不知道。他说。我上的是男校。

学生们都笑了，好像他讲了个笑话。

他贸然地试图描述不列颠群岛的地理，真正的困难由此开始。他在黑板上画了一张颇具风格的地图：英格兰大概是个三角形，有一边有个凸起，那是威尔士，上面再画一个倒三角形代表苏格兰。左边有个平行四边形，是爱尔兰。他自信地标出伦敦的位置，但之后就茫然无措了。英国地理从来都不是他的强项。中学四年级时定下O级考试的科目后，他就不再学英国地理了，而他也从没到过伦敦以北。他拿不准把曼彻斯特标在哪儿，最后把它放在紧挨着苏格兰的地区的中央。班上有几个孩子喊着城市的名字——伯明翰、牛津和约克——他把它们模模糊糊地点在曼彻斯特附近。他涂黑英格兰北半部的大部分地区，解释说这是“黑色乡野”。

——所有的矿山和工厂都在那里。烟雾和煤灰太厉害了，连田野都是黑色的。这就是为什么这里叫“黑色乡野”。

他一直以来就是这么认为的。这个名字让他头脑里生出一幅生动的图景：碎煤灰像雪花一样落在田野上，黑色的玉米在浓重的烟雾下摇摆。在他心目中，整个北英格兰就是这样。但是，当他讲出来时，这段叙述听上去似乎不太可能是真的；而且他用眼角瞥到，唐露出了怀疑的微笑。

唐诚挚地感谢蒂莫西与孩子们交谈，首先代表班级，然后在走廊里又单独跟蒂莫西说了一遍。他说讲得很有意思，孩子们显然很喜欢。但蒂莫西走出学校后迷了路，于是他又走回去，再次经过唐的教室。他听到他说，比如，曼彻斯特没有这么靠北，它更靠西……传来擦黑板的声音和粉笔的吱吱声。蒂莫西羞愧难当，但也愤愤不平。唐引诱他陷入这种境地，让他在格洛丽亚和其他孩子面前出丑，这是不公平的。他想到自己还曾给唐争取去加米施的邀请，觉得这份努力没有得到应有的报答；现在，他反而很高兴自己没有成功。

当然，这让他很舒服。他一直都知道，偷听隔壁的女人是深重、可耻的错误。他一次又一次地在善意的阳光下决定戒除这个习惯，可在一天结束的时候，他总是发现自己被不可抗拒的力量拽回衣柜，因为它保证会向他低声讲出充满禁忌的秘密。现在他受到了惩罚。上帝可没有被糊弄过去。

他现在向上帝祈祷，承诺如果他安全地离开衣柜，他就永远不会再把它打开了。回家后，他要每晚都诵一遍完整的《玫瑰经》，每天早晨都去弥撒，坚持一个月。他心怀希望地向上帝提出这个价码，然后又推了推门，但门纹丝不动。以前他从来没有完全关紧身后的门，总是留下一道缝，好透点气；但是这天晚上他把门拉上的时候用力稍微大了一点，结果“咔嗒”一声锁上了。衣柜里没有门把手。衣柜怎么能这么设计呢，真是弱智！谁都可能一不小心就把自己锁在里面。人待在这里可是会窒息的。他这么想着，就感觉胸口发紧，开始大口喘气。他抑制住恐慌，试图冷静思考。在黑暗中，他用手指把门锁仔细摸了个遍，确定没有螺丝刀就拆不了它。

他有两个选择；或者说，其实是三个。他可以呼救，而这根本不在考虑范围之内——被一群好奇的穿着睡袍的女人放出来，宪兵、消防员……仅仅去想象这种羞耻都让他无法忍受。衣柜门其实很脆弱，他完全可以把它撞开，但这会惊扰旁边的那户邻居，从而产生暴露的风险。他还可以在衣柜里过一夜，等到早上所有人都离开大楼后再撞门。这显然是最保险的计划，但他不知道自己还有没有足够的精力在衣柜地上挨过这一夜。然后还有空气供应的问题，有公共墙上的那个洞，门四周有缝，但衣柜里已经让人觉得很闷了。

最后他妥协了。他打算等到隔壁的女人睡着后（他能听到她的收音机还在响）把门撞开，希望她即使被吵醒，也不知道发生的动静是什么、在哪儿。

时间过得很慢。似乎过了好几个小时，收音机终于关了，墙上的小缝后面的灯光熄灭了。他绷紧神经，在接下来的四十五分钟里（按他自己的估计）尽量一动不动。这时，他四肢都在疼痛，全身被汗水浸透，已经到了歇斯底里的边缘。他一刻也不能再等了。

他的计划要想成功，关键在于干净利落地一下就把门撞开。一声巨响，然后是寂静——这是他的策略。他深吸一口气，冲向衣柜门。

门纹丝不动，可衣柜像一面鼓一样隆隆作响，可能足有一百个铁丝衣架掉在地上。他把一切顾虑抛到脑后，疯狂地再次撞向衣柜门，然后又一次，一块柜板裂开了，但门锁，那该死、该死、该死、要命的门锁毫不让步。

墙上的小缝亮了起来，一个女人的声音高声说：

——什么东西？是谁？

蒂莫西沉重地喘着，摸着自己青肿的肩膀，什么也没说。

——多洛雷丝？你已经回来了吗？是你吗，多洛雷丝？听着，我不知道你到底是谁，也不知道你在多洛雷丝·格雷的房间里做什么，不过我现在要报警了。

——不，不要报警。蒂莫西说。

一阵令人意外的沉默。然后：

——那是谁？你是谁？

——呃……我叫蒂莫西·杨。

哦，上帝，哦，上帝。

——嗯？接着说啊。

——我被锁在这个衣柜里了。

隔壁房间传来高声狂笑。

——好吧，我可真没想到。谁把你锁在那里了？

——我不小心把自己锁进来的。——你是小偷啊，还是什么？

——不，我是……我是多洛雷丝的朋友，她让我在她不在的时候住她的房子。

——你不是美国人吧？

——我是英国人。

——英国人！你在衣柜里待了多久了？

——大概三个小时，我想。

——天呐！你肯定快憋死了。我找人把你放出来。

——不，不要。

——为什么不行？

——嗯，我其实不应该在这里。我的意思是，多洛雷丝让我住，但不是正式的。她可能会有麻烦，因为我不是女的。

——是啊，我也猜到了一点。不过你不能在多洛雷丝度假回来之前一直待在衣柜里吧。

蒂莫西思考了一会儿，冒险提议道：

——你能把我放出来吗？只需要有人从外面转门把手。

——你房间的门锁了吗？

——恐怕是的。他可怜地说。

——好的，我去找管理员。

——别告诉他我在这里。

她轻轻笑了几声。

——要是我一开门，你就跳到我身上，把我强奸了，怎么办？

——我不会的，我保证。

又是那种高声狂笑。

——好，蒂莫西，我相信你。希望我接下来不会后悔。你几岁了？

——十六岁。

——你才这么点大？挺住，小孩，我马上就回来。

她走后，他脑海里一片空白，像衣柜一样，黑暗而空无一物。他像等待救护车的伤员那样消极地等着，整个人缩进了内心深处的某个角落。然后他听到钥匙插进房门锁的声音，接着是脚步声。衣柜门打开了，他被突然出现的亮光晃得直眨眼睛，踉踉跄跄地走出衣柜，差点栽在女人身上。

——看着点！她一边用一只手有力地扶稳他，一边喊着。你最好先坐一会儿。

——谢谢你。他说。一屁股坐进扶手椅。

——没事。抽烟吗？

她从睡袍口袋里掏出一包烟。

——不用了，谢谢。

她点上一根，坐在沙发床上，跟他面对面。

——实在是太对不起了。他说。吵醒你，还有这些事。

——别担心，反正我睡眠不好。她突然大大扬起嘴角，朝他展露出灿烂的微笑。跟我说说你自己吧。

他简单跟她说了说。她见过凯特，知道有这个人。

——不过你别把今天晚上的事告诉她，好不好？他恳求道。

——我可以保密。她向他保证。话说回来，你显然也很能保密。你怎么做到的，在这里住了两个星期，谁也没发现？顺便说一下，不好意思我现在的样子乱七八糟的，不过我原本可没打算见人。

她指指头发上硕大的塑料发卷，被一块薄纱巾盖着。他想，即使她打扮到最好水平，也永远不会被称作美女。她脸上的任何一处和每一条肢体都有点奇怪，要不就是不成比例。她的脸太小了，或者说嘴太宽了；胸部平坦，长长的胳膊和腿从奇怪的角度伸出来，就像蚱蜢一样。但她的态度和表情里有某种东西在拒绝为身体道歉，而她的身体也因此有了令人惊讶的吸引力。她架起二郎腿，睡袍的下摆滑落下来，而她并没有往回拉，里面似乎没穿贴身睡衣。他知道的或是想象出的关于这个女人的事情像奔涌的鲜血一样冲进脑海。他硬了；他把双手按在膝盖上，努力抑制着，想掩盖起来。

——你确定你没事？要不要吃点阿司匹林之类的？我房里有一大堆药片，足够放倒一支军队。

——不用了，谢谢。我现在好了。

他站起来，表示她可以走了。

——我给你拿点阿司匹林吧，你脸色看起来有点苍白。顺便说一下，我叫金克斯·多贝尔。

——很高兴见到你。他说。他站在那里，穿着睡衣，感到自己很蠢。她微笑着，如新月般的嘴角上闪着明亮的绿眼睛。

——你这个岁数，块头够大的，蒂莫西。

他想不出来回答什么。他从没觉得自己块头特别大过，特别是跟同龄的美国男孩相比。

她走后，他发现自己睡裤裆部的开口是大敞着的。他穿上睡袍，坐回椅子里，惴惴不安地等那女人回来。唯一一件好事是，她似乎并没有怀疑他一直在偷听她。

她回到房间时，脸上没有之前那么油亮了。她把发卷摘了，于是头发垂到肩上。她端着个托盘，上面有两个玻璃杯、一瓶白兰地和一小瓶阿司匹林。

——我觉得你也许想来杯烈的。

——不用了，谢谢。

——不抽烟，不喝酒……你有什么不良习惯？一定是姑娘吧。

——我想抽根烟，其实，如果你能给我一根的话。

——当然可以。

她给他一根细长得像旗杆的烟；他成功做到往里吸的时候不再咳嗽。她给自己倒了一大杯白兰地，打开水龙头往杯里加了一点水。然后她坐在床上，背靠着墙蜷起腿。她把尖尖的下巴放在膝盖上，看着他。

——嗯。她笑着说。

她的凝视让蒂莫西不太自在，他动了动身体。

——不好意思提这个问题。她说。你怎么方便？

——什么方便？

——我是说，浴室、厕所，等等……

——哦，我，呃，等到没人的时候。

——我可不原谅你。这就像在后宫里的唐璜。读过那部诗吗？拜伦勋爵写的。

——没有，学校里还没学拜伦。

——你应该读读，实在是太棒了。我十一年级时上了一门课，浪漫主义诗人，是那时候读的。

她开始给他讲从前的一个男孩的故事：他扮成年轻姑娘，混进土耳其的后宫[①]。蒂莫西没有非常认真听，因为她睡袍的裙摆已经从膝盖上落下来了，这让他分心。她的膝盖并在一起，他只能看到两条长长的小腿和一条大腿的雪白的根部。但如果她张开膝盖……他这么想的时候，她的膝盖张开了大概半英寸。他感觉到自己又硬了，赶快转移视线，去看墙壁，看地板。他的眼睛几乎马上就转了回来，但是她双腿间只是一片阴影。她没有意识到自己的不雅姿态，还在谈论诗歌。

——我太喜欢英国浪漫主义了，你不喜欢吗？

——喜欢啊。他嘴里发干，嘶哑地说。

——你最喜欢的是谁？

——我们在学校学华兹华斯。他说。是他的想象，还是她的膝盖真的又张开了半英寸？

——啊，我以前特别迷华兹华斯！

她仰起头，开始背诵：

---

①这是拜伦的长篇诗体小说《唐璜》中的情节。

我感到

仿佛有灵物，以崇高肃穆的欢欣

把我惊动；我还庄严地感到

仿佛有某种流贯深远的素质……①

她每背一句诗，肢体就松弛一点，雪白的大腿像芹菜茎一样分开；他的心怦怦直跳，意识到这不是意外，她是故意让他看的。

——我记不起来接下来是什么了，这首诗很美。她低声说。她眼睛半闭，双腿半张。

他担心记忆的中断可能会打破咒语，开始沙哑地背诵《水仙》，这是他能想到的唯一一首华兹华斯的诗：

我独自漫游，像山谷上空

悠悠飘过的一朵云霓……

——啊，太好了！她接着背起来：

蓦然举目，我望见一丛

金黄的水仙，缤纷茂密……

①此诗为华兹华斯代表作《廷腾寺》（全名 Lines Written a Few Miles above Tintern Abbey, on Revisiting the Banks of the Wye during a Tour, July 13, 1798，一般简记为 Tintern Abbey）。本书中的华兹华斯诗译文均出自湖南文艺出版社 1996 年出版的杨德豫译《华兹华斯抒情诗选》。

现在，她放弃了羞耻的底线，双腿松垮垮地分开；他看见了。但他看见了什么？不是像他头脑中的眼睛看到的——光滑的、珍珠粉色的、有浅浅的褶皱的小缝——而是毛发，一丛鲜艳的生姜色的毛，跟狐狸的尾巴一样浓密而坚硬，阴影之下是松弛的棕色皮肤形成的竖唇。他垂下眼睛。

> 我的心灵便欢情洋溢，
> 和水仙一道舞蹈不息。

她背完了，用闲谈的语气说：

——干过姑娘吗，蒂莫西？

他摇摇头，不去看她的眼睛。

——我觉得你也没干过。想干吗？

他再一次摇头。长时间的沉默。然后，床上的弹簧吱吱作响，她站起来了。

——好吧，我可不愿被说成是，不顾一个处男的意愿强行上了他。不管怎么说，我喜欢诗。下一次咱们可以试试惠特曼。你知道沃尔特·惠特曼的诗吗？

> 谁在那里走动？如饥如渴，粗野，神秘，赤身裸体；
> 为什么我会从我吃的牛肉中摄取力量？[①]

①此诗为惠特曼代表作《我自己的歌》(Song of Myself)。本书中的惠特曼诗译文均出自重庆出版社2008出版的赵萝蕤译《草叶集》。

——不知道。他摇着头低声说。

——嗯。她说。我想你不会知道的。晚安，蒂莫西。

她离开后，他在椅子里坐了很久，几乎一动不动。

3

他在一种陌生的摇摆感中醒来，耳畔是火车沉闷的咔嗒咔嗒声。梅尔在他下面的铺位打着鼾，文斯和格雷格安静地睡在对面的两个铺位上，包厢的夜灯发出昏暗的蓝色灯光，打在他们的脸上，显得有些怪诞。他转过身，拉起自己这边的一个小窗户的百叶帘。壮丽的美景让他目眩神迷。

火车正在蜿蜒穿过一片冷杉林，远方是巨大的山脉，仿佛悬浮在森林上。这是真正的山脉——不是内卡河谷树木覆盖的丘陵，也不是黑森林，而是高耸的庞大灰岩，形成山峰和裂谷，有一些还有积雪覆盖；他此前只在照片上看到过这样的山。破晓时分的阳光被反射，在他们的侧面投下一道玫瑰色的光，他用手肘支着身体，看得入神；然后这道光渐渐消失。他的一个持续至今的童年梦想实现了：在理想条件下，毫不费力地旅行或探索。有太多次，他在进入梦乡之前摆弄自己的床，在想象中把床变成梦幻般的却又尚未被发明的车辆——车身低矮，流线型，带履带，坚不可摧，不可阻挡，丝毫不受极端气候影响——让它跨越广袤的沙漠和冰霜覆盖的草原，他懒洋洋地看着操纵台，透过挡风玻璃注视着充满敌意但对他无能为力的自然，吞噬着一里又一里的大地，无尽的旅程既英勇非凡又豪华舒适。

响起一下敲门声，一个乘务员拉开包厢门，端着热气腾腾的咖啡走进来。他打开灯，宣布道：

——还有三十分钟到加米施-帕腾基兴！

这些人打哈欠，伸懒腰。

——我们正在穿过特别美的山脉。蒂莫西说。你们应该看看。

——是阿尔卑斯山，孩子。格雷格说。

被阿尔卑斯山四面环抱的休假中心是个巨大的木结构酒店，房间带阳台，建在一个叫艾布的巨大湖泊岸边，离加米施大约半小时车程。蒂莫西自己住一间，在凯特隔壁，两间房有个公共阳台相连，凯特站在阳台上向他指出德国最高峰楚格峰。他们凝望着眼前的美景，这时湖面的平静被一艘摩托艇打破，艇后还拉着一个穿着滑雪板的男人。

——那是滑水吗？他叫出声来。我以前只看过照片。难吗？

——一旦能开始滑行就很容易，至少他们是这么告诉我的。我从来没有成功入门过。

——那水怎么样？

——挺冷的，是冰川水。但特别爽，能令人活力四射。

他后来验证了这一点。早餐后，他们全都顺着湖边散步，走到一处能下湖的小滩头，一个供跳水用的浮动平台在离岸边几码远的地方停着，一个救生员坐在上面。蒂莫西和凯特首先下水。寒冷让他大口喘气，但之后在温暖的阳光下晒干，一种甜蜜的幸福感传遍全身。

——这地方太好了，凯特。他喃喃道。

午饭时，露丝突然说道：

——凯特，那边那个人不是你的大兵吗？

——我的大兵？

——窗户旁边的桌子。那天我们在游泳池遇见的像犹太人的那个。

——唐！蒂莫西喊道。他在这里做什么？

凯特脸红了，皱起眉头。

——他可真有种。

——什么意思？露丝问道。他知道你来这儿吗？

凯特点点头。

——他在钓我们去邀请他。

——真有意思！他可真是迷上你了。

——别为这事担心，凯特。文斯说。你不必非得去注意他。

——哦，我也不能就这么视而不见吧，对不对？

——我觉得没什么问题。

凯特转向蒂莫西。

——你知道他会来吗，蒂莫西？

——不知道。他诚实回答。但他模模糊糊地觉得自己对唐的闯入负有责任。

——他看到我们了。露丝说着，同时向他挥手。

——露丝，看在上帝的分上，别。凯特责怪道。但唐大胆地过来问候他们。

——嘿，大家好啊！他装着很随意地说。

——你好。凯特冷冷地说。

——喜欢这里吗，蒂莫西？

——非常好。他勉强挤出几个字，尴尬地笑着。

随后是冷淡的沉默。露丝首先开腔：

——你是坐过夜火车来的吗，唐？

——不是，昨天我搭了一趟车。有几个我认识的人开车到慕尼黑。

——你打算怎么回去呢？

——哦，我打算待一阵子。知道吗，我被炒了。

——炒了？凯特很快说。为什么？

——嗯，他们没明说把我炒了，但就是这么回事。似乎有人传了话，说我曾经是良心拒服兵役者。我想他们认为我可能会腐蚀孩子们。最近对左派抓得挺严的，我说得没错吧？

他面带嘲讽的笑容扫视他们，瞥了一眼手表。

——今天下午有班巴士，能去林德霍夫宫转一圈——有人想去吗？没有？那么跟你们回头见了，肯定能再见的。

他走后，凯特愤怒地转向文斯。

——文斯，你有没有跟别人说三道四过？

——什么意思，亲爱的？

——关于唐。我就告诉过你和格雷格。

——我无罪。格雷格做出举手投降的姿势。

——这都是怎么回事？露丝厉声问道。

——问文斯吧。凯特对着唐离去的身影皱着眉头说。

文斯解释说：

——我们的这位朋友告诉过蒂莫西，他曾经是良心拒服兵役者。蒂莫西告诉了凯特，凯特告诉了我们。现在他认为是我们向教育部泄露的，就跟世界上没有档案这种东西似的。

——喃，你可不能怪他，是吧？凯特说。她突然起身，去大厅追唐。几分钟后她回来了。

——我告诉他，他丢工作的事跟我们没关系。她宣布。我请他今天晚上加入我们，这样显得我们没有恶意。

她挑衅地直视文斯的眼睛。他耸了耸肩。

——好吧，亲爱的，如果你想这么办，那就随你。

蒂莫西顾虑重重地等待着晚上的到来。他感到自己就像夹在两个敌对国之间的中立国，处境尴尬。他有理由同双方都保持友好，但被逼得只能支持其中一方。到了晚上，一切都比他最乐观的预想还要顺利得多，而且与唐发生冲突的是梅尔，不是文斯。让蒂莫西惊讶的是，文斯和格雷格都没有什么想优先占有凯特的表示；而凯特自己显然很想补偿任何对不起唐的地方——不管是真的还是她想象出来的——于是把大部分注意力放在唐身上，跟他跳了很多支舞；文斯则专注于玛丽亚，在他的魅力的衬托下，她也显得光彩四射；格雷格不停讲笑话，跟露丝打情骂俏，而不喜欢跳舞的梅尔喝得醉醺醺的。

由于大家形成了这些配对关系，蒂莫西发现自己经常被一个人丢在桌旁，跟梅尔一起。梅尔喋喋不休地讲战争期间的事情，其实很有意思，只是他老是在说美军的优越性，语气让蒂莫西觉得很烦。他在童年的某个时期接受了这样的信念：英国人才是更坚强的战士，美国人在前线需要源源不断的现代化舒适设施，还要经常休息。其他人从舞池回来时，梅尔正在大讲特讲蒙哥马利[①]在D日后的过分谨慎，而唐立即反驳他，说战争的输赢理所当然取决于苏联战场。

——这么看来，也许学校炒了你并不是那么愚蠢的决定。梅尔粗鲁地说道。

——住嘴，梅尔。露丝说。

——唐说得对，其实。文斯出人意料地开口说道。只要看看东线的伤亡数字就知道了。西线从来没有斯大林格勒那样的战役。

——我在第三军团——我知道我在说什么！梅尔几乎在喊叫。

——你是军需官，就管一座餐饮供应仓库，亲爱的。露丝说。你见过的炮弹壳还没炼乳罐头多，所以就闭嘴吧。

有一阵子，梅尔看上去像是要揍她。凯特拼命转移话题。

——伯吉斯和麦克林的事情怎么样了？最近有什么消息吗？

选这个话题也并不特别走运。唐不近情理地为英国安全部门的无能表现辩护：

①伯纳德·劳·蒙哥马利（Bernard Law Montgomery，1887—1976）是英国陆军元帅，二战中的著名军事指挥官，在诺曼底战役期间担任盟军地面部队司令。

——特务系统效率最高的国家对内镇压也最严厉，想想苏联就行了。美国在安全上花的力气比英国大，我们付出的代价是麦卡锡和J.埃德加·胡佛[①]。

——乔·麦卡锡是伟大的美国人。梅尔咆哮着。

——麦卡锡是个蠢货。文斯冷冷地说。到了合适的时候就能看出来。

——妈的，你站在哪边，文斯？梅尔抱怨道。

——当然是你这边了。文斯带着泰然自若的笑容说。不过咱们实话实说，麦卡锡的所作所为对美国没有任何好处。他做的只是让唐这样的自由主义者得上被害妄想症。

——当然，我为她感到难过。露丝说。

——你他妈在说什么？梅尔厉声问道。

——麦克林夫人。

——我们说的不是麦克林，我们在说麦卡锡。

——你们可能是吧，但我不是。想想看，她怀着八个月的身孕，这时丈夫跑了。

——我挺好奇她知道不知道丈夫的事。凯特说。

——她当然知道了。如果梅尔给苏联人送秘密情报，你们以为我能不知道？

谈话由此恢复到轻松的气氛。他们又要了一些饮料，而梅尔

①约翰·埃德加·胡佛（John Edgar Hoover，1895—1972），美国联邦调查局由调查局改制之后的第一任局长。许多批评者认为，他利用联邦调查局骚扰政治异见者和政治活动分子，收集整理政治领袖的秘密档案，还使用非法手段收集证据。

闷闷不乐，默不作声。直到又剩下他和蒂莫西两个人时，他才释放自己。

——我老婆那个贱人说得没错，我从未亲眼见过军事行动，不过我比你的朋友科瓦尔斯基可他妈离得近得多，我很自豪——用这个词我不丢脸——我为自己是第三军团的一员而自豪。在很多方面巴顿都是个浑球，但他也是个天才，能让手下做到不可能的事情。在战争史上，孩子，从未有过他那样的装甲推进方式。那些家伙开着谢尔曼坦克，就像在高速公路上开着改装车一样，他们仅凭推进速度就让德国佬瘫痪了。德国佬，还有苏联人，他们还用马车和手推车呢，你知道不。我们的小伙子们是欧洲唯一一批伴着汽车长大的战士，他们认为有汽车是理所当然的，并且知道如何使用。他们使用它的手段……嗨，我解释不了。不过现在好像成了这样：他们似乎在演电影或是别的什么混账东西，注定会赢，伤口都不是真实的——当然，那些伤口都是真实的。

他眼里布满血丝，死死盯着自己的玻璃杯。他慢慢转动杯子，冰块不断撞着杯壁。他又说：

——不过这给了他们某种勇气，这很好。

蒂莫西充满敬意地一直保持着沉默。很奇怪，他被感动了。

第二天早上他们很晚才吃早餐，然后除蒂莫西以外的所有人都下到岸边，去了滑水码头。他跟他们说好过一会儿再碰头。他看到告示，十点在休假中心会举行一场弥撒，他打算参加。弥撒在主休息室举行，坐的地方不是长凳而是安乐椅。会众懒洋洋地躺在椅子上，伸着腿听牧师布道。牧师讲话慢吞吞的，语气很随便，还时不时插科打诨。这不怎么合乎宗教上的规矩，但跟大多数美国事物一样，都很有趣。

他并不急于尝试滑水，不过要是凯特鼓起勇气去试了，他出于面子也很难躲过。不过发生了意外，他没滑成。他走到阳台上，在明媚的阳光下眨着眼，这时他遇到了凯特——她被文斯和唐抬着。他们身上的泳衣都湿漉漉的。凯特想朝他挤出一个微笑，但她的脸因疼痛而变得惨白。露丝踩着小碎步跟着他们，玛丽亚和梅尔随后也来了。

——就是脚踝扭了一下，蒂莫西。凯特说。不用担心。

——你应该让医生看看。唐说。已经开始肿了。

——我去叫。露丝在两个男人抬凯特进屋时说。

——她不知怎么回事，好像把滑雪板互相叉上了。梅尔说。我从没见过发生这种情况。

——真可怜！希望她没事。玛丽亚说。我告诉她别试了，但她还是要再试一次。

——我们以为她在笑，因为她又一次一开始就摔了个倒栽葱。梅尔说。然后我们意识到她有麻烦了。文斯和科瓦尔斯基跳下水，把她托住，直到船回来接她。她被拉出水时大声尖叫。天呐！我以为她肯定断了腿。不过看起来只是扭伤。

医生证实了这一诊断。凯特需要静养，让脚踝完全恢复。医生建议她在周末之前最好都不要旅行。

——好吧。凯特说。医生走后大家都围到床边，凯特虚弱地对他们微笑了一下。看起来我给自己延长了假期。你也是，蒂莫西，除非你想和别人一起回海德堡。

——我愿意跟你待在一起。他说。但是爸爸妈妈呢？他们等着我星期三回去。

——可以给他们拍电报。

——如果可能的话我会留下，亲爱的。文斯说。但是格雷格和我明天在法兰克福有个会。

——哦，我没事的。凯特说。蒂莫西会照顾我。

——而且唐还在这里——是吧？露丝说。

之前不见了的唐现在回来了，手里拿着的东西看上去像是老式壁炉栏。

——我想你可能会觉得这东西挺有用。他对凯特说。

——这玩意儿到底是干什么用的——给她的脸挡苍蝇？露丝大叫道。

——不是，是让床单不沾她的脚。

唐拉起床一头的床单，把壁炉栏塞到床单下面，形成一个凸起，受伤的脚正好可以搁在底下。

——好吧。露丝尖厉地笑着说。我们走后你会被照顾得很好的，亲爱的，肯定没问题。

她捅了捅唐，又说：

——你肯定也是出色的理疗师，对吧？

随后的日子有如田园诗一般。许多客人在周末结束时离开了休假中心，这座巨大的建筑只有半满，湖岸也不挤了。天气依然很好。几天后，医生允许凯特拄拐，酒店提供了一辆轮椅，于是唐和蒂莫西可以推着她在周围散步。晚上他们一起打牌，或者在音乐室里听唐挑选的古典乐唱片。有一支曲子叫《塔皮奥拉》，是西贝柳斯的作品，他们喜欢坐在窗边听着，看映在山上的阳光渐渐消失，薄雾从湖面上升起。

星期三，蒂莫西按唐之前走过的那条路线，坐巴士去林德霍夫游览。那里有个非常壮观的城堡，是疯狂国王巴伐利亚的路德维希修建的。城堡里有一个镜厅、许多巨大的喷泉、一个用硬纸壳做成的洞窟。他非常喜欢这次探险，于是第二天就去看了路德维希的另一座城堡——新天鹅堡。那里比林德霍夫更远，来回要花一整天。然而，巴士开到差不多一半时，电闪雷鸣，暴雨倾盆，没法往前开了。司机把巴士停在山路上，冰雹疯狂地砸下来，发出震耳欲聋的轰鸣，白花花的一片，完全看不见下面的山谷。他们吓得缩成一团，不过风暴持续了十五分钟就过去了，太阳再次闪耀，可前面发生了山体滑坡，没法再往前，只能打道回府。司机不得不在一边是峭壁的弯曲山路上倒着开了两英里，才找到一处可以调头的地方。

这次冒险让蒂莫西觉得非常刺激，他快步走回休假中心的房间，把东西往床上一扔，走到阳台上，凯特和唐经常坐在这里俯瞰湖泊。阳台空无一人，但凯特的法式窗敞开着。他走到阳台另一头，朝房间里看。

凯特和唐躺在床上。除了凯特脚踝上缠着的绷带和不协调地支在上面的壁炉栏，他们一丝不挂。唐的脸趴在一只巨大的乳白色乳房上，手紧紧抓住另一只，张开的手指间浮现出一个红润的乳头。凯特闭眼仰面躺着，一只手臂揽着唐的脖子和肩膀。她睡着了，脸上挂着微笑，仿佛梦见了美妙的事情。她的腹部随着呼吸起伏不平。她的阴部有一丛浓密的黑色卷曲毛发。

他轻轻地沿着阳台走回去，穿过自己的房间，走下楼梯。他走出大厅，通过露台，沿着朝湖岸的路往下走。他只想在自己和凯特的房间之间拉开尽可能远的距离。

在滑水者出发的码头，乘客们正在登上一艘汽艇，去湖上游览。他梦游一般地去排队，付船票钱，找个座位坐下。乘客并不多，有个浅金色头发的胖士兵不知为何恰恰坐到他身旁，他为此烦躁不已。这个年轻人带了很多各种形状和大小的皮套，用带子挂在脖子和肩膀上。他打开最大的一个皮套，拿出一部摄影机。发动机开始突突作响，驱动汽艇驶向湖的另一边，他开始拍摄越来越远的湖岸。

——真是好地方。他感叹道。风景太美了，但妞简直是太少了，你明白我的意思吗？

蒂莫西认为自己明白，但想不出什么有用的话来回答。

——打你来到这里，你找到过妞吗？

蒂莫西向他保证说没有。

——也许你太小了，对妞还没兴趣？

蒂莫西含蓄地瞪了他一眼。

——我的意思是，休假没有妞，又有什么意思呢？

蒂莫西“嗯”了几声，同意这个问题本身就是回答。

——我离妞最近的时候就是这次坐他娘的船。

蒂莫西表示困惑不解。

——看到湖那边的那个滩头了吗？那就是德国佬裸体日光浴的地方。如果你运气好。

他掀开另一个皮套，拿出一副双筒望远镜，对焦到岸边。他从牙缝里吹了声口哨。

——今天我们很走运。有一大帮。

他将望远镜递给蒂莫西看，蒂莫西礼貌地拒绝了。他对这种场面不再怀有以前那样的兴趣。随着船离岸越来越近，深色的树木背景让白花花的人体清晰可辨。士兵手忙脚乱地调了调镜头，然后把摄影机像枪一样对准湖岸。机器哗啦啦地响着。在滩头上的人毫无疑问是裸体的，但他们对驶来的船并不在意。他们似乎主要是带孩子的家庭。有些人站起来挥手，蒂莫西也朝他们挥手。

所以所有的女人都有毛，跟男人一样，只是女人的毛形状更加清晰，就像修剪过的胡须。这很有趣——小胡子，但一旦习惯了这么想其实就没什么问题。他在那个叫金克斯的女人身上看到毛时，感到很震惊，但在凯特身上再次看到，就不再惊讶了。它使女性看起来更像男性。也许人们不会认为男人的东西很丑，因为他们的那个部位难以称得上好看。凯特和唐躺在床上的情景中有某种美好的东西，但那是把他们的身体的全部放在一起来看。把他们全部放在一起看相当美丽，就像一幅画，虽然他看到过的所有裸女绘画和照片都深深地误导了他。

滩头渐渐从视野中消失了。士兵叹口气，放下他的装备。

——好，又拍了一卷，可以存档了。他说。等到家里的人看到这个，可有得好瞧。

蒂莫西问他的家在哪儿。

——内布拉斯加，朋友镇。

——你的意思是，一个叫朋友的地方？蒂莫西想笑，不过忍住了。

——对。那儿也真的是非常友善。

蒂莫西立即大笑起来。士兵似乎并不介意。他微笑着，像一个成功的笑话作者。

蒂莫西从湖边沿着道路走回休假中心，看见凯特和唐穿着整齐，坐在她房间外面的阳台上。他们向他挥手，他也向他们挥手。他又想到了他们缠绕的裸体，不知道他们今天是第一次，还是之前已经做过。他回忆起母亲怀疑的事，觉得有些好笑。她派他到这儿是为了证实这件事的，可他从某种意义上讲反而促成了它。如果不是他，凯特永远不会遇到唐。他们现在打算做什么——结婚？很难想象他们结婚，当然除非凯特怀孕了……他止住了胡思乱想。那些怪念头曾经让他可悲地误入歧途。凯特干什么是她自己的事情，他不会再参与其中。尽管如此，他古怪地替凯特为所发生的事感到高兴，虽然那是一种罪。

当他走到露台上时，他们把身体探过阳台栏杆，喊他。

——城堡怎么样？

——我不知道。他耸了耸肩答道。发生了山体滑坡，我们不得不回来了。

凯特的脸上显出同情。

——真是太遗憾了。她在蒂莫西走到阳台上时说。你什么时候回来的?

——几个小时前。我坐船在湖上兜了一圈。我觉得你们可能在休息。

——是的，我们是，我是。在休息。

她脸上涨起一大片绯红，徒然地试图直视蒂莫西的眼睛。他感到好笑而尴尬，但也被打动了。

——你不觉得你姐姐看起来很棒吗?唐说。

他同意。

——医生说我明天就可以回海德堡了。凯特说。

——那我什么时候回家?蒂莫西问。下星期一?

——啊，我今天早上收到了文斯来的一封信。海德堡的烟花表演在下星期六，我们都受到了邀请，到小伙子们的公寓去看。你觉得怎么样?

——你的意思是，再待一星期?

——错过烟花应该很可惜。可漂亮了。我们可以给爸爸妈妈再拍一份电报。

——好吧。他说着，然后咧嘴笑起来。他们会以为我疯了。

——你难道不觉得蒂莫西应该留下看烟花吗，唐?凯特说。

——当然了，但别把我算进去，我不去他们家。我晚餐时来找你。

——哦，亲爱的。凯特在他走后叹了口气。我真希望唐和那些小伙子们能好好相处。我们回到海德堡以后，事情会变得很尴尬的。

——嗯，可他不会在那里待太久了，不是吗？我是说唐。

——为什么？凯特很快问道。

——哦，伦敦政经学院录取了他，对吧？

——对，不过我不知道他是不是已经确定要去了……决定啊，决定。她叹了口气。我恨死做决定了！过去一星期在这里过得真快活，什么也不用担心，除了我的脚踝。

——也许你应该把另一只脚也扭了。蒂莫西说。她举起拐杖作势要打他，他赶忙躲开。

转天晚上，他们的火车驶进海德堡时，天正下着雨。从低矮的云层中飘落的毛毛细雨笼罩着山顶，这座城仿佛失去了视力，迷失了方向，被山脉和薄雾包围，颜色都流失了，像蜗牛缩进壳里一样小了一圈。现在他回到海德堡感觉差不多就跟回家一样，这说明他离开英国的时间确实也不短了。

出租车开到云杉大楼，停在一辆熟悉的白色跑车后面。它拉上了顶棚，在湿漉漉的雾气下，车漆像是一粒粒小珠。

——文斯在这里干吗呢？凯特惊呼道。也许他和格雷格正在鼓捣饭菜，欢迎我们回家。

——如果是这样。唐说。我把包给你提上去，然后就走。

他们走进大堂，鲁道夫从小办公室里跳出来迎接他们，手里拿着一个信封。凯特问他文斯是不是在大楼里。

——他不在，杨小姐。他和罗奇先生去柏林过周末了，明天回来。

——但他的车在外面。

——是的，杨小姐，他人很好，借向[①] 我开。

——文斯借给你他的车？

鲁道夫做了一个懊恼的手势。

——当然，我应该说他借给我。

凯特并没有试图掩饰她的惊讶。

——你是说，他说你可以开这辆车？

——是啊，今晚我开车去父母家。比自行车快，不是吗？他对蒂莫西微笑着说。有一封你的电报。今天早上刚送来的，从英国来。

——爸爸妈妈肯定是担心了。蒂莫西说。

——天呐，也许他们没收到我的电报。凯特说。说的什么？

他读给他们听：

——你考试过了五门优秀三门通过斯塔宾斯和吉罗开出五镑十先令周薪前景光明马上入职老总说长期留用恭喜爱你爸爸。

凯特拥抱他，在他的两颊上各亲了一下。

——蒂莫西！你真是个聪明孩子！

唐热情地跟他握手。

——恭喜，蒂莫西。得了那么多优秀——我觉得你真棒。

——我真希望他告诉我都是什么科目。蒂莫西盯着电报说。

---

①鲁道夫说的“借向”原文为“borrow it to me”。他用错了词，此处应该使用 lend（借给）。凯特接下来更正了他。

——细节无所谓了。凯特大喊。鲁道夫！蒂莫西通过了考试。成绩特好！

——哎，我其实没觉得特好。蒂莫西咕哝着。他握着鲁道夫伸过来的手。

——你现在的计划是大学了，是吧。唐说。

他看着他们的脸，看到他们的脸上无私地反映着自己的成功，有生以来第一次感觉到自己可能并不是一个彻彻底底的普通人。这是一种美妙的感觉，但其中并没有虚荣：他只是谦卑地接受，就像降临在身上的恩典。但他必须做出的决定似乎显而易见。他想经历更多像这样的时刻。

——是的。他说。我会接着念书。我今晚会给爸爸发电报。

——太好了，蒂莫西！唐拍了拍他的后背。

——咱们从我屋里给他们打电话好了。凯特说。来吧。

凯特沉浸在这个消息带来的喜悦中，过了好一阵子才又问起鲁道夫和文斯的汽车之谜。

——我真是大吃一惊。我知道文斯偶尔把车借给朋友，但他几乎不认识鲁道夫，更不会跟他说话。

——可能我们不在的时候，一段友谊已经成熟了。唐冷冰冰地说。

蒂莫西有他自己的解释，但没有说出来。过一会儿，他下楼到大厅，从冰箱里拿几瓶可乐，看见鲁道夫准备离开。他看起来很帅，穿着一件新款拉链防风夹克，蒂莫西在福利社看到过这种款式。

——我按你的建议跟弗农先生谈了。鲁道夫说。他觉得可以为我父亲的养老金做点什么。太谢谢你的建议了。

蒂莫西跟着鲁道夫走出大楼。他看起来一点都不像搬运工：腰板挺直，骄傲地站在汽车旁，穿着帅气的防风夹克。

——真漂亮，是吧？他说。他来回扫视着汽车的线条，眼神都有点色眯眯的。你要不要坐一段？不用？那么再见了，我还要说一次谢谢你。

鲁道夫钻进驾驶座，发动机打着火，雨刷把挡风玻璃上积聚的雨滴都扫干净。车子慢慢向前开动，蒂莫西看到鲁道夫在座位上前倾身体，用残疾的手臂扶稳方向盘，用好手换挡。然后汽车加速开远，拐了个弯，消失了。

在考试中取得优异成绩的消息让蒂莫西突然非常想回家，重建与现实世界的联系。他觉得自己只为了看场烟花表演而同意在海德堡再待一个星期是犯了一个错误。从加米施回来后的那个周末很乏味。雨还在下，医生不允许凯特走路，唐没有车，所以他们被困在她的房间里，玩凯纳斯特纸牌和拼字游戏来消磨时间。这让他回想起童年时那几年，他在星期六晚上总是跟琼西和布林克玩强手棋和克里比奇纸牌[①]，形成了仪式一般；而现在回头看，那段日子是多么贫瘠而空虚。

星期一，凯特去军队医院检查脚踝，蒂莫西拿着一本唐借给他的旅行指南在城里散步，更加细心地重新审视各处景点。城堡的

①凯纳斯特（Canasta）和克里比奇（Cribbage）都是多人纸牌游戏，特定纸牌组合有不同分数，分高者胜，具体玩法和计分方式有所不同。

花园显得很忧郁，雨水从树上滴到碎石路上。从东边的露台可以看到迷宫的痕迹，那是在伊丽莎白·斯图亚特时代按汉普顿宫的迷宫[①]方案修建的。指南书上介绍说，前来拜访的大使们认为它是伟大的奇迹；在向他们的君主的报告中，它成了影射当时政治形势的寓言。显然，有诅咒附着在这座城堡上：一名新教牧师以异端罪名在这里被活活烧死；一个女巫因执政君主的残暴统治而对他施以诅咒，并祈求上帝烧毁这座城堡。城堡建筑随后遭到数次火灾，最终在17世纪末被法国军队摧毁。烟花表演就是为了纪念此事件。

读到天主教徒烧死新教徒的事总是让蒂莫西感到不安。例如玛丽·都铎：当你发现玛丽杀的新教徒跟伊丽莎白杀的天主教徒数量不相上下——甚至更多——你就很难对死在伊丽莎白手下的那些天主教殉道者还抱有跟原来一样的感受。就好像你发现盟军在战争中也实施了暴行，跟纳粹一样。

他慢慢走回市里，到默瑟家的男孩们带他去过的那家小吃店吃午饭。他们不在那里，不过格洛丽亚在。她在点唱机旁边跟一群朋友聊天，穿着一件白色运动衫，正面印着“US”两个字母。他暗暗想，印两个五十美分的标志更合适，每个乳房上一个。不过他很清楚，自己只敢偷偷想想这种荤段子，并没有走上前去跟她搭话的勇气。她似乎认出来他是唐的课上的那个孩子，因为她向他害羞但友好地微笑了一下，但他胆小得不敢回应。然后，他冒雨在城里乱走，觉得自己没有得到认可，愿望没有实现，只好希望能再碰

①汉普顿宫（Hampton Court Palace）是位于伦敦西南郊外的一座皇家宫殿，建于16世纪，其中的树篱迷宫为英国现存最古老的树篱迷宫。

到她。

晚上他跟凯特和唐一起，在她的房间里共进晚餐。医生说她的脚踝状况良好，只要她尽量不让那只脚受力，就可以回去上班了。

——我告诉了老板，他会派他的司机开一辆军队的车，每天早上来接我——他真的太好了，是不是？我本打算问问小伙子们，看谁能来接我，但我找不着他们。

晚上梅尔打来电话，显然是在问文斯和格雷格的事。凯特用手捂住话筒，对蒂莫西和唐说：

——非常诡异。文斯和格雷格今天早上就应该回来了，但没有人看到他们，也没人听说关于他们的消息……等一下，露丝来了——她想跟你说话，蒂莫西。

露丝说的是，她有个朋友的女儿下星期五过生日，要办生日派对，邀请蒂莫西去。他礼貌而坚决地拒绝了。

——你应该答应。凯特挂掉电话后劝他说。可能会挺好玩的。

——我到那儿去，肯定谁也不认识。这个女孩根本不认识我，我猜是露丝强逼着她邀请我的。

——不要犯傻，蒂莫西，你知道美国人有多么友善。别管怎样，她说这个女孩的一个朋友认识你。

——谁啊？他问道。他带着遗憾的痛苦期待着答案。

——露丝确实说了，但我忘了。是你班上的人，唐。叫罗斯什么的。

——也许是格洛丽亚·罗斯。你还记得坐在后排的那个很迷人的褐色头发女孩吗，蒂莫西？

——不记得。蒂莫西说。再说，我也不喜欢派对。

——哎，如果你不愿意，谁也劝不动。凯特耸耸肩说。不过我觉得要是你自己一个人在海德堡待一整天，会有点无聊的。

——我没事。他执拗地说。

——嘿！唐想缓和一下气氛。我星期三必须去趟法兰克福。蒂莫西，你想不想跟我去？

蒂莫西同意了，很感激唐改变了话题。他一个人回到宿舍。凯特受伤，于是他们没法再用惯常的托词，何况现在他在海德堡也待不了几天了，所以他变得无所顾忌。他大胆地走进宿舍；如果碰上什么人，他就故意看手表，好像是来接一个约会对象。

自从加米施回来，他就没有见过金克斯·多贝尔，也没听到过任何有关她的消息。他认为她已经走了一段时间，也许是去度假了。如果情况确实如此，他不知道是该高兴还是遗憾。在那晚过后再见到她将会特别尴尬；而回想起来，那晚就像一个梦，尤其是她暗示想跟他做的时候。可有时，就像现在这个夜里，想要获得第二次机会的念头在他脑海中犹豫地盘旋。他进屋时有意重重撞开多洛雷丝的房门，准备睡觉时又在屋子里走来走去，弄出很大的动静。过了一会儿，他走到衣柜前，转动钥匙，打开门——这还是自从把自己锁在衣柜里以来的第一次。并没有隔壁房间的光线或声音从墙上的小缝透过来，不过衣柜的地板上有一本书。他拾起来。是一本平装的《草叶集》，作者是沃尔特·惠特曼。他一动不动地站了几分钟，手里拿着这本书，好像攥着个饵雷。然后他翻开，看到扉页上有题词：致唐璜，带着爱，J. D. 。他随便翻到一页：

我记得我们是如何一度在这样一个明亮的夏天的早晨睡在一起的，

你是怎样把头横在我臀部，轻柔地翻转在我身上的，

又从我胸口解开衬衣，用你的舌头直探我赤裸的心脏，

直到你摸到我的胡须，直到你抱住了我的双脚。[①]

他锁上衣柜门，爬上床，从头开始读这首诗。但它很长，而且他发现很难理解。诗里似乎没有故事，虽然长诗通常都有故事。他读了大概十页，眼皮开始发沉，就把书放下，关上灯。但他睡不着。他想着那本书，在衣柜的黑暗里，像一颗未爆炸的定时炸弹一样嘀嗒响着，有几天了？这是什么意思？为什么她把它留在那儿给他看？这似乎是一份告别礼物，当然这样也挺合理。他觉得她很可能有点触动。

他翻个身，转念开始想格洛丽亚。在小吃店里，她穿着那件印着 US 的运动衫，看起来很漂亮。除了乳房，她的脸也很漂亮，光滑的皮肤是亚光的深色，有光泽的深褐色头发从中间分开。格洛丽亚·罗斯。他又翻了个身。

大约一刻钟后，他突然坐起来，打开床头灯，拿起电话。他以前从未用过，因为打电话意味着得经过一个接线员。然而，那个男人听起来很困倦，也漫不经心；他把电话转接到云杉大楼，再由鲁

①出自《我自己的歌》第五节。

道夫转接给凯特。

——蒂莫西！出什么事了吗？

——没事，我只是想说，关于那个派对，我改主意了。我愿意去。

她笑了，听起来松了一口气。

——怎么改主意了？

——哦，我不知道。我觉得露丝可能会不高兴。

——好吧，蒂莫西，你想得真周到。明天早上我第一件事就给她打电话，现在已经很晚了。

——你没睡着吧？

——呃，是啊，我没睡着。

她似乎在忍着笑。他觉得背景中有唐的声音。

——那么晚安了。他说。

——晚安，蒂莫西。做个好梦。

第二天早上，他去福利社买一些带回家的礼物，碰到了露丝。她穿着到膝盖的短裤，戴着一顶斗笠，脚踩木底凉鞋。她看起来比平时更亢奋。

——蒂莫西！她叫道。她涂着指甲油的长指甲抓着他。你听说文斯和格雷格的事了吗？我一知道消息就打电话给凯特了。

——什么消息？

——啊，美军广播网今天早上说，两个美国人在柏林失踪了。他们认为两个人肯定是误入了苏联占领区，然后被逮捕了，虽然老毛子声称对此一无所知。

——文斯和格雷格？

——啊，他们没有指名道姓，但情况都对得上。梅尔和我真的很担心。你就想想吧，在铁幕后面被关起来！天呐，有的人一关就再也没有消息了。

——也许不是他们。

——那他们在哪儿？她看了看表。我必须得走了。

——凯特跟你讲了派对的事吗？他忐忑地问道。

——那个烟花派对？我觉得已经取消了吧，直到另行通知。

——不，我是说生日派对。你昨晚打电话说的那个事。

——哦，对。凯特说你最后还是想去，对吧？

——是的，谢谢。

——好的，我会跟洛拉·伊士曼说的，她是派对主角切丽的母亲。切丽是个可爱的孩子，你会喜欢她的。

——她为什么邀请我？我是说，这真的很好，不过……

露丝露出狡黠的微笑。

——那么我就说实话，是洛拉邀请你的。她昨天晚上和我们一起打桥牌，我跟她提到了你。啊，我必须得走了。

她摇摇晃晃地走向出口。

——等等。他快步赶到她的身边，表示抗议。但是叫切丽的那个女孩，她知道吗？

——别担心，蒂莫西，派对上会有大概上千个孩子。我只希望那条见鬼的船别沉。

——什么船？

——我没跟你说过？他们要租一条那种内卡河上的游轮——月光下的巡游。内卡河上的拥吻[①]，是梅尔说的。他能说出这种聪明话来可不容易，你说是不是？

她向他挥挥手，抛下一个色眯眯的媚眼，离开了。

蒂莫西从改主意参加派对起，就已经准备好了接受凯特和唐拿他打趣、盘问他的动机。然而，他们再见面时，只谈了文斯和格雷格的失踪。凯特既亢奋又不安。她一瘸一拐地在房间里走来走去，一根接一根地抽着烟，不停接打电话。唐镇静地靠在沙发上，问她是否知道他们要去柏林。

——不知道，但是他们总是突然赶去某个地方，为了工作或者是去玩。

——你认为他们这次是为了什么？

——去玩吧，我想，那是个周末。但我可没想到他们能做出这么愚蠢的事，误入苏占区。

——也许不是误入呢。

——你什么意思？

——也许他们过去是有某种目的。

——什么目的？

——我不知道，但如果最后发现这两个人在给中情局干活，我也不会惊讶。也许苏联人是以间谍罪名把他们抓起来的。

①原文为“Neckin’ on the Neckar”，neckin’（拥吻）和Neckar（内卡河）发音相似。

——间谍！凯特轻蔑地重复道。

——当然，你比我更了解他们——

——当然了。凯特说着，又点上一支烟。我从来没听过这么蠢的想法。

——但你能确定他们没有任何秘密瞒着你吗？

——不能，可这话放在谁身上都没错。比如蒂莫西。

唐朝他咧嘴一笑。

——你有一套秘密生活，蒂莫西？

——我还真不知道。

——这事你怎么想？凯特问他。

——我想他们很快就会出现，会很奇怪大家这么大惊小怪都是为了什么。我想，他们应该是被困在某个地方，发了一封电报结果没有送到，或者什么别的。

凯特笑了。

——跟以往一样，简单直接！你肯定是对的。谁知道呢，他们可能已经回来了。我今天都还没试试给他们打个电话。

她拿起电话，打给小伙子们的公寓。

——是你吗，文斯？她热切地说。

蒂莫西和唐直起身，交换了一下眼神。但不是文斯接的电话，而是一名宪兵上士，负责记录所有来电。凯特不得不告诉他她的姓名和证件号码。

——你瞧瞧。唐说。

——军队方面一定非常担心发生在他们身上的事。凯特说。

蒂莫西和唐第二天一大早动身去法兰克福。除了在到达的那个黎明瞥了几眼曼海姆，蒂莫西还没有见过惨遭兵燹的德国城市。海德堡的废墟其实挺美，是年代久远的战争的遗迹；巴登巴登和加米施甚至连这种废墟都没有。法兰克福让人回到残酷的现实。这里很像伦敦，只不过是如果英国输掉战争的伦敦。一条街又一条街——完全没有了。有道路，有人行道，行人在人行道上走，汽车在道路上开，但两边——什么都没有。一块块长方形的平地上堆满了泥土，地上横七竖八地散落着砖块，杂草丛生，高矮不齐。随处可见教堂和其他公共建筑被熏黑的外墙，也有一些粗具轮廓的全新街区，被空地重重围困着。到处都在施工：电钻嗒嗒嗒地响着，推土机在咆哮，被拆毁的建筑扬起灰尘，飘在空气中。赤膊的男人们被太阳晒成褐色，拼命地工作着。但是，城市被摧毁的严重程度似乎在嘲笑他们的努力。蒂莫西回想起跟唐第一次见面的那个早上他说过的话：美国人把总部设在海德堡，这样他们就不会被提醒自己对德国城市的所作所为——这个看法现在显得不再那么奇怪了。

城中心还有一些老建筑，显然是奇迹般地从空袭中幸存下来的。现在四周空旷，它们看起来似乎紧紧地挤在一起。不过，据唐说，它们都是在战争中毁掉后重建的。蒂莫西很难相信，因为修复非常完美，尽管在很近的距离可以看出油漆太亮、石头没有经过风化、拐角有点过于规整。有一座房子修复得比其他建筑更好，它属于一个显然很著名的诗人，名字听起来像格蒂[1]。它在轰炸中被严重

①歌德（Goethe）的德语发音听起来有点像英语的“格蒂”（Gertie）。

毁坏，但人们早料到会有此遭遇，提前把大部分家具转移到了安全地点。德国人以典型的细致作风记录下所有房间的精确细节，所以能重建得跟原样分毫不差，连翘起的地板和弯曲的窗框也不例外。

——罗马人区——也就是旧城区——和歌德故居是法兰克福战后重建的第一批建筑。唐说。这时他们站在诗人的卧室里。很奇妙，是吧？你得知道，与此同时，有一半人口还住在地下室和被炸毁的楼房里。

——从某种角度来看确实让人印象深刻。蒂莫西说。对历史和建筑有这种情感。

——我觉得还要更深刻。唐说。或者更浅薄。德国人不把轰炸看成报应，或者暴行，而是试图忘掉它。把楼在原地按原样再盖起来，是抹掉战争——以及整个纳粹时代——的一种方法，像倒着放电影一样，你明白吗？

——你说暴行，那是什么意思？

——我是指对平民区的地毯式轰炸。

蒂莫西正要指出，是德国人首先地毯式轰炸英国平民区的，但此时音乐从楼下的某个房间传来，分散了他的注意力。他扬起手。

——听！那是《天佑吾王》①！

—— 一定是为了迎接你演奏的。唐笑着说。

他们循乐声找到二楼的一个房间，一位年长的博物馆职员正站在一台羽管键琴前，为一群认真的游客演奏这熟悉的曲子。他合上

①《天佑吾王》是英国国歌。若在位君主是女王，则称《天佑女王》。1951 年时，在位英王为乔治六世。

琴盖，开始用德语讲话。蒂莫西和唐轻轻走开。

——这是支古老的曲子，在很多欧洲国家都出现过。唐说。我觉得没人知道是谁首先写出来的。

——在这里听到挺诡异的。蒂莫西说。对我来说，这曲子就意味着家。

在家乡电影院的走道里不自然地站着，局促不安地看着米字旗在银幕上飘动，暗暗系好外套的扣子。在足总杯决赛日听广播，军乐队演奏的乐曲在鸦雀无声的温布利球场上空回响。还有，在圣诞节坐在餐厅桌旁，12 月橙黄色的阳光在窗外慢慢消失，无声地示意想吃百果馅饼和第二块布丁，而国王口齿不清的尖细嗓音用模糊的音节[①] 叙说着善意和希望：值此佳节……世界各国的人民……帝国和英联邦……希望和祈祷……团结奋进……和平。随着国歌旋律渐渐消失，母亲说：我觉得他今年讲得好了点。可怜的人啊，这差事一定是个沉重的负担。

他们走出歌德故居，进入交通和电钻的轰鸣，走过荒凉、空空如也的街道，想找一家咖啡馆。蒂莫西又谈起轰炸，这令他感到困扰，就像宗教改革中天主教对新教徒的迫害一样。唐很自然地接上了这个话题，因为他说自己为美国的一个和平组织研究过这个问题。他讲述无差别轰炸的战略，以及在城市中制造火灾风暴的技术——先地毯式投放高爆弹，再投燃烧弹。他报出一大串令人不安的统计数据，例如伦敦空袭有一万三千人遇难，但 1945 年对德累

①乔治六世有严重的口吃，虽经治疗大为改善，但并未彻底解决。

斯顿的一次空袭炸死了十三万人；又比如，五十万德国人死于空袭，而盟军付出的代价是十六万机组人员的生命。

——十六万？蒂莫西怀疑地重复道。

——难以置信，是吧？而且轰炸并没有削弱德国平民的士气。如果说有什么反应的话，那么他们的士气其实更加高涨了。直到1944年8月，他们的军工产量都一直在上升。

对德国的轰炸是过度的——面对这个可能性已经很难了；而轰炸可能是白费工夫，没起到什么效果——这简直难以接受，根本不堪设想。回海德堡的火车上，随着风景上方的德国天空越来越暗，蒂莫西的苍白脸庞映在窗户上的影子渐渐变得锐利起来。他看着窗外，想起杰克叔叔和所有像他一样捐躯长空的飞行员。他尝试着在想象中重建那种体验：飞机燃烧解体，坠入黑暗；巨大的机翼在空中翻滚，令人头晕目眩；生命随着转向零点的高度计走向终结。但他能使用的材料只有老旧的新闻影片和战争电影，而它们从来不能表达面对这种死亡时的恐惧和痛苦。而在死后，你获得全知的能力，发现你的恐惧和痛苦完全是徒劳，又会有什么感受？他想象，一拨又一拨来自冥间的谴责蜂拥而至，撞击着此间的冷漠世界。历史是幸运者对不幸运者的裁决……这是真的。但是，除了在恐惧和颤抖中继续生活，祈盼你的运气能持续，你还能做些什么呢？赎罪，唐带着自嘲的微笑说，我们可以赎罪，蒂莫西。你对这个应该很熟。他知道在忏悔后念三遍《圣母经》和一遍《天主经》，在四旬斋期间不吃糖果，但他认为这不是唐所想的。

他们跟凯特约定好了当天晚上在云杉大楼见，但是当他们的火车进站时，她正在站台上等着。她看起来憔悴而焦虑。

——最糟的事情发生了。她说。鲁道夫开文斯的车，出了车祸。

——我就知道。唐冷酷地说。

——你知道？

——我知道让他开那辆车简直是疯了，他只有一只胳膊。弗农一定是神经搭错弦了。

——鲁道夫还好吗？蒂莫西问。

——他现在不省人事——严重脑震荡，在军队医院里。他显然很走运，还活着。似乎是宪兵在高速公路上追他，向他鸣笛示警，可他没停车，而是企图逃跑。车开下马路，撞上了一棵树，他被抛到了车外面。

在细雨中，他们开始往云杉大楼走。

——他们为什么追他？他为什么不停下来？蒂莫西把头脑中的疑问说了出来。

凯特耸耸肩。

——我想他超速了，或者也许他不应该开车。也许文斯其实没借给他。

——也许按规定他只能开装有特制操控系统的车。唐猜测道。或者他根本没有驾照。

——这听起来更有可能。蒂莫西说。鲁道夫不会……偷文斯的车的。

——好吧，我不知道该怎么想。凯特说。我跟你说，关于整件事的来龙去脉，已经有一些很玄的闲话开始在传了。

——比如说？唐问道。

——比如说，文斯和格雷格给苏联人当间谍，而鲁道夫是他们的联络人。这就是宪兵为什么追他。

唐仰头狂笑。

——这跟伯吉斯和麦克林那事挺像嘛。他说。间谍就在大家眼皮子底下。

——好吧，你可以这么说，唐——

——我说过他们可能给中情局办事——这是性质完全不同的另一码事。你没把这种闲话当真吧，是不是？

凯特皱起眉头。

——我不知道该怎么想，真是猜不透。我同意，鲁道夫不太可能没得到许可就开文斯的车，但我不知道他们有借车的关系。

——呃，我想我知道鲁道夫和文斯是怎么凑到一起的。蒂莫西犹豫地说。

——你，蒂莫西？

凯特停在人行道上，盯着他。当他讲完鲁道夫父亲的事后，她紧张地笑笑，说：

——啊，你还真不怕惹火上身，是吧？不过这还是不能解释为什么弗农会再给鲁道夫帮个忙，借车给他。

——我有个猜测。唐说。不过我最好还是别说出来了。

凯特瞟了他一眼，似乎要说什么，然后改变了主意。

第二天是星期四，关于小伙子们终于有了确切消息，前几天所有的谣言和猜测都像海德堡街上的水坑一样迅速蒸干，因为又是晴空万里、艳阳高照了。文斯和格雷格在西柏林，安然无恙，并正在返回海德堡。上星期天他们在柏林郊外的树林里散步，迷失了方向，无意间跨过边界进入东德，然后被捕。他们被关押审讯了三天，然后没有任何解释就被推进一辆封闭式卡车，送回了他们被发现的地方，获许越过边界回去。文斯从柏林给凯特打电话，告诉她他们星期六回海德堡，还说烟花派对仍然按原计划举行。

——他似乎觉得这一切都没什么。唐指出。他知道不知道一直在传来传去的闲话？

——他说他们在回来的路上会到法兰克福做简短汇报，然后可能会有调查。他把这一切只看成一段趣事，但我觉得他其实挺害怕的，只是不愿承认罢了。就像你说的，唐，苏联人怀疑他们是间谍。

——弗农知道鲁道夫出车祸了吗？

——知道了。看来是他叫鲁道夫把车开去保养，但文斯没想让鲁道夫之后还开那辆车。

——鲁道夫怎么样了？蒂莫西问。

——他恢复了意识，这让大家松了口气，但医生还不让他见人。现在知道文斯和格雷格没事，这桩让人提心吊胆的事也解决了。他们可得好好讲讲都经历了什么。

——是啊。唐冷冷地说。我想听。

——那么，你来参加他们的派对怎么样？你被邀请了。

唐摸着下巴思考着。

——嗯，我看看吧。我不是特别想加入一场表忠心的表演。

——你什么意思？

——这难道不是他们还要举行派对的原因吗？为了表明他们没有什么可隐藏的？他们所有的朋友都在那里，好显得团结一致。

——你对事情解读得过分了，唐。凯特气呼呼地说。他们所有的朋友当然都会在那里，这是那种欢迎回家的派对，也是蒂莫西的欢送会。她又说，向他微笑。两天两场派对——你的假期结束得声势挺大啊！

装饰华美的游轮泊在老桥边上，大声放着唱片，吸引了很多人的注意力。看热闹的大部分是德国人，有些人危险地把身体探过桥上的护墙，还有一大堆人挤在河边的马路上，挡住了巨大而温驯的汽车。年轻的客人们从车里下来，走上码头，好似一盒盒包装精美的礼品。姑娘们被目光簇拥着，从别克和雪佛兰软绵绵的后座钻出来，甩动专为派对穿上的连衣裙的下摆，向父母挥手告别，登上跳板。有驳船驶过时水波漾动，游轮随之轻轻摇晃，姑娘们轻声发出害怕的尖叫。蒂莫西看见一艘驳船上有个棕褐色皮肤的小男孩，赤着脚从甲板一头跑到另一头，努力目不转睛地盯着这奇观，最后嘴巴大张着从船尾探出身来，直到被驳船拽出视野，没入正在落山的夕阳。

蒂莫西是走路过来的。他很高兴凯特和唐在精神上给他支持，一边克服重重困难挤过看热闹的人群，一边下意识抓紧一大盒巧克力，那是凯特从福利社买给他的，盒子上用淡紫色丝带绑了一个硕大的蝴蝶结。

——好家伙，蒂莫西，你为今天晚上的社交可够卖力气的。她逗他说。他们甚至请了个摄影师。

——真不可思议。唐小声说。肯定有个可怜的家伙为这排场花了一大笔钱。

——哎，他负担得起。凯特说。切丽的父亲是少校。

——不过我敢说，船是他妻子的主意。浑身黑色亮片那个，是她吗？

——对。在她身边的是切丽。

——那孩子看起来给吓坏了。

——她才没有呢，她看起来真是太漂亮了。

甲板上搭着跳板的地方站着一个头发染成蓝色、身着闪闪发亮的黑色鸡尾酒礼服的女人。她迎接前来的客人，跟他们握手，灿烂的微笑洋溢着光彩，他们站在河岸边都能看到。一个深褐色头发的女孩站在她身边，穿着下摆宽大的白色礼服裙，紧张地摆弄着一小束花。她们旁边的桌子上，包装亮丽的礼物堆成一座耀眼的小山。跳板上的人越来越多。

——少校是要竞选总统吗？唐问道。这有点白宫门口排的队那个意思。

——噢，别挑刺了，唐，你会弄得蒂莫西后悔来了。凯特说。

这其实正是蒂莫西所想的。在此之前，他从未在任何如此正式、公开的事上改变过主意。梅尔的俏皮话“内卡河上的拥吻”曾经暗示着种种诱人的前景，而引人注目的伊士曼夫人让那一切都化为泡影；更不用说现在伊士曼少校也露面了，身上是非常时髦的航海风——深蓝色休闲裤、麻花图案的白毛衣、大檐帽。他正在把一大箱可口可乐搬上船，牙间咬着个黄色的弯烟斗。

——要不要我把你介绍给伊士曼一家，蒂莫西？凯特问道。

——好的，谢谢。

他跟着她走上跳板，和女主人握手，然后把手里的大盒子交给她，心里松了口气。

——啊，这丝带真好看！伊士曼夫人热情地说。跟你的绶带很配，亲爱的，看看，是吧？

——非常感谢。切丽无精打采地小声说道。她的手柔弱而湿润。

——你邀请蒂莫西来真是太好了，他肯定会玩得很开心。凯特说。

——不用客气。伊士曼夫人高兴地说。蒂莫西，我们已经听了好多你的事。

他无力地笑了笑。

——我们在十点半之前应该能结束。伊士曼夫人对凯特说。我觉得对我来说这个时间已经够长了，对孩子们应该更是这样了吧。她笑起来，露出洁白的牙齿。

——不用专门来接我了，凯特。他说。

——好吧，亲爱的。玩得开心。

她在他的脸颊上啄了一下，他感到有点尴尬。她摇摇晃晃地走下跳板，回到河边的人行道上。他看到她跟唐挽起胳膊，消失在人群中。

——好。伊士曼夫人说。我想你在这里谁都不认识，是吧，蒂莫西？她皱着眉头打量着他，仿佛他是一道难题，而她的自尊存在与否取决于能不能解答出来。

——我想是这样的。他往四下看了看，说道。他看到格洛丽亚靠在船尾栏杆上，不过觉得派对刚开始，自己不敢这么早就说认识她。

——宝贝！伊士曼夫人抓住一个孩子的手臂。她就像个小号的切丽，正在甲板上转着圈，欣赏自己的裙子。蒂莫西——这是切丽的妹妹，我们管她叫宝贝，因为她是我们最小的孩子。宝贝，这是蒂莫西，他从英国来。给他一杯可乐或者什么别的，把他介绍给一些好孩子，好不好，亲爱的？

宝贝的脸拉得长长的。

——噢，妈妈……

——宝贝！伊士曼夫人吓唬着她。

——哦，那好吧。来吧。

她歪歪头，示意蒂莫西跟她走，将他带到一堆汽水箱前。

——可口可乐还是百事可乐？

——可口可乐，谢谢。

——自己拿吧。

他摆弄了一阵开瓶起子，再抬起头，她就不见了。他并不遗憾。他拿着可乐走到船的另一头，脱离伊士曼夫人的视线，倚在栏杆上，假装陶醉于河流和对岸远方的美景。汽笛发出一声刺耳、滑稽的尖厉啸叫，乘客们兴奋地大喊大叫，以示回应。发动机隆隆作响，船开始慢慢驶离岸上微笑着挥手的人群。喇叭哔哔啵啵响了几声：

——大家好啊，我是哈罗德·伊士曼，切丽的老爹，如果有人不知道的话。（几声欢呼，几声冷笑）欢迎你们大家登船参加这场生日派对……（他停下来，接受一些礼仪性的笑声）……切丽的妈妈和我，我们非常高兴，能邀请到你们到这里，庆祝她生命中这个特别的日子。现在我们希望你们玩得尽兴。船上的可口可乐和百事可乐足能把内卡河染成粉红色。舰桥下的大厅里有各种各样的吃的，请自便。顶层甲板已经清理好了，可以跳舞。我就认真提醒一句：我们可不想发生事故，破坏这个派对，所以请不要坐在栏杆上，也不要探身出船外。我就说这么多，好好玩吧！

宾客一阵欢呼，喇叭又继续播放音乐。船停了一会儿，好通过老桥上游不远的水闸，然后继续往上游航行，进入内卡河谷。两岸的山峦起初平缓升起，随着船蜿蜒向东而变得险峻起来。有些山顶上还有小村庄，看上去是中世纪的，有坚固的城墙。小船驶在广阔壮丽的风景里，将音乐和谈话声和笑声撒入森林和山脉神秘的寂静中。

一些年龄大一些、更成熟一点的客人开始在顶层甲板的遮篷下跳舞，但他们大部分时间还是聚在一起，谈笑风生。女孩们肩并肩坐着，像一个紧紧的绳结；男孩们站在她们周围，互相打闹，展示着自己，昂首阔步走向女孩们，然后又退后，动作夸张地扔回几瓶可乐，显得很有男子气概的样子。他看到了格洛丽亚·罗斯，她穿着宽大的红裙子和农家风格的白衬衫，领口上系着红丝带，长长的黑发刚洗过，散在肩上，整个人看起来非常活泼、成熟。两个长相普通一点的女孩坐在她两边，她们正在兴高采烈地聊天。围着她转的一个男孩想解开她衬衫上的丝带，她根本不理睬，轻蔑地扭了扭肩膀，躲开男孩的手。他只需要走到她面前，微笑着说，我是不是那天在科瓦尔斯基先生的课上见过你？可然后呢？如果她说没印象呢？就算她说是，他也无法设想自己加入那群男孩，像小狗一样围着她脚边转。他觉得现在的感觉就跟与默瑟家的男孩们在一起时的感觉一样——自己拥有丰富的经验，可根本用不上。

就好像要特意强调这一点似的，拉里本人出现在通往大厅的楼梯上，牙间像叼着一根大雪茄一般紧咬一只热狗，右手还拿着另外一只，左手是一瓶可乐。和船上的大部分男孩一样，他穿着花里胡哨的格纹轻质夹克和白衬衫，戴着夹式领结。他头发剪得很短，有绒毛般的光泽。蒂莫西很高兴自己终于不用再惹眼地一个人傻站着了，上前热情地招呼他。

——我不知道你认识切丽·伊士曼。拉里嚼着热狗咕哝着。

——我不认识她。

——那你在这干吗呢？

蒂莫西解释了来由。

——跟你说实话，我其实也不想来。拉里说。我讨厌穿得这么正式。我来就是为了把康气死，因为他没有被邀请。他确实也气得要死。

——也许他以为这儿有冰淇淋汽水。蒂莫西说。

拉里拍着大腿大笑着。

——我肏！我永远忘不了那回！我们吃了几个？五个？

——四个。

——我觉得是五个。让我算算，我们先吃的巧克力味的，然后是草莓……

——不，是菠萝。

——对，是菠萝，然后是草莓，然后……

——开心果。

——开心果之后，我们是不是又吃了一个？

——你可能吃了，我没有。

拉里捅了捅他的肋部。

——我记起来了，你当时要去厕所。康在回家的巴士上吐了。我跟你说，那司机差点疯了！我在家吐的，在客厅里。忍不到进厕所了。

拉里惆怅地摇了摇头。他们继续聊天，蒂莫西的精神逐渐陷入麻木的绝望。拉里和自己就像是一场舞会或婚礼上的两个老头——只不过是少年版本——两个年迈、没人搭理的酒鬼，回忆着过去的出格之举，而年轻人在他们鼻子底下跳舞、调情，就仿佛他们不存在一样。他借口去吃点东西，中断了谈话。

——回头见。拉里说。

年轻的宾客挤满了大厅，抢着堆在桌子上的三明治、泡菜、馅饼和薯片。穿着条纹围裙、戴着厨师帽的伊士曼少校在大厅一头，他切开面包，用夹子从一口大锅里夹出鲜红的香肠，塞在面包里。

热狗嘿！热狗嘿！他高喊着，加芥末一分钱！

——非常感谢。蒂莫西接过热狗时说道。

——我听见的是英国口音吧？伊士曼少校边问边向他使了个眼色，你一定就是露丝·法勒尔特一直跟我们讲的那个小伙子。

——我是蒂莫西·杨。

伊士曼少校把手在围裙上擦了擦，伸了过来。

——很高兴认识你，蒂莫西。打仗的时候我驻扎在英国。叫斯卡伯勒的地方——你知道吗？

——不好意思，我不知道。

——在约克郡，就是出布丁那地方[①]，对吧，格洛丽亚？

他在问蒂莫西身后的一个人。他转过身，突然发现自己离格洛丽亚非常近，她那温暖的、呼吸着的肉体。

——您说什么，伊士曼少校？她说。

——你从没听说过约克郡布丁？

——格洛丽亚连约克郡都没听说过，先生。她背后的一个男孩讥讽道。

——我知道，他。她噘起嘴指着蒂莫西。他告诉我们的，在科瓦尔斯基先生的课上。在苏格兰附近，对吧？

蒂莫西点点头，说不出话来。

——哦，你以前见过蒂莫西？伊士曼少校说。他递给格洛丽亚一个裹着纸巾的热狗。

①约克郡布丁（Yorkshire pudding）是英国的一种食品，以含有蛋、面粉、牛奶或水的面糊做成，为烤牛肉（尤其是英国传统的星期日烤肉）的配菜。

——对，他还给我们画了不列颠群岛的地图，我给抄下来了。她对他微笑着说。而他勉强挤出几句话：

——希望你永远用不上。你一定会迷路的。

就像这样，这显然很容易。不知为何，他毫不费力就融入了格洛丽亚的圈子，很神奇。吃完后，他跟着他们上楼，又上到甲板上。他们在船尾栏杆附近，以一种别有意味的新秩序组织起来：男孩，女孩，男孩，女孩。天色越来越暗，因此这种安排并不很引人注目。他们身后，一缕淡红的夕阳仍在给天空染上色彩，但船头所指的方向是隧道般的黑暗。蒂莫西悄无声息地挪到格洛丽亚身边，动作之敏捷让他自己也吃了一惊。河上拂过一阵轻风，她微微哆嗦了几下。

——哎，我应该带条披肩的。

她另一边的男孩窃笑着。

——我有能让你暖和的东西。

他从上衣里侧口袋掏出一个扁平的瓶子。其他人挤到他周围，神神秘秘地低声说笑。

——你这是什么，雷？

——是朗姆酒吗？

——嘿，雷有点朗姆！

——哟呵！

——嘘！

——有人有可乐吗？

——朗姆兑可乐，啧啧啧！

——千万千万别弄得全船都知道了！

他们往河里倒了半瓶可乐，再拿朗姆酒灌满可乐瓶。然后这个瓶子郑重地在男孩间被传递，因为女孩们拒绝喝酒。男孩们咂吧着嘴，用手背擦擦，喃喃地说，好家伙，真给劲！蒂莫西吞下一大口这种甘甜、芬芳的混合物，把瓶子传给下一个人。

——你真的喜欢吗？格洛丽亚问他。

——挺不错的啊！我喜欢朗姆酒煎蛋卷。

——朗姆酒煎蛋卷？我从来没听说过朗姆酒煎蛋卷。

——比约克郡布丁好吃，不管什么时候。他说。她回以微笑，他很开心。

——来吧，尝一口，格洛丽亚。雷催促她。

——我知道你要干什么，雷·迪伦。她说。

——哦，喝这个醉不了的。他又喝了一大口，颇具骑士风度地用领带擦擦瓶颈。

——好吧，就一小口。

当她小心翼翼地举起瓶子时，雷把瓶身从后面一抬。她猛地一咽，呛得喷了出来。

——呃！你个该死的——

——嘘！可别把伊士曼少校招过来。

——其实味道也很差。

——等一会儿，你会感到身体里暖和起来。把瓶子递过来。

她递给了蒂莫西。

——对不起。她说。我没带手绢。

——没有关系。他说。他接过沾着她的唾液、带着她唇上的温度的瓶子，举到嘴边。一个男孩大声咳嗽，有人使劲踢他小腿。伊士曼夫人从阴影里走了出来。瓶子在他手里。

——你们好啊！她愉快地问候他们。你们这些小孩，都藏在这儿干什么呢？

——哦，只是在欣赏风景，伊士曼夫人。

——这个晚上真是太美好了，伊士曼夫人。

——派对太棒了，伊士曼夫人。

——好吧，只要你们玩得开心……不过我希望你们年轻人多跳跳舞。这里似乎有股怪味啊。她边闻边说。

他们都开始夸张地到处闻，深深吸气呼气。

——我什么都没闻到，伊士曼夫人。

——有时河上确实有怪味，伊士曼夫人。

——这根本就不是那种味。她边说边走近蒂莫西。

——也许是我的发油。他说。里面有湾朗姆酒[①]。

——原来是这样。她笑了。我还真不知道英国男孩这么喜好打扮，蒂莫西。

他们爆发出刺耳的哄堂大笑，绷紧的神经放松下来。伊士曼夫人走了，面带愉悦，仿佛一个成功的幽默家。当他们相信她已经走远，不会听到他们的吵闹后，就变本加厉地狂欢。女孩们前仰后合，男孩们笑得腰都直不起来，甩着头，互相打逗着，眼泪都出来

---

①湾朗姆酒（bay rum）的配方是朗姆酒和各种植物精油，一般用作古龙水、须后水、除臭剂等。

了，大口喘着气。只有蒂莫西还泰然自若，微笑着接受他们的敬意。

——有你的，够酷。一个男孩在他们相对平静一点后说。你怎么想到的？绝了，我是说，发油？

——我不知道，就那么蹦出来的。他说。我在伦敦用的那个理发师，他柜台上有一瓶湾朗姆酒发油。我一直觉得把那玩意儿抹在头发上很有趣。可能就一直记着了吧。

——也就是说，你没有真的用过？格洛丽亚问他。

——我的天，当然没有。

——不过，能想到这么说真的很棒。

当他在品味这盛情的赞美时，甲板上突然亮起更多的灯，在水面上投下金色的倒影。响起一片惊叹声，不过船尾的这个小组发出的是低声的呻吟。

——那是伊士曼少校想把我们轰过去。

——来吧，孩子们，我想看到每个人都在跳舞！他们听到他在远处高喊。

——哼！她一直在盯着你，谁想跳舞啊！

——而且唱片都这么烂。

——我估计是她在自己十六岁生日时买的。

——不过，我们可以捣鼓捣鼓那些灯。雷说。

——你要干什么，雷？

——等着瞧吧。他眨了眨眼，走开了。

——他说什么？一个女孩问道。

——他要捣鼓捣鼓灯。

——他疯了。雷疯了。

——他喝了太多朗姆。

——太多的发油。

他们窃笑着，互相捅了几下，情绪高涨，充满期待。无论雷要做什么，蒂莫西都希望他尽量晚点回来。他离开后，男孩就跟女孩一样多了，并让蒂莫西得以拥有同格洛丽亚交谈的权利。但这种优势是短暂的。

——我希望每个人都到舞池里来，跳混合舞！来吧，小伙子们，姑娘们。

——哦，不！格洛丽亚呻吟着。

——什么是混合舞？

——哦，是种很傻的舞蹈，大家组成两个圆圈，绕着圈走，音乐停下来的时候，你和面对你的人跳舞。

——我不会跳舞。蒂莫西说。他觉得一个两难选择即将到来：要么在舞池里表现得像个傻瓜，要么永远失去格洛丽亚。

——你不用担心——这儿一半孩子都不会。

伊士曼少校出现了，咧着嘴快乐地笑着。

——来吧，现在，每个人！去跳舞甲板——这是船长的命令。

——我不会跳舞。蒂莫西说。

——好啊，那现在正好是学习的时候，年轻人。少校说。他把他们往船中央轰。

他们在通往跳舞甲板的楼梯上走到一半，灯突然灭了，喇叭里的音乐呜咽一声，也停止了。响起了好几声尖叫、惊叹、口哨，还夹杂着一些笑声，然后各种声音混杂成嗡嗡乱响。伊士曼少校以在部队里发号施令的语调高声喊道：

——好了好了，大家镇静下来。不要慌！不要乱动。待在原地。我们一会儿就把这事解决。

火柴和打火机在黑暗中短暂地亮了几下。一个女孩尖尖的声音说，手拿开！密密麻麻的人群里传过一阵哄笑。楼梯上，站在格洛丽亚下面的蒂莫西意识到她的裙子拂过了自己的脸。

——我站不稳了。她边说边摇晃着朝下走。

——抓着我。他说。

——谢谢。

如果剩下的航程他都待在这里，他会非常开心的。格洛丽亚的丝绸衣服沙沙作响，带着淡淡的香水味笼罩着他，她的手轻轻地放在他的肩上；但是灯光几乎立刻又亮起来了，唱片在喇叭里哼哼唧唧地响起来，然后越来越快。几对男女被发现抱在一起，他们匆匆分开，口哨声和嘘声四处响起。蒂莫西想，不知道格洛丽亚是否会利用黑暗做同样的事。他相信她很可能会。

伊士曼少校从他们身后跑上来。

——好了。他喘着粗气说。似乎有个小坏蛋把主照明开关扳下来了。如果我抓到这小男孩，我要让他上军事法庭。能听出来，他快活的语气中带着些许恼怒。

——谁说是个男孩？有人小声说。听到的人咯咯笑着，蒂莫西感觉到空气中弥漫着哗变的气氛。灯光的熄灭撩动了年轻客人们叛逆的神经。伊士曼少校和夫人让他们在跳舞甲板上排成两个大圆圈，女孩在内圈，男孩在外圈。他们不太配合，但脸红而兴奋，互相做着鬼脸。面对蒂莫西的格洛丽亚笑了。

——放松点，没事的。

——我不知道应该做什么。他说。一点也不知道。

——哦，就是跟着节奏走。她拖着脚走了几步，摇了摇红裙子下面的屁股。

伊士曼少校走到内圈的中心。

——大家都准备好了吧？你们都知道这是怎么回事。男孩顺时针走，女孩逆时针走。音乐停止时，面对的人就是你下一支舞的舞伴。好不好？

——我希望面对我的是你。他说。

——我觉得可能性不太大啊。她笑着说。

——这就像轮盘赌。他戚戚地说。

伊士曼少校开始倒数：

——五，四，三，二，一，零！

一声爆炸，灯又灭了。欢呼和叹息声响彻云霄。蒂莫西感到有很多人撞到自己，因为伊士曼少校在粗暴地推开人群，奔向楼梯口，喘着气骂骂咧咧。蒂莫西向前伸出手，摸到一条柔软光滑的手臂。

——是你吗，格洛丽亚？

——蒂莫西？

她突然摇摇晃晃地朝他摔过来。

——嘿，不要推！她叫着，看不清是对谁。对不起。她对蒂莫西说。

——没关系。

——有点可怕啊，这么多人，黑灯瞎火的。

人群突然移动，他们脚下又站不稳了，但他紧紧抓住她的手臂。可以听到，伊士曼夫人在什么地方乞求大家待在原地不动，说灯马上就修好。她的声音有些歇斯底里。舰桥上传来喉音浓重的德语喊叫。

——我们离开甲板吧？蒂莫西建议。

——怎么出去？我什么都看不见。

——抓住我就好。

他用空出的手摸到扶手，然后沿着扶手走，来到楼梯口。

——这是楼梯。抓住扶手，这儿。

——呼！她在他们走到楼梯底部时说。不知道你是怎么做到的。

——我想，灯火管制那时，我学会了在黑暗中找路。

——什么灯火管制？

他跟她解释了。

——啧啧，那一定很可怕。

——哦，慢慢就习惯了。

——我想我现在就已经在开始习惯了。我可以看见你，模模糊糊地。

——我也能看见你。

他们沉默了。他仍然攥着她的手。

——他们修灯用的时间可真长。她最后说。

——他一定是弄断了保险丝，第二次。

——雷？你真的这么想？他疯了。

——嗯，可别管怎么说，他让我不用跳舞了。

——你以前真的从没跳过舞吗，这辈子？

——从没有。他清了清嗓子，又说：

——我也从没有吻过女孩。

一阵沉默。然后她低声说：

——你为什么跟我讲这个，蒂莫西？

他紧张地笑了。

——好吧，我想吻你，但恐怕会搞砸的。

——你是个有意思的男孩。她说。她语气里没什么不友好。英国男孩都像你这样吗？

他想了一会儿。

——很多人是，我觉得。

又是一阵沉默。她仰起脸朝着他，脸色苍白而昏暗。他朝她微微俯身，闭上眼睛。这个吻的部位太高了，落在她的颧骨和他的眼镜上，撞了她的前额，又滑向他的鼻子。

——看见了吧？他说。

作为答复，她摘下他的眼镜，轻轻吻他的嘴唇。他笨拙地抱住她的腰。她依偎在他身上，他感到她的乳房紧贴着自己的胸膛，她凉凉的手指放在自己脖子根。他又吻了她。然后又一次。然后又一次。

第六次时，她用力分开他的嘴唇，把舌头伸进他的牙齿之间。

它像是有生命一样，钻进他嘴里，绵长温暖湿润柔软坚韧。

——你这是干什么？他迷迷糊糊地说。

——你难道不喜欢吗？

——啊，当然喜欢了！

——这叫法式吻。她小声说。有的孩子管这叫灵魂之吻。

因为你失去了不朽的灵魂？他在想；同时也以同样的方式回应她，而且吻得更久。

——嘿！她喘息着回过神来。

——宝贝！是你吗，宝贝？

伊士曼夫人正在走近。蒂莫西把格洛丽亚拉到楼梯底下一处凹进去的地方，那里更黑，便于躲藏。他们听到她走过去，一路踢开甲板上的躺椅，她丈夫气喘吁吁地跟着，嘴里骂骂咧咧地嘟囔着要杀人。

——你拿救生圈了吗，哈罗德？伊士曼夫人带着哭腔说道。

——我的天，她没有掉进水里，洛拉！

——那她在哪儿？宝贝！你怎么不做点什么？

——船员正在修保险丝。我也无能为力。

伊士曼夫人抽泣着。

——可怜的切丽！她的派对全毁了。到底是谁干的？

——如果让我找着。伊士曼少校咬牙切齿地说。我要亲自在他的蛋蛋上打个结。平结。

格洛丽亚把脸埋进蒂莫西的肩膀，强忍着笑，身子抖动着。

——你听见他骂街了吗？伊士曼夫妇踉跄走远后，她屏住呼吸轻声说。那些不堪入耳的话她听到了，这让他兴奋，他又吻了她，激动地将她的身体紧紧地抱在自己怀里。

——哦，蒂莫西。她呜咽着。

——哦，格洛丽亚！

灯最后还是又亮起来了，但派对已经支离破碎，无法修复。一对对男女就在自己站着的地方跳舞，在下层甲板的阴影里紧紧相拥，跟挂在对方肩膀上似的，随音乐以最小的幅度轻轻摇摆。在另外几处阴影里，有几对在深情拥吻，连假装跳舞都免了。伊士曼夫妇显然已经接受失败，不再折腾了；他们发现了宝贝，她在大厅里睡着了。蒂莫西和格洛丽亚一直挤在那个凹进去的地方。他并没有提议坐下来，因为他不确定自己是不是能舒服地坐下。

——那些一定是海德堡的灯光了。他说。

——真的吗？我都不知道往回开了。是不是晚了？

他眯起眼看手表的夜光表盘。

——大概十点过半，我看清楚了。

——十点过半。她学着他。你的意思是十点三十分。

他想知道自己是不是敢触摸她的乳房。他摸了，轻轻地，屏住呼吸。

——我真希望这船永远不停。她说。

——我也这么想。他边说边更用力地揉她的乳房。它摸起来很可爱。格洛丽亚，回去以后你要去哪儿？

——回家吧，我想。

——我们先去个什么地方，好不好？

——我可不能，我必须回家。再说能去哪儿呢？

——可以去我的房间。我自己住一间屋。

他头脑里有一幅图画，非常清晰，他甚至能直接画下来：他们两具赤裸的身体，在多洛雷丝房间的床上，他的头枕在一个乳房上，手紧紧抓住另一只，张开的手指间浮现出一个红润的乳头。

——你住在酒店里？

——不，是一种宿舍。

——他们让你带女孩进？你在笑什么？

——是个女子宿舍。他说。

这似乎是个好笑话，他们哈哈笑了一会儿。

——你住在女子宿舍里，不觉得有意思吗？

——慢慢就习惯了。

——就像灯火管制？

——就像灯火管制。

——你知道吗，蒂莫西？你真的很酷。

——我吗？我没觉出来。

——哦，你是很酷，真的。

——那么你来吗？来我的房间？

——我必须回家，真的。我的闺密伊迪丝的父亲会开车把我送回家。如果我不跟她一起回去，我爸妈会抓狂的。

——那么明天呢？我明天能见你吗？

——明天是星期六。我安排好了，跟爸妈一起看烟花。

——我也有看烟花的安排。那白天呢？明天下午？

——我跟伊迪丝说了，跟她一起去泳池。你可以来游泳池找我们。

——别带伊迪丝了。咱们自己见吧。

——也许吧。

——我只想见你。他急切地说。

最终他们约定第二天下午一点过半在城市花园外面见。船靠岸时，蒂莫西把格洛丽亚带到甲板另一端，最后一个吻持续了很久，嘴唇擦伤，疼痛不已。

——那么明天见。他说。

她点点头，微笑，转身走了。他走进厕所，在洗手盆上方的镜子里看到自己的脸，吃了一惊——面色红润，有好几道口红印，好像战场上鲜血溅到脸上的样子。他把口红印洗掉，从厕所出来，正好碰到拉里，那孩子正在把一瓶可乐往嘴里倒。

——最后一瓶了！他骄傲地挥舞着瓶子，打着嗝。那个，这整个晚上你都干吗了？

——哦，什么都干了！他愉快地说。他在惊讶的拉里的背上拍了一下。晚安！

不对，是几乎什么都干了，他纠正自己。到第二天下午才是什么都干了。

第二天下午结束时，蒂莫西几乎欲仙欲死，这种感觉远超他以前所知的任何快乐。他在实现欲望这条路上取得了长足进展，和格洛丽亚一起懒洋洋地躺在床上，并且都衣衫不整；但这是个漫长而疲惫的过程，而现在——他认为一定是快到高潮了——他甚至都不确定自己满是汗水的酸痛身体是不是还能听从大脑的指挥。

这完全是他的错。他花了很长很长时间，才意识到格洛丽亚的想法跟他一样，而且不会抵抗他的任何进攻。他徒劳地拨拉着她的胸罩带子，她无疑不耐烦了，突然坐起来，把手放在背后，灵巧地解开搭扣。乳房颤颤地滚到他手里，软软的却又很有分量。他陷入癫狂，觉得自己好像已经到达极乐之境，愿意在这里永远安息。他入迷地看着它们从有棱有角的锥形罩杯中跳脱出来，形状变得更平、更圆，间距变大，向两边分开，像张开的双臂，摆出谦恭的姿态；乳房尖上是钝圆的乳头，在他的抚摸下神秘地硬起来。

然后他犯了一个几乎是致命的错误——荒唐地提起拉里一开始让他注意她时说的那件事。她愤怒地反驳，同时坚决地把钩子和纽扣都系上。她否认这个故事，斥责他居然会相信；他随后用了很长时间才把她哄回谈恋爱的状态。她承认自己很久以前曾经有一次露乳房给别人看，那是因为被激将——有个女孩打赌一美元说她不敢。不过她并没有从那男孩手里拿钱，只拿了那女孩的一美元。然后他慢慢地、犹豫不决地收回了失地。

那都是很久以前的事了，反正他是这么觉得的。她的胸罩现在在床边的地板上——一个奇怪的东西，看上去孤苦伶仃，就像一对被冲到海滩上的空海螺；他们俩的衬衫丢在旁边。他的脸颊压在她的左乳上，但这裸露的肉体虽然舒服，却不再显得非常特别。他的思绪和神经活跃在下面，在他的手指和她的手指上。他的手指爬进她牛仔裤松开的腰带里，钻到弹力内裤下，越过肚子上那块温暖的隆起，在碰到毛时停住了。有毛是不出意料的，但他仍然觉得手指拂过时就像是过电似的。她的手指从领口把他的背心扯开，顺着他的躯干一路抚摸，解开腰带，拉开拉链，而现在，上帝啊，正在隔着内裤揉搓那紧绷绷的肉柱，它坚硬得有如岩石一般。

他们大概二十分钟都没有说话，只是躺在那里，几乎不动，用手指互相探索，闭着眼睛。至少，他闭上了眼睛；他不知道她怎么样。他一直觉得自己会想看，但现在他真希望四周是黑暗，是一片漆黑。绿色的窗帘拉上了，但房间里仍然显得太亮，很不舒服。家具和各种杂物过于清晰，挤在床周围，就好像一些好奇和不满的存在。

突然，一队喷气式飞机从上空呼啸而过，窗户微微震颤。他感到身边一阵骚动，睁开眼睛，看到格洛丽亚弓起后背，踢腿；蓝牛仔裤飞了出去，褐色的双腿裸露着。他又闭上了眼睛。他的手现在在她轻薄的内裤下，顶着微弱的阻力自由移动。他捋过有弹性的那一丛细密绒毛，摸到一道潮湿的裂缝。远处响起隆隆声，像炸弹或炮声。声障。他听见她在他身旁急促地呼吸。他自己几乎不敢呼吸。她张开双腿，他的食指滑了进去，像一头海豹钻进岩石泳池；手指在湿漉漉的内壁上摇摇晃晃地游弋，碰到什么东西，它颤动着收缩，像落潮时被脚趾踩在沙滩上的一只虾，在拼命摆动；他觉得自己肯定是失去知觉了，因为房间里弥漫着一种古怪的虾的味道。她呻吟着，开始用身子摩擦他的手指。他心脏怦怦直跳，而这声音几乎令人恐惧，因为他害怕自己在她身上激发出来的古怪而强大的节奏，好像他的指尖在毫不费力地支起她的身躯，只要稍微用点力压一下，就能让她做任何事——像豌豆荚一样裂开，身体里面朝外整个翻过来；他还害怕自己，不敢移动，虽然现在显然应该有所动作了——因为如果一动，如果他绷紧的身体的平衡偏移哪怕一分一毫，他知道自己就会溢出，会爆裂，会喷射。

这时，她的手撩开他内裤的松紧带，钻了进去。她的手指刚碰一下，他就绝望地哭了起来，同时溢出、爆裂、喷射。他想止住自己，他咬紧嘴唇，他握紧拳头，身体扭向一边；但他不能止住，他不想止住，他只想湮没、死去，就像一只在果酱中垂死的黄蜂，被堵死、黏住，筋疲力尽。

最后的痉挛结束后，他翻过来趴在床上，脸埋在枕头里。他羞愧得不敢看她。他希望她很快穿上衣服，然后离开。但她没有动。几分钟后，他感到她的手在自己的背心下蠕动，顺着脊柱划下一条线。

——嘿。她轻声说。

——对不起。他沙哑地说。他仍然不朝她看。

——为什么？

——对不起，我……你明白的。

——你想的，不是吗？

——不想。呃，不是像那样。

——那像哪样？

——嗯，你明白的……在你里面。

——你疯了吧。她“哼”了一声。但听起来并没有生气，也不是厌恶的语气。

他的视线越过床沿，盯着房间里的东西：洗手盆和衣柜和扶手椅，多洛雷丝的书和挡着太阳的绿色窗帘，还有一双晾在暖气上的袜子。它们都有着持续的真实性，就像一张静物画中的物体，而且他觉得这张画像是从他身体里生发出来的。他感到空虚，仿佛骨髓被从骨头里吸走了。

——为什么说我疯了？他说。

她叹了口气，用鼻子轻轻蹭他的脖子。

——你真的什么都不懂？这会让女孩怀孕的。

——我知道。他说。但不是每一次都怀上，对吗？

——对。但谁会冒这个险？不管怎么说，我觉得那不对。

她的话让他有些吃惊。

——你觉得什么不对？

——跟男孩什么都做——除非要和他结婚。而且即便如此……

——即便如此，什么？

——即便如此，我觉得应该留着，这样结婚才有一些特别的意义，不是吗？

他转过头，面朝着她，用胳膊肘撑着身体。她看起来非常脆弱，像个流浪儿，有着洁白而柔软的乳房和褐色的光溜溜的长腿和蓝色的小内裤。

——格洛丽亚……

——什么？

——那么，你觉得这是对的了？我们刚刚做的事情？

——你觉得不对吗？

——这是一种罪。他说。

他心里对自己说：明天我动身回家前必须去忏悔。火车可能会撞毁，轮船可能会沉底。格洛丽亚看起来有点嗔怒，双臂抱在乳房前。

——你是基督徒吗？她问。

——我是天主教徒。

——那也是基督徒，对吧？

——对。你是什么？

——我什么都不是，基本上。我们家有点犹太血统，但我们不去圣殿之类的地方。他仰面躺在床上，头枕着双手。

——我从来没见过犹太人，直到我出来，到这里。他沉思地说。

——英国没有犹太人吗？

——哦，当然有，挺多的。比如说衬裙巷。我是说，能说得上话的。

——衬裙巷，听起来很可爱。

——是伦敦的一个犹太人市场——允许他们在星期日做生意。

——他们只卖衬裙吗？

——哦，不，什么都卖。主要是二手货。我的第一辆自行车就是父亲带我去那里买的。

她的脸变得柔和了。

——你爸妈很穷，是吧？

——噢，他们不能说有钱，但是……

——你刚才说，你买了一辆二手自行车。

——哦，那时候买不到新自行车。他笑了。那是刚打完仗的时候。

——我想我们在美国对战争知道得太少了，在我还小的时候。

——你现在住在德国，有什么感受?

——什么意思?

——就是说，在犹太人的事情发生之后。

——我没有往这方面想太多。我不喜欢想这些。

——哦，不过你应该想想。他说。

——那听起来很不真实。我没法相信它真的发生了。

——正是因为如此，所以人们更应该去想。他说。也正是因为如此，所以它才会发生，因为人们无法相信它在发生。犹太人觉得它不是真的。他们排队等着进毒气室。

——别说了。她畏缩了。

——你看，我有一种理论，我觉得能发生的最糟糕的事，是你永远不会想到会发生的事。

——哦不！最好的事总是意想不到的。就像我们在船上碰见。我没有想到。

——我想到了——我告诉过你的，那就是我参加派对的原因。

——再告诉我一次。她边说边在他身上惬意地扭动着。

——等一下。

他的手指之间闪过一丝思考，他不想失去它。这是他以前从没说出来过的想法。

——你觉不觉得，如果一件真正的烂事发生了，而你没有预料到，那更糟糕——就是说，令人讨厌的意外？

——嗯……我想是的。她承认道。

——你难道不会事先去想那烂事可能会发生，来试图阻止它的发生？

——这怎么能阻止呢？如果事情要发生，它就会发生。

——我不知道，但我总是觉得你可以阻止。比如说，考试。我总是跟自己说我考得不好，然后通常考得都很好。

她笑了。

——我总是估计我考得不错，可通常都会不及格。

——下次试试我的体系。他认真地建议道。

——没用啊，如果你没有那脑子！她又笑了起来，我觉得你的体系疯了。

——那不是疯了。

——那就是。你是不是想告诉我，如果你能想到世界上所有那些倒霉的灾难，那么它们就都不会发生了？

——如果你懂得足够多，能把它们都想到……哎，我并不是说它们就都不会发生了，不过我还是觉得你能够阻止不少。

她咯咯笑着。

——例如，今天早上。他继续说。我一直告诉自己，你不会来。然后你来了。

——我想来的啊。

——但你也可能不想来。

——那跟你怎么想没有任何关系。

——你怎么证明呢？

她思考着答案，屏住了一会儿呼吸，然后大笑起来：

——很明显。Che sarà, sarà.

——那是什么？

——意大利语。该来的总会来的。

——你这是宿命论。

——你迷信。

——我才不是。我不相信幸运数字。我总是故意从梯子下面走。

——你的体系是迷信。

——不是，是基于理性的。你必须具有思考事物的能力。

——你一直都在思考吗？

——当然，你不能停止思考。Cogito, ergo sum.

——那是什么？

——拉丁语。我思故我在。他咧嘴一笑，又说：

——我们一比一打平。

——蒂莫西……

——什么？

——我们刚才在互相摸的时候，你在思考吗？

——最后没有。

——只在最后？我觉得这就是你过后感觉不好的原因，你害怕自己不在思考。

——在某种程度上，是的。他承认。

她认真地盯着他的眼睛。

——但就是这么回事，男孩和女孩之间。去感受而不是去思考。有时候这很好。

——是的。他有些动摇地说。我能看出来。如果你长大了，结婚了。

——哦，结婚！谁能等那么久？你可能在之前就死了。我们可能都死了，被原子弹炸死。

——你真的这么想吗？

——有时候。你不这么想吗？

——不，我并不会真的去那么想。他咧嘴一笑。这件事我们已经想过了。于是由于我们，它就不会发生了。

她轻轻地打了他肋部一拳。

——你疯了。她握住他的手，转过手腕，看他的表。我的妈呀！我必须得走了。

——别走。

——我得走。我能在这里洗一下吗？别看行吗，保证？

——我保证。

他转身面对墙壁，听见水龙头拧开。他看不到，不过他猜她一定在把自己全身上下都洗个遍。他想象着她赤条条地站在水槽旁边，欲求无度的肉体又开始变硬。

——好了。格洛丽亚说。

他转过身，看到她正在对着墙上的镜子梳头发。她衬衣整齐地塞在裤子里，扣子扣好，腰带系上，整个人干干净净，精神焕发。他站起来整理自己的衣服，觉得自己浑身是汗，又臭又脏。他走向洗脸盆。

——不好意思把地毯弄湿了。我还用了你的毛巾。

——没关系。

他洗了脸和手，用湿毛巾擦干，毛巾上有她和他的身体的味道。

——那么好吧。她说。她最后拍拍头发，把梳子塞进牛仔裤的后兜。

——我送你上巴士。他边穿鞋边说。

——不用了。

——我想。

——不要，这周围会有很多孩子。你最好还是待在这里。

她转回去照镜子，又拨弄几下头发。他走过去，笨拙地用胳膊揽住她的腰，看着镜子里的她和他自己，两个奇怪的人。

——我明天能见你吗？他说。

——我想不行吧。我们要去黑森林野餐。除非你想来？

——我想去。他说。但我必须赶晚上的火车。

她点点头，没有说话。

——那我不会再见到你了？他说。

——看起来不太可能再见了，是吧？

——我还没想过。他忧郁地说。

——你又来了。她带着呛着了似的笑声说。

——我不知道该说什么，格洛丽亚。他咕哝着。他垂下眼睛，不再看镜中的倒影，被种种难以名状的情绪冲击着。

——什么也别说，否则我会大叫出来。她边说边走向门口。

——等等！给我你的地址。我会写信。

交换地址让他们平静了一点。

——我一回到家就写信。他保证说。

——我很期待。

——你也会写信吗？

——我会尽力的。我不怎么写信，跟你说实话。

——也许过些日子你会来英国度假。

——也许吧。你会回海德堡来吗？

——会的，如果我姐姐还在这里。

他们站着，沉默了一会儿，手牵着手，并不真正相信这些遥远的可能。

——那么，我想你该走了。他说。

——对。

——我不想让你——

她吻一下他的嘴唇，溜出房间，在身后把门关上。这个房间似乎死了，空荡荡的。他走到床边，栽倒。

他突然醒来，不记得自己曾经睡着了。屋里很黑，他一开始以为已经睡过了烟花和派对。但是拉开窗帘，他发现还是晚上很早的时候。他不急着去参加派对，只觉得饥肠辘辘。他在水槽里彻底冲洗干净，擦干身体，还刷了牙，感到浑身爽快。他换上新内衣和一件干净的衬衫。衣服贴在皮肤上，很凉爽。他感到身体上非常幸福；而内心，他感到——并不能说难过，不过也不高兴，而是……

肃穆，还有老练。老练和明智和经验丰富。他在镜子里严肃地检查自己，想知道自己是否看起来不一样了。

他看了看手表。现在该走了，但他不愿意打破自己心灵的沉默和孤寂，这些现在让他平静，就像一个空荡荡的教堂。他环顾房间，突然觉得这里又脏又乱。他爆发出能量和效率，开始收拾，把皱巴巴的床单铺好，收起脏衣服，把废纸扔进垃圾桶，打开窗户换气。

一把钥匙插进锁里转动，他转过身来，期待看到金克斯·多贝尔。可是轻轻推开门走进房间的是多洛雷丝，两只手各拎着个手提箱。她看到他，嘴巴张得大大的。

——噢！她大口喘着气，手提箱掉在地上。

——你回来了？他说。

——你是凯特·杨的弟弟，对吧？蒂莫西？我完全把你给忘了。

晒得黝黑的皮肤掩盖不住她的疲惫和虚弱。她把手提箱丢在原地，一屁股坐进扶手椅，合上眼睛。

——是啊。最后我还是决定接受你的提议。

——我明白了。我不知道你要待这么久。

——我原来也没这么打算。我明天要回家了。

——明天。

——我——我们——以为你下星期才回来。

——我是这么计划的。我被痢疾击倒了，或者什么其他混账毛病。

——你的意思是你生病了？

她点点头，没有睁开眼睛。

——那么。他说。我希望今晚我能找到别的地方睡觉。

她又点了点头。

——这样最好，蒂莫西。

——我这就打好包，然后我可以明天过来拿。

他迅速在房间里走动，清空抽屉和衣柜。多洛雷丝坐在扶手椅里，一动不动。她说了一次话。

——你在这儿过得怎么样？

——哦，很好。我非常感谢……

他把一把牙刷和一套睡衣放在一个纸袋里，准备随身带走。

——好吧，我现在准备好了。你没事吧？

——能不能拜托你敲敲我隔壁邻居的门。她叫金克斯，金克斯·多贝尔。问她能不能过来。

——我觉得她不在。

多洛雷丝睁开眼睛，闪过好奇的眼神。

——隔壁非常安静。他说。在过去一星期里。

——噢对，我想起来了，她要度假，大概就是现在这个时候。好吧，我会给别人打电话的，别担心。

他走时，她还坐在椅子里，眼睛依然闭着。

这个时候的街道奇怪地很安静，像是被遗弃了；但是蒂莫西完全沉浸在自己的思考中，只是大略注意到了这个现象。虽然他现在去派对已经迟到了，但他并不着急。他回想着自己惊险的逃脱，满是后怕。如果多洛雷丝早回来一小时，如果开门时他和格洛丽亚正在……那种场景对他来说真是不堪设想。而且，如果她回来得更早，他根本就不会和格洛丽亚单独在一起，他就不会有自己的房间能带她去，他现在就会跟昨天一样，无知、纯洁地走在海德堡的街头。真是非常走运。但是对这种情况，用“运气”这个词似乎太轻了。他觉得这更像是一种黑暗的恩典，赐给那些纵身跃入深渊，全身心去体验的人。

他试图理清自己对发生的这些事到底有何感受。他感到负着某种罪，但并不是他溢出之后马上感到的那种羞耻和绝望。他们的谈话改变了他的感受。一阵温柔在他心里奔涌，这感情强烈到几乎让他在人行道上停下脚步，因为他想起她的样子：穿着蓝色内裤躺在他身旁，双臂抱在乳房前。明天我不去忏悔了，他突然决定，等回到英国再说。而且——虽然这没有什么意义——他要把自己所冒的灵魂不被宽恕的风险作为礼物，放在格洛丽亚脚下，献给她。

他走在空荡荡的街上，能隐约听到阵阵低沉的嗡嗡声；现在他突然意识到这声音来自情绪高昂的大批人群。快到新桥时，他走到了人群的边缘。桥一侧的人行道上，人们或站或坐，挤得里三层外三层；两岸都是这样，人群一直往下游的老桥延伸。而河里挤满了各式船只——游船、驳船、拖船、手划船，好多手划船船尾有一串串中国灯笼，挂在细长的棍子上，在水面上投下美丽的倒影。所有临河的房子都打开窗户，屋里人头攒动，黑压压的一片。人们站在长椅上、窗台上、雕像的底座上，还爬上停在路边的汽车车顶。每张脸都看向东方，而此时东方的黝黑山峦已经和暗色天空融为一体。随着霞光消失，充满期待的赞叹声、笑声和谈天声略微变响了一些。

他慢慢顺着人群边缘挤出一条道，过桥，再沿着北岸走向文斯和格雷格的公寓。他向山上攀登，穿过潮湿的花园，可以听到爵士乐的旋律，看到顶楼没有拉帘的窗户里灯火通明。大楼前门是开着的，有个手写的指路牌：来吧，上来。他顺着抛光的木楼梯上楼。公寓的门半开着，他走了进去。

他把纸袋放在大厅里，在主客厅的门槛上站住。宾客们三三两两地站在一起，交谈时手里比比画画，朝空中吐出香烟烟雾，搅着饮料里的冰块。凯特在一个角落里，一边摆弄连衣裙的领子，一边跟玛丽亚说话。梅尔和露丝来了，还有多特，其他大多数人的脸好像都有点熟悉。他没看到唐。文斯拿着一个摇酒壶，格雷格端着一盘食物，在客人中间来回穿梭。过了好一段时间才有人注意到他，他觉得自己奇异地游离在派对之外，就好像是个隐形人，可以观察别人，却不会被观察，于是不知为何就不会目眩神迷，看到的人的形象比以前任何时候都更鲜明。他们看起来真的都是中年人了，甚至有点老年人的特征。他能看出他们愈发稀疏的头发、一层层丑陋的赘肉、用化妆品遮盖住的皱纹。微笑似乎是装出来的，眼神空虚而绝望，鬼脸和手势像紧张的抽搐。他来这里干什么？他希望自己能站在山下的人群中，在黄昏时握着格洛丽亚的手，等待烟花开始。这时凯特看见了他，急忙穿过房间走过来。

——蒂莫西！你去哪儿了？我很担心……

她吻他，那是一个姐姐、阿姨般的吻，散发着香粉和香水的味道。

——出了点事。他说。

他告诉她多洛雷丝病了，提前返回。

——太不巧了。她说。

——本来可能会更糟的。

——你似乎看得挺开的啊，不管怎么说。她边说边笑着把他的刘海往后捋。昨天晚上的派对怎么样？

——还可以。

他扫视房间，寻找能让自己从这个话题分心的东西。露丝看到他，送了个飞吻。他朝她挥挥手。文斯走了过来。

——你好，蒂莫西，最近怎么样？

——很好，谢谢。你呢？你害怕苏联人不放你走吗？

——也并没有。来杯曼哈顿酒。

——有可乐吗？

——厨房里可能有一些，但为什么不放开一点呢？这是你的最后一夜了，对吧？

——是的，幸好是最后一天，因为多洛雷丝中断假期回来了。

——多洛雷丝？哦，*多洛雷丝*！见鬼的，那今晚你睡哪儿呢？

——我会给他找个房间。凯特说。就一个晚上。

——一个房间？你的意思是酒店？在烟花之夜？

凯特咬着嘴唇。

——我想应该都满了。

——绝对是。不过蒂莫西可以待在这里——没问题。

——那真是太谢谢你了。蒂莫西说。他心里松了一口气。

凯特看上去不太放心。

——呃，我不知道。你的沙发在这里，而且谁知道这个派对什么时候结束？

——别担心，亲爱的，我保证让他睡个好觉。我跟你说，他可以在我床上睡，我睡沙发。反正我今晚也不打算睡觉了。咱们别再说这个了，再喝一杯。

——不用了，文斯，我够了。凯特用手捂住杯子。

——哦，来吧，亲爱的，跟大伙儿一起敞开了喝，我们今天晚上一醉方休。这是欢呼和告别的派对：为我们欢呼，向蒂莫西告别。

文斯要往她杯子里倒酒，结果酒泼在她手上，还洒在地毯上。

——看看！她心烦意乱地说。

——不用担心，这正好杀蛾子。格雷格说。他走过来用一块布吸地毯上的酒。蛾子先喝醉，然后它们出去，被汽车撞倒。嗨，蒂莫西！你要回英国老家了，高兴吗？

——也高兴，也不高兴。

——这个答案太棒了，我结婚时一定得把它记住。他站起来，与凯特肩并肩。你愿意娶这个女人做你合法的妻子吗？哦，也愿意，也不愿意。

蒂莫西笑了。格雷格受到鼓励，脸凑近凯特，一根手指轻轻地在她的胸脯上滑了一下，喃喃道：

——亲爱的，今晚我们私奔，还是你想到死都不知情？

这并不讨凯特的欢喜。她往后一缩，脱身出来。

——来吧，蒂莫西。她说。我去给你拿可乐。

凯特把厨房门在身后关上，然后才打开巨大的冰箱。

——我不喜欢小伙子们今晚的表演方式。以前我见过他们这样子。他们不经常喝醉，可当他们真醉了的时候……我宁愿你不在这里住，真的。

——我不会有事的。

——我觉得，在柏林之后他们想放松一下，这很自然。格雷格说他们的牢房里有跳蚤，食物根本无法下咽。

——唐今晚会来吗？

——我觉得不会。他说他会去医院看看鲁道夫怎么样了。无论如何，他已经脱离了危险，这让大家都松了口气。

——好。呃，我饿死了，凯特……

——回餐厅去——格雷格做了一罐肉酱，特别好吃。

她带他到一张摆满了自助冷盘的桌子边。露丝正在那里贪婪地吞吃各种美味佳肴。

——嗨，蒂莫西。想吃巧克力蚂蚁吗？

他惊愕地瞪大了眼睛，然后往后退了退。

——不用了，谢谢。

——哎，很好吃的。

她用留着长指甲的手把裹着巧克力的昆虫舀进嘴里，它们的上下颌不断开合，发出微弱的嘎吱嘎吱声。蒂莫西觉得有点恶心，但他咬一口铺着奶油奶酪和碎火腿的开口三明治，就立刻感觉到胃口恢复了。

——嘿！露丝说。她的一双黑眼睛闪闪发光。昨天晚上是不是你弄灭的船上的灯？

——这是什么事？凯特耳朵很尖。

——你没听说那个生日派对吗，凯特？有个小孩弄断了保险丝，最后他们在派对上都玩疯了，什么事都干出来了。

——真的吗？

——不，并不是。蒂莫西说。正在忙着吃肉酱。

——喏，他们都回去以后，洛拉·伊士曼气得浑身发抖，很是发作了一下。因为她得拦着，不让孩子们互相扒掉裤子、掉进河里……再也不弄了，她说的。

——嚯！凯特惊呼道，眉毛扬起。详细给我讲讲，蒂莫西。

外面突然传来巨大的喧哗，阵阵欢呼仿佛从山谷中滚下，这救了蒂莫西。他们拥到窗边，看到河两岸的路灯已经全部熄灭。文斯拍了拍手。

——大家把杯子全都满上！全海德堡的灯都灭了。每个人都出去，到阳台上去。

他围着房间走一圈，关掉所有的灯，只留一盏带几乎不透明的红色灯罩的矮台灯。他们挤到阳台上，但阳台不够大，站不开所有人，于是有的客人把椅子搬到屋子里靠阳台的地方，站上去；不过蒂莫西在栏杆边有一席之地。现在暗夜沉沉，除了驶过新桥的汽车大灯和河上几条船的灯之外，没有别的亮光了。城市和山脉的形状在黑暗中消失，照亮城堡的泛光灯也关了。一种满怀期待的情绪让山下的人群安静下来，也感染了他们这群紧紧挤在一起的人。一架飞机从头顶上的什么地方飞过，发出低沉的隆隆声。

——哎，怎么还不开始啊？梅尔在黑暗中发牢骚。

——有人忘带火柴了吧。格雷格讽刺道。他们都狂笑起来。

——这就像是等待炮击开始。梅尔抱怨说。

三枚火箭飞入黑色天鹅绒一般的天空，爆炸，发出巨响，放出红绿蓝三种颜色的星星。山下的人群发出一长声惊叹——哇喔！

——这是开始的信号。凯特说。

火箭坠落，余烬消失，黑暗重现。然后，宛如魔法一般，熊熊燃烧的城堡突然出现，仿佛一架着火的飞艇，飘浮在他们对面的夜空中。它似乎被红色火焰笼罩，火舌舔舐着城墙和城垛；还有光芒从建筑内部散发出来，把残垣断壁的轮廓投映在照得明亮的窗户上，很容易让人联想到在拼命逃跑的人的影子。

——老天！文斯在后排低声说。这个景我从没看烦过。蒂莫西想起在去巴登巴登的路上，他在奔驰车里引用的话：我们要拉着世界陪葬，一个熊熊燃烧的世界。

奇景持续了大约十分钟，然后红光消退，城堡慢慢又融入黑夜。然后，人群发出巨大的惊叹，因为老桥突然出现，熔化的金银勾勒着它的双塔、拱和护墙，在漆黑的河流上投下层层叠叠的倒影，仿佛崭新的硬币在水面上弹跳、旋转。这个景观消失后，大批火箭从桥远方的山谷中射出。火箭在爆炸时照亮整个城市，撒下星星点点的火种，颜色如珠宝一般；火种一次又一次地爆炸，每次都有一批熄灭，可是又都抛出新的万紫千红。每一波火箭似乎都比前一拨更绚烂。震耳欲聋的爆炸声在山谷里回响，轰隆一片。你觉得这场表演已经登峰造极，无法再继续了，然而你却还想让它继续下去，继续超越自我。最后明显的高潮来临，一条由钻石、红宝石和蓝宝石串成的巨大的项链被扔出来，套在山谷的喉咙上，形成精致的对称形状挂在那里，脆弱地维持了几秒钟，然后令人心碎地慢慢开始动摇、融化、解体、坠落，星星一颗接着一颗熄灭，留下静止、空虚的黑暗幕布。观众无法接受表演已经结束，仍然期待着会有惊喜，直到路灯又亮了起来。混杂着满意和遗憾的叹息声、掌声和欢呼声此起彼伏，人群开始散开，汽车发动，河上的船只搅动水面。他们在阳台上骚动了一会儿，然后三三两两踱回房间。

——哎。凯特对蒂莫西说。你觉得——

他们前方的一名女子高声尖叫，她的问题被打断了。夹在中间的人摇晃着往后退，把他和凯特危险地挤到栏杆上；然后人群又跌跌撞撞地往前倒，他们都摔进房间里。引发尖叫的东西很明显，蒂莫西看见时也短暂地陷入恐惧和震惊。那个人他背对着他们，一动不动地远远站在房间一角，双手紧握，背在身后，阴森的影子被昏暗的红色灯光投在墙上。那是一个德军军官，穿的毫无疑问是第二次世界大战时的德军军服——及膝长大衣、大檐帽、闪亮的黑色长靴。

——这他妈怎么回事？梅尔脱口而出。

文斯向后转，一个跺脚立正，伸直手臂。

——希特勒万岁！[1]

---

①原文为德语。

然后他放低胳膊，只伸出一只手指，鄙夷地指着他们，手臂一甩，划出一道弧线，仰天狂笑。

客人们反应不一。有些人觉得好笑，有些人假装觉得好笑，还有一些人公开表示反对。凯特是最后一种。

——我觉得这并不是很有意思，文斯。她说。你吓着玛丽亚了。

玛丽亚蜷缩在一张扶手椅上，双手抱头，不住颤抖。

——哦，玛丽亚，你不是真的给吓着了吧？文斯哄她说。只是个玩笑。

玛丽亚抬起头，虚弱地笑了一下，摇着头。

——对你来说可能是个玩笑。凯特说。但玛丽亚害怕这套制服是有原因的。

蒂莫西记得她告诉过自己，玛丽亚曾在纳粹占领下的荷兰生活。凯特看着她，寻求支持，但玛丽亚像往常一样，瑟瑟缩缩地什么话也说不出来。

——对不起，玛丽亚。文斯说。我道歉。这样可以吗？我得到原谅了吗？

玛丽亚点点头。

——你需要喝一杯。

——她不是唯一一个需要喝一杯的人。多特很受触动地说。

一股人流冲向吧台。格雷格把一张唱片放上唱机，开始卷地毯。

——来跳第一支舞吧，凯特？他喊道。

她摇摇头。

——不，格雷格，现在不行。

——给。文斯说。他给玛丽亚拿来一杯饮料，还硬塞给不太情愿的凯特一杯。

——好家伙，文斯，你这个把戏给我们玩的。梅尔说。你肯定是趁着我们看火箭时换的衣服。

——对。文斯向蒂莫西眨了眨眼。我吓着你了吗，孩子？

——有一点点。

多特加入进来。

——你从哪儿弄的这衣服，文斯？

——哦，到处都有。

——希望你都给洗过了。就跟他们说的那样，你不知道这些货色都到过哪儿。她笑着说。

——当然洗过了，但血迹洗不下去的，看到了吗？这是那个人中弹的地方。

他们挤到一起，看边缘有些磨损的位于胸部的弹孔，以及已经褪成棕褐色的血污。见他们来了兴致，文斯就把自己收集的所有纳粹纪念品都拿出来了，种类之广泛令人大开眼界——制服、帽子、头盔、皮带、靴子、武器、徽章和奖章。他把它们从抽屉和柜子里取出，摊在主客厅地上。客人们对这些东西既厌恶又迷恋；然后，突然间，有几个人开始主动试衣服。派对上的情绪氛围夹杂着微醺和兴奋，而他们仍然没有从烟花的威力和文斯的亮相带来的冲击中缓过神来，换装的念头迅速蔓延。不一会儿，他们就滑稽地争抢各种衣物，硬把各种制服和装备套在身上，在镜子前摆姿势，趾高气昂地走来走去，跺脚立正，互相敬纳粹礼。格雷格煽风点火，举着一个老式铁皮大喇叭唾沫四溅地高喊道：注意！注意！[①] 直到另行通知，民族社会主义党[②] 改名为民族社会主义鸡尾酒党！一个姑娘身披万字旗，在一片喝彩声中被推举为盖世太保小姐。多特举着一个铁十字四处乱晃。

——给我打扮打扮。她邀请蒂莫西。

他懦弱地服从了。凯特故意拿后背朝着这场闹剧，正在和玛丽亚谈话。他听到她问那荷兰姑娘是不是想走，希望这不意味着自己会被赶去睡觉。尽管他不想参加化装舞会——他觉得这近乎渎神，以奇异的方式——但却觉得一种病态的迷恋攫住了自己。屋里昏暗的红光是台灯发出的，其实也可以是城堡在山谷另一侧燃烧，反射过来的火光；在这种氛围下，眼前的景象有了一种怪诞且几乎是可怖的现实感。尽管骷髅头帽徽下的脸在傻乎乎地咧着嘴笑，万字臂章绑在鸡尾酒裙的袖子上，扣得紧绷绷的短款制服里面是爵士风的丝绸领带，但不协调的搭配并没有让这些昔日的旧物失去附着在上面的残忍，变得荒诞不经。就像淘气的孩子四处乱摸而激活了古老的咒语，真正的恶魔听到了宾客们的召唤，在这间屋子里露出踪影。

梅尔走到蒂莫西身边，手里把玩着一支自动手枪。

——看看这个，小孩。

蒂莫西没想到它特别沉，差点没拿住。凯特把枪从他手中

①原文为德语。

②纳粹党全称民族社会主义德国工人党，简称民族社会主义党。

抢走。

——给我！你可真是个蠢货，梅尔，你怎么知道没装子弹？

——没装，放松点。这些家伙都没装子弹。文斯说着，向他们走来。他从凯特手里拿起手枪。他还穿着那件长大衣，虽然额头已经沁出了汗珠。

——文斯，我能把蒂莫西带去你的卧室吗？

——你不会这时候就要赶孩子去睡觉吧？

——我要带玛丽亚回家，走之前我要看到他上床。

——我也不是非得马上就走。玛丽亚急忙说。

凯特看起来很烦躁。

——蒂莫西无论如何应该睡觉了，明天他要赶很长的路。而且我自己也想走了。

——噢，别这样，凯特！派对刚开始有点那个意思了，你可不能走。放开点，宝贝！再喝一杯。你对我们一直都太认真了。你跟那个共党学校老师混得太多了。

凯特动怒，脸涨得通红。

——文斯，我想告发他的人其实真的就是你吧。

——你说什么呢？你知道她在说什么吗，格雷格？

——不知道，但她发疯时看起来还真挺可爱的，是吧？来吧，亲爱的，我们来跳探戈。

格雷格伸出胳膊去搂她的腰，但她几乎是粗暴地把他推开。

——我不会跟那堆……贱人跳舞的。真恶心。她转向梅尔。你挺让我意外的，梅尔，你为什么不让他们停下来？

她看起来很沮丧，差不多快要歇斯底里了。梅尔看起来只是有点尴尬。

——哦，不用这样吧，凯特，你知道这只是为了找找乐子。我们现在对德国佬都他妈得赔着小心，偶尔放开了闹一闹，就是解脱一下罢了。

——看起来真是够野的啊，是吧？文斯喃喃道。他审视着舞池，目光里有种敬畏。人们在朦胧的红色灯光下紧紧挤在一起，帽子和头盔和制服下的身躯汗流浃背，随着音乐起伏、推撞、摇摆，有的人在聊天、大笑，还有人都快睡着了，互相倚靠着。

——我再抽一根烟。凯特宣布。然后蒂莫西去睡觉，我回家。

她从烟盒里抽出一根烟，手指微微颤抖。文斯用自己的朗森给她点上烟，视线似乎并未离开跳舞的人。

——知道吗？他沉思着说。阿道夫在柏林地堡把自己崩了的那天晚上，也一定是这样的。

——肯定不会有现在这么快活吧？梅尔说。

——你可能会这么想，但关于那一夜有个奇怪的故事，也许是所有关于希特勒的故事中最奇怪的。他停下来，端起杯子，喝下一大口酒。当然，那时他们都已经完全不在乎了。他们大多已经在地下生活了好几天。苏联人逼近，炮弹落在总理府花园里，整个柏林都在燃烧，阿道夫在每小时整点时都大发雷霆一次。然后是与爱娃的婚礼。

凯特掐灭了烟，就抽了半根。

——走吧，蒂莫西。

——等一会儿，凯特。我在给孩子讲故事呢。这是历史课。

——是啊，等会儿，凯特。梅尔说。很有意思。所以他和爱娃·布劳恩结婚了，是吗？

——所以他和爱娃·布劳恩结婚了……你们知道给他们证婚的人叫什么吗？

——瓦格纳。蒂莫西说。

——对！你记得。文斯朝他笑着。你是个聪明孩子，蒂莫西。你不忘事。你不会很快忘记今晚的，是吧？

——文斯。凯特不耐烦地说。

——好，好，所以阿道夫和伊娃结为连理，他们吃了一顿婚礼早餐，有香槟和其他东西，但这其实是一种失败——这并不奇怪——因为这对幸福的夫妇已经宣布他们打算在未来二十四小时内结果自己。这对婚礼来说有点扫兴。阿道夫甚至没有和新娘上床。他整个晚上都在写最后的遗嘱。第二天消息传来，墨索里尼和情人已经被游击队枪毙，倒吊起来示众。如果阿道夫还在犹豫，那这消息一定帮他下了决心。他让人毒死了他的狗布隆迪。他给自己的两个秘书发毒药胶囊，好让他们不落到苏联人手里。然后他放出话来说，谁都不许睡觉，等待命令。子夜过后的某个时候，他们都被召集到餐厅，排好队，他依次与女人们握手，嘴里嘟囔着什么，谁都听不清，他也不看他们，而是望着远方……

文斯的眼睛似乎在望着远方。他的听众安静、入神、一动不动，就连凯特都不例外，不想因为跳舞的嘈杂而错过他的话。

——然后发生了一件奇怪的事情。他们都知道这是希特勒的告别了，他要自杀，而且要知道这些人大部分都是对他忠心耿耿的，他们大多自愿在地堡里一直陪他到最后时刻。但你们知道他们做了什么吗？在他回屋里去以后？他们去了食堂，在那里举办了一个派对。一个派对！他们跳舞。跳舞！他们吵闹得连希特勒都得送出话来，叫他们安静。但他们接着跳舞。你们想得到吗？苏联人就在半英里开外，柏林还剩下的那点地方也就要陷落，他们知道自己马上就要死了，如果逃不出去……他们跳舞。

他停下来，又喝下一口酒。

——希特勒在做什么？蒂莫西问。

——谁知道？文斯虚无地说。也许他正在等待，手指放在扳机上……文斯拿起自动手枪，朝枪管里看。也许他希望有奇迹，可并没有发生奇迹。所以……

文斯把枪管顶在自己头上，扣下扳机。

——砰！一个人从后面说。他们都跳了起来。

——我的天呐！梅尔说。

——唐！凯特惊呼道。

——好啊，好啊！文斯说。苏联人已经到了。

——门开着，所以我进来了。唐边说边环视房间。玩得挺有意思的啊！

——你错过了烟花。文斯说。

——是的，我在医院，看你的一个朋友。

——鲁道夫？那个人怎么样了？

——好多了。

文斯点了点头。

——好，我觉得我有点责任。我明天一定得去那里。我不知道他可以见人了。

——今晚是第一次——见军队的人除外。我看得出，他见了很多军队的人。他挑衅地看着文斯，而文斯没有回答，却点上一支烟。我猜你有大麻烦了，弗农。

文斯嘲讽地怪哼一声。

——我的麻烦，你能知道些什么？

唐看着凯特。

——你和蒂莫西准备走了吗？

——是的，我会过去的，但蒂莫西在这里过夜。

唐盯着她。

——在这里过夜？

——是的，多洛雷丝意外出现——

——你一定是疯了。来吧，咱们走。唐抓起蒂莫西的胳膊。

——现在给我稍停一下！文斯抓起蒂莫西的另一只胳膊，你觉得你算老几？

——放开他，你们两个！

凯特以保护的姿态紧紧抓住蒂莫西，一时间他被三个人拉来扯去，有些恍惚。他没有反抗，因为他不知道是怎么回事，而且似乎没有人注意到他们这边发生的事。唐来了之后梅尔溜走了，而且舞会还在继续。

——我想我知道你算老几了，弗农。唐说。一条胳膊的人能让你兴奋，是吧?

蒂莫西感到文斯抓着他袖子的手松开了，然后垂了下去。

——那个德国佬……他粗声说。

——他没多说什么，不过我能听出弦外之音。唐说。来吧，凯特，咱们走吧。他推着他们走了。

——凯特！文斯在他们身后低声但急促地喊道。她转头看向他，脸色苍白而惊恐，但并没有停下脚步。然而，唐在门口停了下来。他弯下身子，猛地一下把一个电源插头从插座中扯出来。音乐呻吟了一下，停止了。他直起身，打开天花板上的灯。跳舞的人摇摇晃晃地停下来，茫然地看着周围，眼睛被灯光刺得直眨巴。他们披挂着的制服和装备突然看上去庸俗不堪，不再吓人。

尾　声

这是他们住过的最舒服的汽车旅馆之一。整体有些西班牙风格：一个庭院，三边是客房，剩下的一边有个游泳池。这是个公寓式汽车旅馆，专为度假者设计，每个单元有两间房、淋浴设施和一个小厨房。他们的主房间的门打开就是个突出楼外的小阳台，阳台上还种着某种藤蔓，正在开花。他出来时两手各拿一杯冰块在杯子里叮当作响的金汤力酒，闻到沁人心脾的花香，仰起脸看璀璨的星空和棕榈树的黑色轮廓。庭院另一边，一群夜间泳客在大呼小叫，水花四溅。

——真是个好主意。他说。在黑暗中游泳。我们一定得试试。白天简直是太热了，连游泳都太热。

——你得看着点孩子，别让他们踩水泥地。

——我知道，他们有那种橡胶凉鞋，但迈克尔不乐意穿。

他把她的鸡尾酒放在一张矮桌上，坐到她旁边。她躺在柳条躺椅上，脸在阴影里。

——他们真漂亮，孩子们。

——他们确实不是坏孩子。在车里折腾得有点欢，不过也不奇怪。

——这当然很正常了，你开了这么远的路。我觉得他们太棒了。

——我们还是很悠着开的，你知道吗。每天大概两百英里，也许两百五十吧。

——美国你比我去过的地方都多，我在这儿都待了——多少——十四年了吧？

——我想我们已经比大多数土生土长的美国人去过的地方都多了，要这么说的话。真得感谢学校给我职位。

——多棒啊！他们还给你车，是吧？我想你肯定得是特别聪明，才能申请到。

——还得特别走运。在我的专业没有很多人申请，我觉得这对我有利。

——我知道你已经向我解释了你做的是什么，在信里，蒂莫西。但我永远不太……

——环境研究。实际上这是一个很新的学术领域。我自己专门研究城市更新。我博士课题做的是计划枯萎症[1]。

他谈了一会儿自己的研究，直到她的沉默向他表明，他早就满足了她的好奇心。他想，城市更新的问题不太可能引起一个住在加利福尼亚沙漠度假地的人的兴趣，这儿的任何东西看起来都只存在了不超过二十年，除了居民以外。

—— 希拉不出来吗？凯特问。

---

①计划枯萎症（planning blight）指一片地区的经济活动或地产价值受实际或谣传的发展计划影响而受损。

——马上。她正在给她母亲写信。

——她是个可爱的姑娘，蒂莫西。你真幸运。

——是啊，确实是。

——当然，她也是。你在笑什么？

——你听起来就像妈妈一样。我们告诉她我们要订婚的时候，她一直在看着希拉，就好像她刚刚抽中了头奖一样。

凯特在阴影里笑了。

——你都不知道！看到你，蒂莫西，还有你的小家庭，我感到有多美好。我不敢相信你真的在这里。

——哦，我们就在这里。而且确实很开心。他躺回椅子上，啜饮冰凉透明的饮料。我喜欢晚上坐在外面，英国永远都太凉。我记得这也是我喜欢德国的一点——你还记得我在海德堡的第一个晚上吗？半山腰上的餐厅，在外面吃饭？

——莫尔肯库尔。你要了粗糙鸡，还记得吗？

——我可永远忘不了！

——你那吃相！

他们回想着往事，都笑了。

——几个星期前我在丹佛也点了粗糙鸡。他说。但不一样。

——我想现在在英国可以想买多少鸡肉就买多少了。现在都很难回想起配给是什么样子了。

——嗯，虽然我觉得永远不会真正忘记。记得战争、配给、紧缩等的人，和那些年龄太小记不住或在那之后出生的人，他们之间有一道鸿沟，而且变得越来越宽。

——你讲话像老头子。她揶揄着他。

——哦，现在三十岁确实可以说老了。你知道学生们的口号：不要相信任何三十岁以上的人[1]。你算算，三十岁其实就是能记得战争和不能记得的人之间的分界线。

——他们似乎挑起了很多麻烦事，这些天，学生们。

——他们觉得更多的东西是理所当然就该有的，所以就怀有更雄伟的梦想。成长于从战时到战争结束不久这段时间里的人就不会有太多期待。任何改善都是值得感恩的。

——是啊。她叹了口气。年青一代不知道他们的日子有多好。

——不过，你可能会对自己所处的环境过于感恩，以至于不想继续前进，唯恐情况变差。我能感觉到自己就有这种倾向。

——你，蒂莫西？可你已经做到这么多事了。

——没有那么多。而且我必须一直自我督促，就像那次去海德堡，我并不是真的想去，不过我还是努力去了——我太高兴了！如果当时没去，我觉得我现在不会在这里。

——真的吗？

——真的，那对我来说是个转折点。让我钻出了外壳，开阔了视野。我在那几个星期里学到了很多东西。

他们沉默下来，陷入回忆中。泳客们已经离开了游泳池。洒水器在棕榈树下的灌木丛中旋转，发出有节奏的嘶嘶声，除此之外是

①这句话是杰克·温伯格（Jack Weinberg，1940— ）在1964年的一次报纸访谈中说的。温伯格是1964年到1965年年初在加州大学伯克利分校发生的言论自由运动（Free Speech Movement）的领导人之一。

一片寂静。

——文斯和格雷格给你来过信吗？他最后开口问道。

——从来没有。我的一个女朋友说他们去了南美，但我不知道。

——到底有没有人发现过柏林那件事的真相？

——我觉得没有，没人发现。被掩盖了。当然，调查还是有的。外面的传说是，他们试图与东德人接触，想卖给他们一份在联邦德国政府身居高位的前纳粹人员的名单，但东德人不愿意做这笔交易。

——但是这个说法从来没有什么证据？

——对，没有证据。只是传来传去影响太不好了，他们只好辞职。然后还有鲁道夫的事情——这事本身就足够危及他们的安全了。你知道那是怎么回事吧，我想。

——同性恋之类的，是吧？

——他们从来没有，呃，试图跟你做什么乱七八糟的事，是吧？

——没有，从来没有。

——谢天谢地。她叹了口气。我一直担心，可从来不敢在信里写出来。

——你知道他们是同性恋吗？

——我都从来没往那方面想过。这说明我是多么天真啊！

——他们很谨慎，我想。

——一定有人怀疑过。唐肯定这么想过。但是，因为他们到哪儿去都是和我一起……我就像某种掩护。她轻轻地笑了一下。

——为什么他们想跟东德人做交易？他们肯定不会跟共产党是一伙的啊？

——当然不会了，我想他们只是需要钱。文斯好赌，输了很多钱。我以前以为他们有无穷无尽的钱，不过现在我觉得他们其实一直入不敷出。

——在某种程度上，这让我感觉很不好。他说。我一直都在管他们要钱，去哪里都让他们给我花钱，可他们一定想钱想疯了。

——你不用为这事上心，我不应该跟你讲的。他们就是这样。他们为生活奢侈而自豪。这很幼稚，真的。

——不过还是……

——恐怕我不能特别同情他们。我觉得他们耍了我。

——这并不意味着他们不喜欢你，凯特。他温和地说。是社会让他们成了骗子。

在随后的沉默中，这最后一句话听起来越来越虚伪、做作。他急忙转移话题。

——唐怎么样了？你知道他现在是安娜堡[①]的正教授了吧？

——我知道，我们圣诞节还互相寄贺卡，不过别的就没什么了。

——你知道吗，凯特，我当时想，也许你们两个……

——什么？

——嗯，当然那时我只是个小孩，不过在我看来，你们俩互相吸引。

---

①美国名校密歇根大学的主校区位于底特律附近的安娜堡。

——我们有过短暂的一段感情，实际上。

——一段感情？他希望自己听起来很惊讶。

——是在加米施的那个星期开始的。你记得吧？那时我把脚扭了。

——哦，是，我记得。

她有点难为情地笑了。

——真不知道为什么，过了这么多年，我还是告诉你了。我从没告诉过其他人。但我只是想让这世界上有一个人知道。是不是挺傻的？

——不，当然不是了。

——唐向我求过婚，实际上。

——他求婚了？这次他的惊喜是真的。

——是的，在你回家后的那个星期。

——你拒绝了？

——我拒绝了。

——你觉得行不通？

——我看不出怎么才能行得通。他已经下决心要去伦敦那个大学……我给一个学生当老婆，在破破烂烂的办公室里干活，努力养家糊口——那简直不堪设想。再说了，我不是聪明的那一型，从来不是。有时候，我对新闻，或者一本书，或者一部电影说点什么，他就会看着我，好像在想是应该纠正我还是就这么算了。我可以想象到他会那样看着我，看一辈子。

——我明白你的意思。他说。唐是个聪明、真诚的人。他教了我很多。但他心里却有一点道德洁癖，还以此要求别人。

——他结了婚，又离了。

——是吗？

——你们聊什么呢？希拉说。她出来了，走到露台上。

——哦，那些人你都不认识，亲爱的。他说。喝一杯吗？

——不用了，谢谢，现在不用。

她坐在他的膝盖上。

——孩子们都还好？凯特说。

——两个都睡熟了。这地方真是太好了，凯特，太谢谢你了，能发现这里。

——我觉得这种地方最适合你们，带着孩子。而且旺季刚结束，真的很便宜。

——好得出乎预料。蒂莫西说。他轻抚着希拉的腰，心里暗想：两个房间——今晚我们可以做爱了。

——天呐，现在还这么暖和。希拉说。

——有些人刚才还在这儿游泳呢。

——听起来不错啊！怎么样，蒂姆？

——我太舒服了，不想动。

——我就游一下，很快。

——她精力可真旺盛。凯特在希拉进屋换衣服时说。

——把我弄得精疲力竭，有时候。他说。再来一杯吗？

——不用了，谢谢。你怎么处理信教的事？我没在多管闲事吧？

——哦，这方面没什么问题。希拉不介意以天主教的方式培养孩子。我不介意她来计划什么时候要孩子。

——我又去教堂了，你知道吗？

——真的？

——随着年龄增长，你会感到对一些东西有所需求，特别是一个人过的话。不过其实，一切都变了，在我看来。

——早就该变了。

——更像新教徒了，现在，你觉不觉得？挺有意思的——我想念拉丁语弥撒了，虽然我以前觉得那很无聊。

——爸爸妈妈要是知道你还坚持去教堂，会很高兴的。

——他们知道我曾经停止过吗？

——我想他们猜到了。想没想过回家，凯特？我不是说定居，就是回去看看。

——这是老生常谈了，我一直在推托。我也不喜欢回家那段旅程。有一次我坐的飞机差点坠毁，打那以后我再也不敢飞了。不过，自打你来，我一直在想，也许我真的应该努力去做到这件事。我想再见到你和希拉和孩子们。我想，让我郁闷的是这种想法：回去以后会发现大家都变老了——还是那样，但是老了。

——你可以跟我们住，想待多久就待多久。他说。我们回去以后会弄个大一点的房子。

希拉从法式窗里出来，身着分体式泳衣，披着毛巾布浴袍，走过他们的时候招了招手。

——游得开心。凯特说。

他们看着白色浴袍像鬼魂一样穿过灌木丛。

——说起海德堡。蒂莫西说。我想你从来没有听说过一个叫格洛丽亚·罗斯的女孩，对吧？

——想不起来。她是谁？

——哦，只是一个我在那次游船派对上碰到的女孩。唐是她的老师。

——游船派对？噢，对，我想起来了。发生了什么事，对吧？有人掉到船外面去了，还是——

——有人把保险丝给弄断了。

——对对对，现在我全想起来了。那么，这个格洛丽亚是怎么回事？凯特充满了女性的好奇心。

——哦，只是跟她挺合得来的。我回家以后跟她互相通过几次信，然后就失去了联系。其实本来也没什么希望的，我跟你说。

他们听到游泳池那边传来了“扑通”一声，是希拉跳进了水中。他朝声音传来的方向望去，样子看上去肯定是充满了渴望，因为凯特说：

——你为什么不去跟她游游？

——我还真想去泡一泡。你不来吗？

——我不去了，谢谢。半夜游泳这种事，我已经太老了。我在这待着吧，要是孩子们醒了呢。

——好，也许我该去游游。

他走进屋里，换上游泳裤。他出来时只在肩膀上搭了条毛巾，幽默地说：

——哎，现在感觉好像没那么暖和了。

——什么？

她的声音有点不对劲，然后他意识到她在无声地哭泣。

——凯特，怎么了？

——没事……别管我。

——你不高兴了。

——没有，只是……我太久没跟别人聊过那段日子了。

——我明白。

他站着，还在犹豫。

——去吧，去游泳吧。

装在棕榈树上的弧光灯照亮了游泳池，但灯光射不到池水深处。希拉游了一圈又一圈，打破了水中的倒影，自由泳的动作利落又从容。她比他游得好很多，看到他来了，就停下来，在泳池中央踩着水。

——最后还是来了？她喊着。太爽了。水里很暖和，跟外面一样。

——水是加热的。他说。

——我知道。在这种天气下，是不是太奢侈了？当然了，很舒服。

他丢下毛巾，踢掉凉鞋，跳进黑暗、温暖的水中，然后浮出水面，往希拉那边游。他双臂环抱住她的腰，亲吻她湿润的嘴唇。他们一起慢慢下沉，分开，再猛然钻出水面。

——坏蛋！希拉嗔怪道。

他再次游近，抚摸她水面下的身体。

——今晚做吧？他说。

——嗯。

他想把手伸进她的比基尼泳装里，但是她扭动身体挣脱开，游走了。她游得很快，他追不上。她爬出泳池，沿着池边一路蹚着水，朝跳板走去。他仰面漂在水里，欣赏着她爬梯子时四肢飒利、灵活的动作。她站在顶部的平台上，把脸上湿漉漉的鬈发往后捋，由于攀爬而有些气喘。在巨大而静谧的天空下，他漂在温暖的水中，心里充满了幸福。这似乎是一个完美满足的时刻。他一件烦心、不满意的事也想不到，哪怕是微不足道的担忧也没有。在生活的大事上，他一直很幸运——太幸运了，简直要引起众怒了。他暗自想着，同时还惦念着凯特，她在庭院另一侧的阴影中哭泣，而唐离婚了，文斯和格雷格被迫浪迹天涯，父母越来越无趣地老去，一种接一种地抛弃人类的兴趣，就像在一个无风的日子里从树上飘下一片片的落叶。当一个人想起所有那些没有出路的、支离破碎的、困窘的生活……以及死亡。无以计数的死者，在这场战争、他的战争和所有战争中，生命被过早地终止，随机地，没有任何理由。因为他想不出任何理由来解释，为什么现在站在跳台上把空气吸入肺中、乳房随之上下跳动的人是希拉而不是吉尔——她跟希拉同年出生，可她的乳房却成了鬼魂——甚至不是鬼魂，而是从来没有长出来过。

然后那种感觉再次袭来，那种他永远不能完全消除的熟悉的恐惧感——他的幸福只是命运之神正在成熟的猎物，在某处，也许就在街角后面，有一场灾难正在等着他，而他正在无忧无虑地越走越近。撞车。绝症。一个疯狂扫射的疯子。他克制住这种情绪，就像以前许多次那样，在泳池中间踩着水。但他喊道：

——别跳，希拉！天太黑了，这会儿从那么高的地方跳水太危险了。

她拉下脸，踮起脚尖，纵身一跃。她的身体在空气中掠过，劈开黑暗的池水。灯光破碎的倒影在水面上狂野地摇摆、舞动，然后开始重新成形。一段怯懦的祷告到了他嘴边，又让他吞了回去。他开始默数。

他数到九时，她从他身后几码处浮出水面，喘着粗气。

——希拉！他大叫道，奋力向她游去。

后　记

1951年，十六岁的我独自一人前往联邦德国的海德堡度假，去找艾琳姨妈，她当时正在那里以平民身份给美国陆军当秘书。她是单身，D日前曾在切尔滕纳姆的美军总部工作过，并在战争末期和占领德国期间自愿在欧洲服务。对她来说，这段经历是个人的解放。当年的英国物质条件和发展空间都很有限，而战时后方普遍的物资匮乏又加深了这一点；而她突然被置于世界上最富有、最强大、最有特权的国家的保护下，过上了她以前只敢梦想的不断旅行、愉悦刺激的高档生活。她是一位热情活泼、富有魅力的女士，看起来总是比真实年龄年轻至少十五岁，很容易交到朋友，在社交场上非常受欢迎。先是在巴黎，后来在海德堡，她工作之外的生活充满了派对、餐馆、跳舞和短途旅行。随着欧洲从战争的破坏中恢复，旅游业复苏，艾琳急切地利用各种机会走向更远的地方。当时拥有足够的金钱和行动自由、能把欧洲当作游乐场的，几乎只有美军和其附属的民间机构。有几年，他们可以自由出入豪华酒店、时尚度假村、一流餐厅、高尔夫球场和赌场——而也在这几年，欧洲人自己大多都在努力重建惨遭兵燹的城市，应付食物配给和其他方面的短缺。

在英国，“紧缩”似乎比铁幕以西的所有其他地方持续得都更久。1951年已经是战争结束的第六年，而许多基本食物仍然定量供应。8月，每星期肉类配给量增加到每人价值一先令八便士的肉食。政府实际上还在同年试图减少奶酪配给量，从三盎司减到两盎司，但这项议案没有通过下院的临时投票。就在海峡对面，法国和比利时食物丰富，即便是德国人（人们经常讽刺地意识到，输掉战争的本来是他们）在某些方面都比英国人过得更好。英国人在度假时甚至不能享受欧洲大陆的车船票价，因为对非必要的国外旅行，能得到的换汇额度少得荒谬。艾琳姨妈给我出旅费，保证承担我的花费，我才得以前往海德堡。

对我这个年纪和家庭背景（伦敦郊区的下中产）的男孩来说，这是一次不同寻常，甚至有点吓人的冒险。我一直和姨妈保持良好关系，而她讲述的美方驻外人员在海德堡的生活方式也很吸引人。但是德国是世代仇敌的土地，我仍然用战时的童年时代的扭曲视角来看待它，所以那并不是一个诱人的度假胜地，而且去德国要坐火车和轮船，以及所有那些未知的外语、习俗、货币之类的风险，对一个这辈子从未独自离家超过三十英里的人来说，确实有点可怕。我父母对这类事情没有经验，无法提供什么帮助和建议。我记得因为很迟才去办手续，我在小法国街申请护照和在德国大使馆领签证时都排了很长的队，疲惫不堪。我有时真不知道自己能不能在预订日期动身，有时还有点想放弃。

但我坚持了下来——后来我感到非常高兴，因为那次去海德堡对我性格的形成起了很重要的作用。成功完成漫长而疲劳的旅程；在姨妈和她的朋友的引导下，开始进入一个相对复杂的世界，那里有成年人的愉悦和消遣；体验德国历史悠久、风景如画的一面，以及与德国人有限的交流——这一切极大增强了我的自信（以前从未很强大过)，为未来的发展开拓了新的视野。两年后，已经上大学的我重返海德堡，又度过了一个愉快的假期；1967 年，姨妈已经离开海德堡很久了，我又回到这里，为《走出防空洞》做一些研究。但对我来说，起决定性作用的还是第一次；尽管在小说中我借鉴了所有三次造访海德堡的印象和体验，但我毫不犹豫地将时间设定在最早的那次，让我的主人公是十六岁，因为我当时就是这个年纪。

《走出防空洞》很可能是我最具自传性的小说，因为蒂莫西·杨的早年生活以及他来海德堡时所处的情境都与我自己的相应体验有着密切的联系。第一部分取材于我对 1940 年伦敦空袭的回忆：在战争的大部分时间里，我和母亲一起“撤离”到乡下（我父亲在这方面和其他许多方面都跟蒂莫西的父亲不同，他不是伦敦空袭安全负责人，而是空军中的乐手)；我家住在一个乏善可陈的地方——伦敦东南部新十字和布罗克利交界处，我成长于战后的紧缩时期，上一所政府资助的天主教文法学校，有些惊讶于自己的好成绩，而学业上的成功最终推动我跻身职业中产阶级。我用蒂莫西的姐姐凯特这个角色取代了姨妈（我是独生子)，而凯特与艾琳在形体和情感上都非常不一样。在第二和第三部分中，蒂莫西被卷入的成人之间的关系和阴谋是完全虚构的，但情节展开的背景基于我个人的经验和观察。例如，第一次去海德堡时我确实秘密住在女子宿舍里，虽然这并没给我带来什么有趣的后续发展，不像蒂莫西那样。关于格洛丽亚·罗斯，很遗憾，虽然我在1951年非常需要一个像她那样的人，但她是个虚构的角色；而为蒂莫西提供了非常难忘的回忆的那场内卡河上的生日派对，其灵感来自一张观光游船的广告海报——我并没有坐过那条船。

所以，《走出防空洞》的缘起是自传性的，但写作意图不是自白。按照类别来说，这本书结合了Bildungsroman（这个德语术语很有用，指一类小说，主题是从童年到成熟的历程以及对自己的使命的认识过程）和叙述伦理、文化规范冲突的詹姆斯式“国际”小说[①]。詹姆斯·乔伊斯的《一个青年艺术家的肖像》和亨利·詹姆斯的《大使》是其最明显的文学模型。（乔伊斯的《都柏林人》和詹姆斯的《梅奇知道什么》也影响了对主人公纯真无邪的意识的处理。）我觉得我第一次去海德堡的经历以及之前的英国国内环境颇具代表意义，超越了对我个人的重要性，这鼓励我以此为基础，写下这本小说。也许我对此感受更为强烈，因为本书是在20世纪60年代后期写的，当时那条充满煽动性的口号概括了记得和不记得二战的人之间的代沟——不要相信任何三十岁以上的人。

战争及其余波以多种方式塑造了我这一代人。从孩童的角度来看，它史诗般的规模和波及范围赋予我们一套简单的爱国主义道德标准和神话叙事，而这些不是那么容易或轻易就能抛弃的。（马

①此处的“詹姆斯”指亨利·詹姆斯（Henry James，1843—1916）。詹姆斯是美国小说家（1915年取得英国国籍），著有多部小说和其他文学作品，以描绘当时美国人、英国人和欧陆人之间在社会和婚姻上的互相影响而著名。下文提到的《大使》（The Ambassadord）和《梅奇知道什么》（What Maisie Knew）均为其代表作。

岛战争中，那些昔日的情怀再现得多么彻底！）那段时期的焦虑和匮乏使我们谨慎而优柔寡断，对微小的仁慈心存感激，没有非常远大的雄心。我们不认为幸福、快乐、富足构成了事物的自然秩序；这些必须通过辛勤工作（例如通过考试）来获得——而且即使这样，我们享受时它们也怀着些许痛苦。在我看来，自己很幸运，在1951年就能去德国与美国外派人员打交道，对享乐主义和物质主义的美好生活有了提前了解，而英国和世界上大多数其他发达或发展中国家不久之后就会渴望拥有这种生活，并在某种程度上享受它：财产，机器和消遣，私人出行方式，减轻劳动负担的设备，漂亮便宜的服装，大众旅游，以技术为基础的休闲和娱乐——使社会的一大部分群体能享受到以前只限于极少数人的乐趣。这是人类新的自由，还是新的奴役？我不敢冒昧给出答案，但蒂莫西·杨的故事已经间接提出了这个问题。

这个问题在1951年的英国有着特殊意义。以历史眼光从现在看，那一年似乎是个重要的转折点，我们的社会从那时起由“紧缩”转向“富裕”。工党政府在1945年取得压倒性多数，到1950年大选其优势减少到只有六席，而我于1951年夏去海德堡时，政府已经只剩最后一口气了。安奈林·贝文和哈罗德·威尔逊的内阁因公立医疗系统引入收费机制而辞职，致使工党分裂，而其领导层由于克里普斯、贝文[①]和艾德礼身体欠佳而被削弱。其他方面的困

①这里的贝文是指欧内斯特·贝文（Ernest Bevin，1881—1951），英国政治家、工会领袖、工党政治家。贝文在丘吉尔战时内阁中担任劳工和国民事务大臣。二战后，贝文在工党内阁中任外交大臣，参与了战后欧洲经济复兴和北大西洋公约组织的建立。

窘包括国内燃料短缺，伊朗政府没收阿巴丹的炼油厂[①]，以及外交官伯吉斯和麦克林失踪后旋即在莫斯科出现。但我在为写小说阅读一些背景材料时发现，这届政府大部分问题的根本原因是一场它无法控制的经济危机，而这危机又是部分由它对美国的政治依赖所引发。

1950 年大选工党流失了大量选票，这是一个明确的信号，表明选民已经受够了自我否定，失去了耐心，要求分到很久以前就承诺给他们的蛋糕。其实政府在最后本能够派出一块蛋糕的：克里普斯 1950 年 4 月的预算基于谨慎的经济预测——工业生产可增长百分之三，估计有额外两亿英镑可用于私人开支。三个月后，朝鲜战争爆发，这笔辛辛苦苦挣来的奖金从他手里飞走了。虽然冲突的焦点在亚洲，但人们普遍担心苏联人会将欧洲的冷战升级为热战。美国承诺加强防御，但条件是欧洲盟国需要设法提供跟美援额度相当的资金。因此，在这个和平时期下的经济模式终于开始平稳运行、私人消费开始放松的关头，英国迫于政治形势，不得不重新武装，从而又背上了重得喘不过气的负担。1950 年 8 月 4 日，英国政府承诺在未来三年增加十亿英镑国防开支。包括美国在内的许多其他国家也在做同样的事情，结果造成世界范围的原材料短缺，从而延缓了英国的工业复苏，并导致收支平衡困难、美元疲软、黄金储备

①位于伊朗西南部的港口城市阿巴丹（Abadan）当时拥有世界上最大的炼油厂，为英国通过英伊石油公司（现代英国石油的前身）控制。1951 年 3 月，伊朗国会投票通过议案国有化英伊石油公司，英伊交恶，英国采取军舰封锁、经济制裁等强硬措施。阿巴丹危机是 1953 年伊朗政变的主要原因之一。

下降以及通货膨胀。盖茨克尔[1]在他1951年的预算案中通过提高税收、遏制私人开支和推后国家福利支出来应对这些问题。这可能是唯一现实的政策——当时大多数选民比现在更不愿意接受单边主义的选项——但它分裂了工党，并且让“紧缩”与工党捆绑得比以前任何时候都紧密。

保守党赢得1951年10月的大选并不意外，虽然在头两年他们并没有比工党把经济管理得更成功。然后，随着朝鲜战争结束，世界市场青睐的对象由原料生产国转为像英国这样的工业化国家，这场危机消失了，跟产生时一样突然。保守党收割了政治果实，哈罗德·麦克米伦[2]1959年的竞选口号就是典型体现——“你从未拥有过如此的美好”（这明显是美式风格的语言，从那个堪称英国政治家标本的人嘴里说出，很奇怪），而工党在反对党的位置上一待就是十三年，备受冷落。从这个角度来看，1951年办得还算合格的英国节——内政大臣赫伯特·莫里森（著名的室内避难设施就是以他的名字命名的）称其为“人们自己互相拍拍后背，以示祝贺”——似乎更像人民最后推了一把即将下台的政府，友好但坚定。

当然，在1951年，这些政治和经济事件大部分都还隐藏在未来，或者根本不是一个十六岁的男生能理解的，但它们构成了《走出防空洞》的一部分潜台词。

---

①休·盖茨克尔（Hugh Gaitskell, 1906—1963）是英国工党政治家，1951年时担任财政大臣。

②哈罗德·麦克米伦（Harold Macmillan，1894—1986）是英国保守党政治家，1957年至1963年担任首相。

《走出防空洞》是我出版的第四部小说，在《大英博物馆在倒塌》和《换位》中间，不过它比这两本构思得都早，在语气和技术上与我最早的两部小说（《电影迷》《金杰，你疯了》）有更多共同点。也就是说，这是一部"严肃的"现实主义小说，其中的喜剧元素是偶然的，而不是结构性的，而且不能允许后设小说[①] 的游戏和文体实验扰乱生活的幻觉。然而，这本书的制作和出版却时不时出现黑色喜剧式的时刻，尽管当时我觉得这并不有趣。对于对这种事感兴趣的人来说，这其中的故事可能很有意思，我也可以借此解释我为这次新版[②] 修改文本的原因，以及在哪些方面做了修改。

我在 1967 年到 1968 年间写完这部小说的大部分，于 1968 年 12 月将打字稿交给经纪人，之后我离开英国，去加州大学伯克利分校做了六个月的访问副教授。麦克吉本[③] 出版了我的前三部小说，取得了一定成功，他们拥有出版这部书的选择权。一段较长时间之后，我听说他们拒绝了《走出防空洞》，个中原因从未明确告知过我，但我觉得可能是我的编辑蒂莫西·奥基夫即将离职，以及在此不久之后麦克吉本不再作为一个独立品牌存在，而是被吸收进格拉纳达传媒帝国[④] 。小说随后被交给麦克米伦，该社在拖了很长时间以后提出要出版此书，但条件是我把篇幅缩减三分之一。我同意小说

①后设小说（metafiction）又称元小说、超小说，是一种小说类型，特征为透过人物自我意识的觉醒，刻意凸显书中虚构的错觉。

②本书初版为 1970 年，作者在 1985 年再版时做了修订，本次翻译所依据的文本为再版版本。

③麦克吉本（MacGibbon & Kee）是英国一家出版社，后与其他公司合并。

④格拉纳达（Granada）始创于 1930 年，是一家英国综合传媒公司，主要以电影电视业务为主，曾涉足出版业，但于 1983 年撤出。

太长了，但即使对一个急于寻找出版商的士气低落的小说家来说，这修改也似乎太过于大动干戈了。我们商定缩减四分之一。出版商建议，应该牺牲本土色彩、历史背景叙述和对思想的讨论，在年轻英雄的性格和命运上增加笔墨，但他们没有提出任何具体意见。最后我采纳了他们的建议，砍掉了第一部分中关于蒂莫西童年的很多事情，以及第二和第三部分中更偏重于外延或描述、戏剧性不强的内容。一个比较长的附录也砍掉了，那是一篇散文式的文字，借书中角色唐·科瓦尔斯基之笔，在主要情节发生的大约十三年之后，写了1951年英国的社会、政治和经济生活。

我返回英国后，于1969年8月完成了这些工作。麦克米伦主要负责接受小说的那个人在那时已经离职，而我的新编辑还没有读过原来那版手稿。他对剪裁后的版本表示满意，但认为还有改进的空间，想再精细梳理一遍，删掉冗余字句。这件事做完后，小说仍然很长，而且给出版商造成了成本问题。我的编辑写信来，建议用计算机排版，“这种新方法我们已经在几部小说上用过，非常成功”。他向我保证，这比传统印刷要快得多、便宜得多。缺点是我没法看到校样，因为据说那东西不是计算机专家就看不懂。专家会检查计算机编码的纸带，上面印着的东西对应着经过文字编辑的我的手稿。“当然，他会以最谨慎细致的态度工作：他的名誉取决于此。”我渴望让编辑高兴，跟他合作，于是压下了自己的疑虑，表示同意。

12月底，我检查完最后一遍经过文字编辑的手稿，交还给出版商。1970年1月初，我第一次收到通知说有麻烦了。计算机似乎只能处理少量斜体字，因此书名之类的地方将不得不用正体字，外面加上引号[①]。这极大动摇了我对这种后古腾堡新技术的信心。

出版时间原本定在6月初。4月时，这个日期被推迟到8月；5月时，又推迟到9月10日；8月时，又推迟到24日。此时，我看到了这本书的预印本，感到非常震惊。文本中充斥着印刷错误，几乎全部都是打印机造成的，而且其中很多明显错误相当滑稽（比如把you打成u)。一个双关语被删除，一个笑话因此变成无意义的平庸文字，尽管我在手稿白边上写得清清楚楚：这是笑话！不要纠正拼写。字体的线条扭曲，词与词之间的空格非常不均匀，而且有时一个单词里还奇怪地出现空白，特别是在我的主角的名字蒂莫西（Timothy）的o和th之间——要知道这个名字出现了两三百次。一行只有孤零零一个词在开头的情况——打印机叫“孤行”——到处都是，还有行尾处不恰当的断词也是如此。简而言之，这是我看到过的最丑陋的印刷品，而我对此一点办法也没有。

编辑忙不迭地道歉，说安慰的话，但第一次印刷出来的书页已经在装订了。多年以后，我在一次晚宴上偶然碰到一个当时在麦克米伦工作的人，他告诉我，那畸形的书实际上已经是第二次尝试了：我的小说的第一次打印输出稿完全狗屁不通，他们不得不扔掉纸带，推倒重来。编辑对我隐瞒了这件事（这解释了一再推迟的出版时间），毫无疑问是怕作者勃然大怒。他其实不必担心。回过头来再读记录这段悲情故事的来往通信，我看到自己的胆怯、不痛不痒的抱怨、低三下四的讨好态度、放弃看校样的权利时的掉以轻

①在英文出版习惯中，书名等一般用斜体表示。

心。我感到很失望。现在，我不再基于信任做任何决定，亲自参与一本书的制作过程的每一个阶段，并且坚持要看到校样——不仅是初版校样，还要看到订正后的校样。（我很幸运，出版商都很合作，还有一位像我一样痴迷追求完美的编辑。）

《走出防空洞》最终在1970年10月1日出版，正值出书旺季，那星期似乎每个重要的英国小说家都有一本新作出版。它收到的评论相对较少——到目前为止还少于我以前的小说——而出现的那些评论虽然总体上是好评，但都很短，其中的赞扬也比较克制。《泰晤士报文学增刊》上有一篇持欣赏态度的长评，作者当时匿名，我后来发现是伯纳德·伯尔贡齐。他完全有资格给这部小说写书评，因为他来自伦敦天主教下中产家庭，跟我自己的背景非常相似（实际上，我们两个人在相距只有几英里的两个地方长大，但直到都成为大学教师才见面）。他的评论和詹姆斯·戴维在《格拉斯哥先驱报》发表的评论文章都令我很愉快，但它们对小说的销路没有什么影响，令人失望。麦克米伦售出了两千本多一点，并在出版后一年左右把剩余的尚未装订的书页打成纸浆。这部小说从未出过平装本，也没在美国出版过，更没有被翻译成另一种语言。这是我的小说中最不成功的一部，肯定也最不出名，尽管我的一些朋友喜欢它胜过我的任何其他作品。

时机不好、制作不佳还是作品本身的文学质量——这些因素在何种程度及比例上导致了对《走出防空洞》的相对忽视，是难以衡量的，而且无论如何都不适合由我来说。但是我一直觉得这部小说应该能吸引到比初版时更多的读者，因此我特别高兴看到它能再次面市。由于前述种种原因，文本必须重新排版（而不是按初版照样复制即可），所以我借此机会修改了文本。如果我的其他小说重版时也有类似机会（还没有过），我并不会做修改。一般来说，我认为重版的目的是让感兴趣的读者能从历史延续性角度观察一个作家完整的创作历程，早期作品的一部分特点就是不完美和不成熟，并且往往也是其魅力所在。但我为《走出防空洞》破了例。对我所有的其他小说，我觉得自己可以诚实地说，它们出版时就是我能在那时做到的最好的样子；但这一部写完后，我在个人压力相当大的一段时期做了大幅删减，而我认为自己当时的判断力并非完全可靠。最初的原文肯定是太长了，但现在看来，我做的删减并不总是明智的，而且错过了一些进一步删减和调整的机会。

因此，在为此次新版修改《走出防空洞》时，我恢复了一小部分被删除的段落，又新删减了一些，并且在重新打字整理整个文本的过程中，在样式上做了许多小改变。但是，我抵抗住了改变这个故事的诱惑，叙述方法依然如故：所有内容都从蒂莫西的视角出发，然而是由一个“秘密”作者的声音讲述，这个作者以一种比蒂莫西本人应该具有的叙述能力稍微更流利、成熟一点的风格，表达他青春期的情感。

总之，我并没有试图重写这部小说——就好像我在1984年才第一次着手处理它的题材那样——而是在努力发现我在1967年到1968年写的那部小说的最有效的版本。

戴维·洛奇

1984年8月

译后记

我参与过的每一个书籍翻译项目都曾让我在一段时间内深陷其中，被吸进书中的世界，细致地体会情节的发展和角色的情感；而这本《走出防空洞》则更进一步，令我直接化身为蒂莫西，使用他的眼睛和大脑，观察他接触到的人和世界。因为我惊异地发现，虽然相隔几十年，虽然相隔万里，但出身东南伦敦普通家庭的这个男孩前十几年的人生，竟有非常多的片段跟在天津城区长大的八零后的我至今为止的经历非常相似，就好像放映年代久远的电影胶片，虽然会有各种失真，但主要内容总是还在。

这本书虽然节制地运用了一些现代技法，但还是传统的成长小说。其中并没有紧张曲折的情节，只是不急不缓地叙写蒂莫西的生活。我读它，就好像是在听另外一个时空中的我在口述回忆录；而我译它，就是尽量把那个我说的话记录、整理下来。即使使用同一种语言，不同时空之间的交流也是障碍重重。有时我分不清，自己究竟是真听到了另一个我说的话，还是想象出来了一些情景，抑或是另一个我想象出来了一些情景。

在作者笔下，永远笼罩在烟尘和细雨中的东南伦敦是灰蒙蒙的，一切都显得狭窄而破败。杨家的房间很小（虽然蒂莫西和凯特都有自己的卧室），冬天要伺候煤炉，在一个温暖的浴室里冲热水澡是遥不可及的梦。我是在胡同里长大的，我家住的是两层楼房的第一层。直到我十几岁时，我家拆迁，我才拥有自己的卧室，才不用再去旱厕式的公共厕所；楼梯间的宽度几乎正好能放进一个椭圆形的塑料浴盆，那就是全家人洗澡的地方，所幸还有父母单位澡堂可用；一到冬天，前院里的水龙头就冻死了，保暖用的稻草箱子根本就不管用；取暖当然要靠蜂窝煤，晚上封火，第二天起来窗户里面能冻上一层白菜状的冰花，可见屋里不只是冷得像冰窖——那简直就是冰窖。可是，我每次想起童年生活，就像蒂莫西动身去德国那天早上一样，能记起来的多是琐细的温情：过年时呛人的硫黄味，胡同口用棉被盖着冰棍箱的大爷，蒸包子时窄小的厨房里冒出的白气……我想即使声称“不能再忍受了”而且用实际行动（移居美国）证明自己言出必果的凯特，在心底对那段日子其实也有一丝怀念，在尾声里她与蒂莫西的谈话中能隐约读出来。

我学习成绩一直还行，托天津招生名额多的福考上了不错的大学，毕业后在移居国外的亲戚的鼓励和支持下，到美国留学，经过一番波折拿下学位后，又半是有心半是误打误撞地进入国际开发领域，先在菲律宾，现在又在意大利。我现在工作的地方就像小说中海德堡的美军总部，大部分都是驻外人员，但不同的是并不以美国人为主，而是由一套高度复杂、不透明而且时常变动的规则决定各国职员的比例；频繁和长期的出差司空见惯，全球性的调动都有可能突然降临，因此人员的流动性之高可想而知。在这种环境下的人，行为特征也就会倾向于凯特和她的朋友们——及时行乐，不做或者说不敢做长期规划，因为害怕受到伤害。

由于这种工作的性质，近几年我到过许多原来根本不敢想象的地方，也见到了许多比我的经历丰富得多、到过的地方多得多的同龄、甚至比我更年轻的人，并有幸和其中一些人成了很好的朋友。从大家的经历上看，我们都是走出了防空洞的人，或主动——像凯特一样，或半主动——像蒂莫西一样，当然也有人天生就不知道防空洞为何物。应该注意到，在书中走出了防空洞的不只是蒂莫西和凯特，还有唐、文斯和金克斯·多贝尔，还有格雷格、露丝、梅尔、多特、玛丽亚……我在我的朋友们的身上或多或少地看到了这些角色的影子。我的性格更像蒂莫西和唐，我真切地看到了几位像凯特、文斯和金克斯的人在我身上引起的改变，就像去开启一扇一直存在但从未有人走近的门。

门打开的时候有点困难，门轴锈蚀，需要花很大力气，还要忍受尖厉的金属摩擦声和扑面而来的呛人灰尘。这时门后看似只是一片漆黑，转身走开或许很容易；但你知道你必须坚持，因为你付出了很大代价才摸索到这里，而且其实并没有回去的路了。于是你屏住呼吸，小心跨进门里，待眼睛适应了周围的黑暗后就会发现这里其实到处都闪烁着星星点点的微光。再往里走，那些光点越来越大、越来越亮，开始互相连接，击碎黑暗；你仿佛置身于一个剧烈爆炸但寂静无声的岩洞。光连成一片向你扑来，将你吞入。你的眼睛从短暂失明中恢复过来时，发现并没有被抛到外太空中，看到的还是打开那扇门之前的景象，却又有了一点微妙的变化。有的颜色更鲜艳了，而有的更黯淡了；有的地方更明亮了，而有的更阴暗了。不过，大部分事物看起来都比原来更像它们应该有的样子，把本质的一面更多地袒露了出来。你好奇地观察草木和动物，其中有些确实是你之前从未见过的。你与这里的人交流，发现这个世界中通行的语言不是你所知的任何一种，而是一种似乎由所有语言形成的皮钦语，由于每个人的母语不同，日常交流的人不同，皮钦化的程度也不一样；但说完完全全的自然语言的人已经极为稀少了。你用自己已经掌握的语言构建起能同周围的人沟通的皮钦语，也从他们的版本的皮钦语中不断吸收新的语汇。你边走边看边交谈，不知不觉地，时间过去了很久。你已经很适应这个新环境了。可这时你发现，不远处有一扇门，似乎从来没有人走近过。你走过去，面对它。

并没有风吹过，可那扇门上的灰尘瞬间纷纷飞散，你看到它其实是亚光不锈钢的，并不会生锈。阳光照在门上，反射出缤纷的七彩，在银白色的钢板上交织，渐渐呈现出一幅幅图景。你认出来了：那是你原来身处的世界。熟悉的语言、街市、灯火。熟悉的人在过着熟悉的生活。你想起你原来根本不知道世界上还有什么皮钦语，日子过得简单舒适。可你还是对口口相传的故事动了心，翻越雪山，走过荒原，找到那扇生锈的门。原来简单舒适的生活其实并没有什么物质可言——或者说正因为没什么物质所以才简单舒适，所以你并没有期待太多，只要有改善就好，任何改善都是值得感恩的。你踏进这个世界，只是为了对得起自己已经付出的努力。这里确实有所改善，但和原来相比并不是天壤之别，而且从门上的图景看来，原来的世界也提高了不少。

鲜衣怒马的海德堡小团体中，大概没人读过茨威格在20世纪30年代就出版并随即被译成英文的《断头王后》，于是也就不知道其中那句广为流传的话：

> Noch ist sie zu jung, um zu wissen, 命运给予她的全部馈赠，and that a price is always exacted for what fate bestows.
>
> 她那时候还太年轻，不知道 that life never gives anything for nothing, was man vom Schicksal empfängt, geheim ein Preis eingezeichnet ist.
>
> She was still too young to know daß das Leben nichts umsonst gibt und allem, 早已在暗中标好了价格。

蒂莫西的本性令他永远警醒，他总是觉得危险也许就在不远处，也许他正在一无所知地迈向悬崖。也许正是这种性格比曾经意气风发的凯特、文斯、格雷格都要幸运得多。但为什么唐的生活似乎也不甚如意呢？他头脑清晰、明察秋毫、处事果断而又周全——而且他很有可能是读过《断头王后》的啊。作者把蒂莫西设定为比凯特等人小十几岁，那他在小说结束后的十几年中，在生活上还会一直一帆风顺吗？他家庭幸福美满，事业上的前景清晰光明，那他最终会为走出防空洞付出什么代价呢？

在你分神的时候，门上又重新积起灰尘，恢复成从来没有人走近过的样子。你突然意识到，你刚才在回忆和思考时，用的是你在这里说的皮钦语，而不是你在进入这个世界前掌握的任何一门自然语言。门上的灰尘忽而消散，忽而聚拢；消散时，钢板上就又会幻化出原来的世界的图景，看上去越来越诱人。你的手抬起，放在门上，掌心和指尖感受着它的温暖与冰冷；你不知道要不要把它推开，因为你很喜欢现在的这个世界和自己的状态；但如果门后又是一番刺激、崭新的体验呢？你在犹豫着。

我和另一个时空的我的交流除了这本书本身的文字——好在这些我还敢肯定是清晰的话语，否则翻译真是无从谈起——还有很多稀奇古怪的信息，虽然都是英文或中文，但零乱不堪，毫无头绪。我尽最大努力把它们组织起来，略加编排，写成这篇文字。我想我需要去一趟海德堡，也许能发现那扇不锈钢的门。

非常感谢新星出版社的程卓小姐信任我，给我这次机会，让我得以一窥洛奇这位传奇学者、作家，拥有一次感触至深的翻译体验。洛奇是英语世界著名的语言玩家，以匪夷所思的文字游戏著称。程小姐当初给我几本书让我择一翻译，我自知水平不济，选了这本文字上最简单的，但也多亏了各种词典和网络资源才能完稿。我相信，此次同时出版的其他几部小说更能让读者体会到洛奇作品的魅力。

我想把这个译本献给所有尝试过走出防空洞的人，愿新的诱惑不断出现在你们眼前，愿你们勇往直前，在荆棘密布的旅途上看到无与伦比的风景。

刘斌

2018 年 8 月 20 日完稿于罗马

OUT OF THE SHELTER
Copyright © DAVID LODGE, 1970, 1985
Simplifed Chinese translation rights arranged through BIG APPLE AGENCY, INC.
All rights reserved.
Simplified Chinese translation rights 2018 by New Star Press Co., Ltd.
著作版权合同登记号：01-2018-3898

图书在版编目（CIP）数据

走出防空洞／（英）戴维·洛奇著；刘斌译．-- 北京：新星出版社，2018.10
（戴维·洛奇作品）
ISBN 978-7-5133-3233-0
Ⅰ．①走… Ⅱ．①戴… ②刘… Ⅲ．①长篇小说－英国－现代 Ⅳ．① I561.45
中国版本图书馆 CIP 数据核字（2018）第 219055 号

走出防空洞

［英］戴维·洛奇 著；刘斌 译

策划编辑：程 卓
责任编辑：程 卓
责任校对：刘 义
责任印制：李珊珊
装帧设计：冷暖儿

出版发行：新星出版社
出 版 人：马汝军
社　　址：北京市西城区车公庄大街丙3号楼　100044
网　　址：www.newstarpress.com
电　　话：010-88310888
传　　真：010-65270449
法律顾问：北京市岳成律师事务所

读者服务：010-88310811　service@newstarpress.com
邮购地址：北京市西城区车公庄大街丙3号楼　100044

印　　刷：北京汇瑞嘉合文化发展有限公司
开　　本：889mm×1194mm　1/32
印　　张：12.25
字　　数：261千字
版　　次：2018年10月第一版　2018年10月第一次印刷
书　　号：ISBN 978-7-5133-3233-0
定　　价：69.00元

版权专有，侵权必究；如有质量问题，请与印刷厂联系调换。